FSC
www.fsc.org
MIX
Papier aus verantwortungsvollen Quellen
FSC® C083411

Impressum
© 2022 Mainwunder Media House
Heinrich-Heine-Str. 13
63303 Dreieich
info@mainwunder.de

ISBN: 9783754673751
1. Auflage 2022

Text: Phillip Eilinger
Lektorat: Maria Nitzl, mn-lektorat.de
Korrektorat: Margarita Baumann, Tamara Markert
Cover- und Umschlaggestaltung: Juliana Fabula Grafikdesign, julianafabula.de/grafikdesign
Ebook und Buchsatz: Corinna Rindlisbacher, ebokks.de
Druck und Vertrieb: tolino media GmbH & Co. KG

Unter Verwendung folgender Stockdaten: shutterstock.com | STILLFX; marcinmoderski; LUMIKK555; Gordan; Abstractor; Anna Timoshenko; NickSorl; Natykach Nataliia

Mainwunder Media House
www.mainwunder.de | instagram.com/mainwunder | facebook.com/mainwunder

Die Deutsche Nationalbibliothek verzeichnet diese Publikation in der Deutschen Nationalbibliografie; detaillierte bibliografische Daten sind im Internet unter http://dnb.dnb.de abrufbar.

Herstellung und Druck über tolino media GmbH & Co. KG, München.
Printed in Germany

Phillip Eilinger

NACH DIR DER TOD

Thriller

1

Blut tropfte von der Klinge des Messers. Jonathan betrachtete sein Werk und lächelte glücklich. Er liebte den malerischen Kontrast auf dem nackten Leib und das befreiende Gefühl, das dieser Anblick in ihm weckte. Die glasigen Augen seines Opfers rasten zuckend in ihren Höhlen umher. Schweißtropfen glänzten auf ihrer Haut. Ihre Arme wurden mit Stacheldraht in die Höhe gezogen und fixiert. Bald würde sie sich hingeben. Jener Trance folgen, die sich einen Sekundenbruchteil vor dem letzten Atemzug einstellte. Jonathan erfasste jede Regung, die er an ihrem zitternden, nackten Leib ausmachte. Dutzende Nächte hatte er wegen ihr nicht geschlafen. Sein Herz pochte immer noch, wenn er sie sah. Doch das würde sich bald ändern.

Gemächlich stand er auf und begab sich zu einem sorgsam präparierten OP-Tablett. Jonathan ließ das triefende Fleischermesser in einen mit Wasser gefüllten Eimer gleiten, seufzte schicksalsergeben und wusch seine Hände an einem vergilbten Waschbecken. Er war zu aufgeregt. Sein Blick fiel auf das aufgereihte Besteck. Er hatte sich Mühe gegeben, die verschiedenen Werkzeuge vorzubereiten. Dieses Mal würde er den Moment nicht verpassen. Den Augenblick, in dem das Leben aus den Augen seines Opfers wich und er einen kurzen Blick in jenen tiefen Schlund werfen würde, der dem seinen so ähnelte. Leicht zitternd nahm er den kalten Griff eines Skalpells in die Hand.

»Es ist schön, dass du hier bist«, hauchte er und lächelte.

»Bitte, bitte nicht!«

Ein flehendes Jammern entfuhr seinem Opfer. Es war schwierig für ihn, die Worte zu verstehen. Durch den nassen Knebel drangen sie kaum zu ihm hindurch.

Warum weinte sie? War es nur der Schmerz oder litt sie mit ihm? Verstand sie ihn sogar? Jonathans Arm streckte sich vorsichtig den nackten Beinen entgegen. Seine Hände zitterten und er wippte langsam auf seinen Zehenspitzen. Er war ein Dirigent und sie eine Symphonie, deren Schönheit er erschließen würde. Er summte leise. Die Klinge glitt ohne viel Druck durch Haut und Fleisch. Die junge Frau kreischte auf. Schrie mit ihrer letzten Kraft und wand sich in ihren Fesseln. Der Stacheldraht knarzte und bohrte sich in ihre Handgelenke, bis ihr Schreien als unterdrücktes Brüllen im nassen Knebel endete. Nach wenigen Sekunden hallte nur noch rhythmisches Wimmern durch den kahlen Raum. Das dunkle, lange Haar klebte verschwitzt auf dem Gesicht seines Opfers. Der Schnitt, den das Skalpell hinterlassen hatte, ließ kontinuierlich dickes Blut hervorquellen. Zu viel Blut.

»Du darfst dich nicht so viel bewegen«, tadelte Jonathan sanft.

Ein metallischer Duft erfüllte die Luft. Das perfekte Geschenk. Niemand würde sie heute stören. Er war entzückt.

2

Hanna seufzte und öffnete ihren Kleiderschrank. Er war neu und wesentlich zu klein für ihr altes Ich, das sie mittlerweile hinter sich gelassen hatte. Daher akzeptierte sie die zwei Kleiderstangen und überschaubaren Regalfächer, die ihr in dem Schrank voller Hohn entgegenblitzten. Mit hängenden Schultern schob sie unentschlossen die Bügel von links nach rechts. Sie trug durchaus gerne unterschiedliche Outfits und hatte auch keine Geldprobleme, trotzdem hingen nicht mehr viele Kleider darin. Die alten Fummel hatten in ihr Erinnerungen zu Tage gebracht, die sie gedanklich nicht ständig durchspielen wollte. Sie wurde oft genug mit ihnen konfrontiert.

Der Kleiderschrank spiegelte ein recht genaues Abbild ihrer Wohnung wider. Bis auf ein paar Kleinigkeiten wirkte sie geradezu unbewohnt. Hanna suchte sich ein buntes, lockeres Sommerkleid aus und zog es zwischen ihren anderen Lieblingen hervor. Ein Lächeln stahl sich auf ihr Gesicht. An dem Zickzackmuster, dem Rundhalsausschnitt und dem feinen, luftigen Single-Jersey-Stoff hatte sie Gefallen gefunden. Bei dem Herbstwetter, das vor ihrem Fenster das feuchte Laub umherwirbelte, konnte sie etwas Farbe gut gebrauchen, die ihre Stimmung aufhellte.

Hanna schlurfte barfuß durch die Wohnung und streifte sich das Kleid über. Ein einzelner Stuhl stand neben dem Holztisch in ihrer Küche. Eine mit Zweigen und Kräutern ausstaffierte Glasvase schmückte die Tischplatte und sollte der Küche etwas mehr Leben einhauchen. Es gelang ihr nicht besonders gut. Hanna verzog das Gesicht, als sie die Dekoration sah. Die Vase war das Geschenk einer Freundin gewesen, die ihr einen Besuch aus dem Ausland abgestattet hatte. Sie hasste das grässliche Ding, konnte sich aber seit jeher nicht durchringen, das Teil einfach wegzuschmeißen. Hinzu kam, dass es ihre einzige Vase war und sie sich nicht dazu aufraffen konnte, eine weitere zu besorgen.

Nahe des ungeliebten Tischschmuckes stand ein aufgeklappter Laptop, vor dem Hanna sich seufzend niederließ. Sie blickte auf Tabellen und Graphen in einer von ihr aufgehübschten Kalkulationstabelle und auf einen als Fenster geöffneten Browser, der zu einer Kleidertauschplattform führte.

Es war still. Hanna ließ den Blick über die Küchenzeile schweifen und nickte zufrieden. Schön sauber, schön geordnet, schön leer. Was brauchte sie schon, allein in dieser Wohnung? Einzig auf der Arbeitsplatte lagen noch die alten Verpackungen ihrer letzten Bestellung. Das dritte Mal indisch diese Woche. Sie sollte mal wieder selbst kochen! Eventuell machte auch ein Wechsel Sinn. Burger. Oder Pizza. Hanna setzte sich mit angezogenen Beinen auf den knarzenden Holzstuhl und scrollte im Browser, ohne diesen wirklich zu betrachten. Verträumt blickte sie auf die Überreste des Chicken Masala, dessen Aluschalen das Licht der Dunstabzugshaube reflektierten.

Ihr Blick wanderte zum Küchenfenster. Der Abend brach über der Stadt herein und der anhaltende Regen rann in Bahnen an dem Glas herab. Lichter blitzten in den Wohnungen der gegenüberliegenden Häuser durch die geschlossenen Vorhänge und erzeugten einen verzerrten Glanz auf der nassen Scheibe. Die Neonleuchtschrift des Handyladens unter Hannas Wohnung summte laut genug, dass sie sie noch bei geschlossenem Fenster hörte. Sie strahlte grelles Licht auf die Glasfront der kleinen türkischen Bäckerei, in der Hanna regelmäßig ihren morgendlichen Kaffee genoss. Doch jetzt wurde es dunkel. Viel zu früh, wenn man sie fragte. Wie spät war es eigentlich? Hanna blickte zu dem Eckschränkchen über ihrer Spüle. Sie erahnte den Rum hinter dem Holztürchen und tippte rhythmisch mit ihrem Zeigefinger auf der Tischplatte. Sie könnte ein Schlückchen vertragen. Ein Klingelton zerriss die Stille.

»Rüpert, hallo?«

Hanna zog ihr Handy vom Ladegerät am Laptop und klemmte es sich zwischen Schulter und Ohr.

»Hallo, Rüpert hier, wer ist denn da?«

Sie hörte ein kratziges Geräusch auf der anderen Seite und spürte Unbehagen aufsteigen. Unlängst war sie einen Stalker losgeworden, der sich nach einem Date nicht von ihr hatte abweisen lassen. Es folgte eine monatelange Tortur und eine Erfahrung, die Hanna wohl für immer in den Knochen stecken würde.

Sie nahm das Handy in die Hand, sah einen Namen und hielt es sich wieder ans Ohr: »Tom, bist du das?«

»Hanna? Hanna? Hallo, hörst du mich?« Kurzes Rauschen. »Tom hier!«

Hanna atmete auf. Die Stimme ihres Anwalts klang weit entfernt. Wahrscheinlich saß er gerade im Auto und tupfte sich seine schwitzige Stirn mit einem Seidentüchlein ab, das seine Frau ihm geschenkt hatte. Er war einer dieser Menschen, die vor Stress schwitzten. Und Tom hatte immer Stress.

»Hörst du mich, Hanna? Ich sitze im Auto!«

Wieder Knacken und Rauschen.

»Entschuldige, der Empfang scheint schlecht zu sein. Wir müssen reden.«

Hannas Magen krampfte sich zusammen. Tom war ein langjähriger Freund. Trotzdem waren seine Anrufe in der Vergangenheit selten angenehm gewesen. Sie stand auf und marschierte zielgerichtet zur Ecke ihrer Küche, um mit einem routinierten Griff die Flasche und ein Glas bereitzustellen.

»Tom, bitte sag mir nicht, dass diese kleine Debatte letzte Woche jetzt wieder auf die Goldwaage gelegt wird.«

Er räusperte sich.

»Hanna, David ist stocksauer. Du kannst nicht betrunken an seiner Haustür erscheinen und streiten, wenn …«

»Ich war nicht betrunken«, sprach sie überbetont in den Hörer. »Nur wirklich sauer. Das ist doch auch verständlich, oder?«,

Sie füllte das Glas etwa zwei Finger hoch mit Rum.

»Du musst aufpassen, Hanna. Es liegt ein neuer Antrag bei Richter Zöpsch vor. David möchte, dass du die Kinder vorerst nur alle zwei Wochenenden siehst, um das Wohl der Kinder nicht zu gefährden.«

Das Wohl der Kinder nicht gefährden?

Hanna blieb wie angewurzelt stehen und starrte auf den kalten Fliesenboden. Wut ballte sich in einem heißen, Übelkeit erregenden Ball aus Emotionen in ihrem Magen. Ihre linke Hand klammerte sich am Rand der Arbeitsplatte fest. Tränen trübten ihren Blick. Sie würde ihren Kindern doch niemals etwas antun. Sie liebte nichts mehr auf der Welt als ihre beiden Engel.

Was fällt ihm ein, so etwas zu sagen?

Aber David durfte alles sagen. Sie war die böse. Immer.

»Hanna, bist du noch da?«

Es klingelte an der Tür. Hanna schreckte auf und lief mit dem Handy am Ohr durch den Flur. Sie riss die Wohnungstür auf und sah ins Gesicht des Hausmeisters.

»Hallo, Hanna?«, erklang es aus dem Telefon.

Der Hausmeister nickte lächelnd.

»Ich habe ein Paket für Sie angenommen.«

Hanna nahm das Paket entgegen und nickte geistesabwesend.

»Entschuldigen Sie, ich brauche eine ...«

Die Tür klickte zu. Tom schien still zu sein. Hatte er aufgelegt? Das kleine Päckchen landete auf einer schlanken Kommode. Daneben stand ein eingerahmtes Bild, das zwei lächelnde Kinder zeigte. Einen Jungen und ein kleineres Mädchen.

Es klingelte wieder an der Tür. Auch Toms Stimme klang nun durchdringender aus dem Telefon.

»Hast du verstanden was los ist? Hanna, bist du noch da?«

Es war unfair. Hanna atmete resigniert aus und ging zurück in die Küche. David wusste, dass sie ihre Kinder immer beschützen würde. Sie schluckte schwer und ihre Hände bildeten Fäuste. Ihr Tunnelblick richtete sich verzweifelt auf die Tischdekoration.

»Ja klar, Tom«, murmelte sie. »Danke dir. Schöne Grüße an Kristina.«

Das Handy landete unsanft auf dem Tisch. Hanna richtete den Kopf auf und drückte ihre Schultern nach hinten. *Nicht durchdrehen.* Ihr Blick wanderte zum Laptop. Sie erinnerte sich daran, einiges vorbereiten zu müssen. Die Arbeit erschien ihr jetzt wie eine gut gemeinte Alternative zu ihren anderen Gedanken. Sie stellte das Glas neben dem Computer ab, sank auf den Stuhl nieder und atmete tief durch. Mit einem Stück Küchenrolle tupfte sie sich die ausbrechenden Tränen weg. Ihre Augen wanderten über die Kalkulationen und Graphen. Sie scrollte durch die Datei, gab die ein oder andere Zahl ein und löschte sie direkt wieder.

Das Glas vor ihr war leer.

Wann habe ich ...?

Sie schenkte nach. Nur ein bisschen. Nicht zu viel. Das Handy vibrierte mehrmals. Sie ließ es liegen.

Hanna vergaß die Zeit und starrte gedankenverloren auf den leuchtenden Desktop. Der Zeitstempel war seit dem Anruf gehörig fortgeschritten. Der Laptop zeigte denselben Graphen, wie er es schon vor über eine Stunde getan hatte. Sie rückte sich in eine bequemere Haltung auf dem Holzstuhl, griff zum Handy und entsperrte es, um die Nachrichten lesen zu können. Roland hatte geschrieben.

»Hey Sweet, wie gehts?« 18:45

»Was machst du? Alles cool? Lust vorbeizukommen?« 18:51

»Ich will heute richtig Party machen. Kommst du mit?« 19:37

Einen Schluck nehmend, tippte Hanna auf dem Tastenfeld des Handys. Sie trank nicht oft pur und verzog das Gesicht. Meistens war Hanna eine Mischung mit kalter Cola lieber. Einen gut gemachten Gin Tonic würde sie auch nicht ablehnen, doch der Kühlschrank war zu leer für Sonderwünsche. Sie rieb sich die Arme, biss sich auf die Unterlippe und starrte auf die Textnachricht. War das nun wirklich der richtige Moment, um feiern zu gehen?

Wahrscheinlich schon. Was sie brauchte, war etwas Ablenkung. Sie war eine alleinstehende, selbstbestimmte Frau, die tun und lassen konnte, was sie wollte.

»Fickt euch doch!«, Hanna nahm einen letzten Schluck und stellte das Glas lautstark ab.

»Hey Sweety, ich möchte heute wirklich etwas abtanzen« 20:31

Ihr Blick wanderte zu den Tabellen.

»Das bekomme ich vor Montag schon fertig. Ganz sicher.«

Das Handy in ihrer Hand vibrierte.

»Mal was krasses?« 20:33

Hanna überlegte. Roland und sie waren seit einigen Monaten Freunde, nachdem sich bei einem feuchtfröhlichen Online-Date herausgestellt hatte, dass sie nicht sonderlich gut zusammenpassten.

Rolands Lifestyle war eher als alternativ zu bezeichnen.

Hanna lief zumeist in Kostüme gekleidet, mit einem Handy in der Hand und einem Coffee to go durch die Straßen. Sie fand, das beschrieb ihr Leben ganz gut. Schon traurig, wenn man in einer Schublade angekommen war, dachte sie und sah sich in der Wohnung um. Die Räume waren dunkel. Nur das von der Abzugshaube herrührende Licht und der Laptop erleuchteten die Küche. Sie atmete tief durch. Das nagende Gefühl von Einsamkeit stieg in ihr auf. Ein Kloß bildete sich in ihrem Hals. Sie schluckte ihn runter. Diese Genugtuung würde sie denen nicht geben. Nicht heute. Hannas Daumen flog über die Handytastatur und ein kurzes Piepen bestätigte den Versand der Nachricht.

»Ja, okay.« 20:38

3

Hanna wartete am U-Bahn-Eingang ihres Ziels. Der Oktober war für ein Sommerkleid zu kalt und das Letzte, was sie gebrauchen konnte, war, mit einer Erkältung zu Hause eingesperrt zu sein. Entsprechend hatte sie sich eine kurze Hose und einen blaugrünen Mantel in der gleichen Farbe angezogen. Sie unterstrich ihr braunes, langes Haar und Hanna gefiel die Struktur der Baumwolle. Dem nassen Wetter zum Trotz wärmte sie sich mit einer blickdichten Strumpfhose. Roland hatte geschrieben, er würde sie zu *etwas Krassem* mitnehmen und hier abholen.

Wohin führt er mich?

Sie war nie die Art von Person gewesen, die auf *krasse* Partys ging und wesentlich schweigsamer, als manche Leute von ihr erwarteten. Hanna traf sich lieber mit Freunden zu zwanglosen, privaten Treffen oder in Bars. So war sie schon immer.

Früher war ich fröhlicher. Und heute …

Heute erkannte sie sich selbst kaum wieder. Ihre Eltern hatten sie liebevoll erzogen. Man könnte behaupten, dass sie behütet, wenn auch nicht sonderlich vermögend, aufgewachsen war. In ihrer Schulzeit hatte sie gute Noten nach Hause gebracht, aber nicht viele Freunde. Hanna hatte sich nie mit den Mädchencliquen ihrer Schule identifizieren können.

Im darauffolgenden BWL-Studium hatte sie sich für einen anständigen Bachelorabschluss ins Zeug gelegt. Ihr hatte es damals an Aussicht und Motivation gefehlt, daher war ihr der Abschluss besonders schwergefallen.

Ohne David hätte ich es nicht geschafft.

Hanna hatte ihren Ex-Mann glücklicherweise in eben jener Selbstfindungsphase ihres zweiundzwanzigjährigen Selbst kennengelernt.

Auf einem Kneipenabend war sie ihm das erste Mal begegnet. Es war ein bezaubernder Abend gewesen. Mit seinem zerzausten, blonden Haar hatte er wie ein Surferboy ausgesehen und sein schönes, kantiges Gesicht hatte Hanna sofort angesprochen. Davids einnehmende blaue Augen strahlten eine anziehende Intelligenz auf sie aus. Auch heute noch. Dies gehörte zu einem Teil seines Charmes. Hanna hatte gar nicht aufhören können, ihm zuzuhören.

Schon vier Monate später waren sie in seine kleine Wohnung am Rande der Stadt gezogen.

Ich hatte mich immer auf ihn verlassen.

Sie wippte von einem Fuß auf den anderen, rieb sich die Hände und sah etwas nervös auf die Uhr. Keine Spur von Roland. Dieser Teil der Stadt war eigentlich kein Ort, an dem sie nachts alleine unterwegs sein wollte.

Als David mit Hanna hierhergezogen war, hatte sich alles für sie verändert. Mit seiner Praxis verdiente er genug Geld, um sie zu versorgen und ihnen eine Wohnung im Zentrum zu ermöglichen. Außerdem freute es Hanna, wieder hier zu leben. So hatte sie die Möglichkeit, ihre Eltern regelmäßiger zu besuchen. Hier hatte sie anschließend ihre Kinder zur Welt gebracht, ihren Job gefunden und mit ihrer kleinen Familie gute, aber auch für sie sehr schwere Zeiten durchgemacht. Was niemand gesehen hatte. In den sozialen Medien war sie beneidet worden. Super Mann. Super Familie. Super Job. Super Wohnung. Super Haare. Alles perfekt.

Bis das Bild gebröckelt und David beschlossen hatte, sie zu verlassen und die Kinder mitzunehmen. Bis er ihr die Schuld für das Scheitern ihrer Beziehung gegeben hatte. Ihre Impulsivität und ihre aufgewühlten Gefühle hatte er auf den Alkohol geschoben. Sie als schlechten Menschen dargestellt. Und ihre Freunde hatten ihm geglaubt.

Hanna wurde aus den Gedanken gerissen, als der Wind gefallene Blätter umherwirbelte und unter ihren blaugrünen Cardigan blies. Sie blinzelte die feuchten Augen trocken und fröstelte. Mit zitternden Fingern zog sie ihr Handy hervor.

»Wo bleibst du?« 22:39

Keine Antwort. Sie wartete.

Ist das kalt.

Hanna wusste, dass Roland nicht pünktlich kommen würde. Das tat er selten. Eine weitere Windböe schüttelte die Bäume und dicke Tropfen eines vergangenen Regengusses fielen auf sie herab. Die Pflastersteine unter Hannas Füßen glänzten und der Geruch nach nassem Asphalt, Gras und dem abgestandenen Dunst einer kaputten Bierflasche stieg ihr in die Nase. Sie blickte auf das leuchtende Schild des U-Bahn-Eingangs und auf eine Bank, die wenige Schritte von ihr entfernt einem Obdachlosen einen Schlafplatz bot. Er lag gekrümmt auf dem morschen Holz und hüllte sich in einen Schlafsack, dessen glatte Oberfläche vor Feuchtigkeit das Licht der einzigen Straßenlaterne zurückwarf. Zwei Männer in Jogginganzügen standen unter dem Vordach der Treppe. Einer der Beiden versuchte sich, offenbar erfolglos, eine Zigarette zu drehen und gleichzeitig den Tabakbeutel zu halten. Der zweite hatte einen Joint zwischen den Fingern seiner von Schwielen besetzten Hand und zog kräftig daran. Er hustete. Beide sahen zu Hanna herüber. Sie senkte den Blick zu Boden. Ein Griff in die Handtasche verriet ihr, dass sie ihr Pfefferspray vergessen hatte.

Wo bleibt Roland?

Mit überkreuzten Armen rieb Hanna sich über den benetzten Stoff. Ihr Blick wanderte über die Gegend, in die sie als Kind nie hatte fahren dürfen. Große, gräuliche Plattenbauten ragten nahe dem Platz in die Höhe, der sich um die U-Bahn-Station formte. Kleine Grünanlagen flankierten die Wege. Für Hanna wirkte das ganze genauso erzwungen wie die abblätternden Farbmuster an den Balkonen. Ein geöffneter Kiosk mit Schutzgittern am Ausgabefenster stand neben dem Treppeneingang zur U-Bahn. Die betagte Dame hinter dem Ladentisch des Holzkastens war in eine dicke Winterjacke gehüllt. Sie unterhielt sich mit zwei Männern, die sich auf den metallenen Tresen des Kiosks stützten. Leere Fläschchen Kräuterschnaps lagen zwischen ihnen auf der Seite.

Hanna ließ ihren Blick an der Bude vorbei zu einem Pflastersteinweg gleiten, auf dem eine Gestalt, zwischen den kahlen Bäumen hindurch, auf den Platz zuschlenderte. Sie hatte die Hände in die Taschen der Bomberjacke versenkt und lief mit eingezogenem Kopf auf sie zu. Der kurze Irokesenschnitt, die orange leuchtenden Haare und der schlendernde Gang rangen Hanna ein Lächeln ab.

Na endlich.

Sie ging ihrem Freund entgegen und sah aus einiger Entfernung, dass sein linkes Ohr in den letzten Tagen zwei neue Piercings dazugewonnen hatte. Er war ein wahrer Meister der Neuerfindung und ein kleines Kunstwerk für sich. Hanna erinnerte sich, dass unter dem eingepackten Äußeren dutzende Tattoos den Körper bedeckten und jedes dieser Symbole, jeder Schriftzug, eine eigene Geschichte vorzuweisen hatte. Er hatte ein markantes, hartes Gesicht und schien das perfekte Abbild einer solchen Gestalt zu sein, der man in einer dunklen Gasse nicht unbedingt über den Weg laufen wollte. Im krassen Gegensatz dazu war er einer der loyalsten und freundlichsten Menschen, die Hanna in ihrem Leben kennen gelernt hatte.

Er blieb neben dem Kiosk stehen und salutierte grinsend.

»Na, wir haben uns heut aber besonders herausgeputzt! Hey Sweet!«

Er grüßte sie laut genug, um für alle im Umkreis gut hörbar zu sein. Nach einer Umarmung musterte er sie kritisch von oben bis unten.

»Was denkst du denn, wo wir hingehen?«

Hanna senkte verlegen den Blick. Lag sie mit ihrem Outfit völlig daneben? Wo zur Hölle wollte er sie hinführen? Sie schenkte ihrem Freund ein gezwungenes Lächeln und zuckte ahnungslos mit den Schultern.

»Ehrlich gesagt, habe ich wirklich keinen blassen Schimmer, was *du* meinen könntest, wenn du davon sprichst, auf eine *krasse* Party zu gehen. Ich bin einfach froh, wenn ich heute etwas unterwegs bin und den Kopf frei bekomme.«

Sie schauderte und rang sich ein weiteres Lächeln ab.

»Sorry für die Warterei. Du kennst das ja.«

Hanna nickte hektisch, was einen durchbohrenden Blick von ihm zur Folge hatte.

»Was' los? Du siehst aus, als hättest du einen ziemlichen Scheißtag gehabt. Probleme mit dem Ex oder irgendwas anderes?«

Er zwinkerte überzogen und lächelte aufmunternd.

Hanna presste die Lippen zusammen. Tränen stiegen hoch. Sie schluckte schwer.

»Ich …«

Sie hasste es. Der Kloß im Hals machte es ihr unmöglich, zu sprechen, ohne zu weinen.

»Schon gut! Erzähl mir auf dem Weg davon. Geht hier ja

keinen was an.« Er warf einen Blick auf die älteren Herren, die sich ihnen mittlerweile zugewandt hatten. »Außerdem amüsieren wir Hübschen uns heute!«

Ein ermutigendes Grinsen huschte über sein Gesicht. Er zog die Kapuze hoch, um sich vor dem einsetzenden Nieselregen zu schützen. Dann setzten sie sich in Bewegung.

»Offenbar ist mein Outfit nicht besonders passend für den Anlass. Du hättest mir auch etwas mehr verraten können.«

Er zuckte mit den Schultern.

»Wird schon werden. Die sind da ganz flexibel, denke ich.«

Hanna fröstelte. Sie freute sich, den U-Bahn-Platz endlich zu verlassen.

»Ich bin wirklich gespannt – wer weiß, wo du mich hinführst«, erwiderte sie mit einem Blick über die Schulter, während sie Roland in Richtung der Plattenbausiedlung folgte.

»Quatsch, das wird gut, wart ab. Is'n guter Laden.«

Die beiden rauchenden Männer an der Tür starrten Hanna hinterher. Wo auch immer sie ankommen würden, sie freute sich darauf. Dort würde es trocken sein. Es würde warm sein.

4

Im Hausflur des Dachgeschosses lagen diverse Gerüche in der Luft. Süßliche Wolken, Schweiß und die Lavendel geschwängerten Schwaden aufgestellter Duftkerzen stiegen jedem in die Nase, der sich der offenen Wohnungstür näherte.

Hanna kämpfte sich durch einen überfüllten, dunklen Flur. Leuchtende Fratzen starrten lechzend im Schwarzlicht auf die dicht gedrängten Menschen in ihrer Mitte herab.

Die Wände wurden von bunten, psychotisch zuckenden Stroboskoplichtern erhellt. Sie gaben Gestalten preis, die in Lack, Leder und Glitzerstoff eingehüllt, offen ihren fleischlichen Bedürfnissen nachgingen.

Eine Frau mit tätowierter Glatze und unzähligen Piercings im Gesicht streckte aus einer halbdunklen Ecke ihre Hand nach Hanna aus, die die stumme Einladung etwas beklemmt und mit einem Kopfschütteln ablehnte.

»Wo zur Hölle hast du mich hier hingebracht?«, rief sie Roland zu, der sie an einer Hand hinter sich herzog.

Tiefer Bass dröhnte in wechselnden Beats durch ihren Bauch.

»Es musste nicht gleich eine Gangbang-Party sein.«

»Erstens«, erwiderte Roland, »ist das hier keine *Gangbangparty*, sondern ein Ort, an dem jeder seinem Gefühl nachgehen und sich treiben lassen kann. Zweitens brauchst du wirklich etwas Ablenkung. Du hast es selbst gesagt! Es wird dir gefallen, glaub mir.«

Sie folgte Roland unwillig in den ersten Raum, dessen Größe und Einrichtung sie ehrlich überraschte. Man hatte die Wände der halben Maisonette-Wohnung eingerissen, um einen Club zu errichten. Und das mitten in den luftigen Höhen der Plattenbauten.

Ein kreisförmiger Tresen beherrschte das Zentrum des Raumes, in dessen Inneren alternativ gekleidete Frauen versuchten, der Menschenmenge Herr zu werden. Diese wiederum kämpfte darum, ein Getränk oder andere Genussmittel zu ergattern. Im Herzen des Tresens tanzten zwei Männer auf einem Podest zu den Rhythmen der Musik, deren Bekleidung Hanna maximal als gut positionierte Lederriemen bezeichnen würde. Unter dem Tresen strömte dichter Bodennebel hervor, der die Füße der Gäste im Raum knöchelhoch bedeckte. Erstaunt fiel Hannas Blick auf die bodentiefen Fenster, die eine großartige Aussicht auf die Stadt offenbarten. Von außen war nichts zu sehen gewesen.

»Sind die verspiegelt?«

Roland zuckte mit den Schultern, als er ihr Erstaunen wahrnahm und drehte den Finger so im Kreis, als wollte er mit ihm den Raum scannen.

»Das *Ding*«, so nannte sich der Club, »gehört einer russischen Kollegin eines Bekannten von mir. Ich erledige einiges an IT-Zeug für sie. Sicherheit und so, du weißt schon.«

Er sah sich um. Roland führte schon seit Jahren eine kleine IT-Firma.

»Ein paar Wochen danach lud sie mich hierher ein und ich kam mit ihr ins Gespräch. Verrückte Lady, aber die hat es voll auf dem Kasten. Keine Ahnung, wie die sich hier die Bullen vom Hals hält. Ich will es aber auch gar nicht wissen.« Er sprach mit erhobener Stimme direkt in Hannas Ohr, damit sie ihn verstand.

Sie nickte. Eine gläserne Wendeltreppe führte in ein weiteres Geschoss. Durch verglaste Wände war ein Loungebereich zu erkennen.

Während Roland direkt in ein Gespräch mit ein paar Tanzenden einstieg, die er zu kennen schien, kämpfte Hanna sich zum Tresen durch, bestellte einen Red Russian und sah sich neugierig um.

Viele Gäste hatten weder Scham noch Zurückhaltung. Zumindest für Hannas Verhältnisse. Weiße Pulverlinien wurden offen in kleinen Couchecken durch Nasen gezogen, Joints und Pfeifen wechselten ihre Besitzer und Sekt und Wodka wurden kostenlos an die Gäste verteilt. Bedient von gut ausgestatteten Frauen und Männern, die leicht bekleidet und mit Tabletts voller Drogen und Drinks durch die Menge manövrierten.

Die ganze Szene erinnerte Hanna an einen Film, der einem die düstere, schamlose Seite der Welt aufzeigte. Mit irgendwelchen neureichen Geschäftsleuten, die es so richtig krachen ließen.

Die Atmosphäre hier fühlte sich jedoch anders an. Und genau das war der deutliche Unterschied zu den Filmen. Sie fühlte sich nicht unwohl. Nur etwas beklemmt. Die Stimmung schien gut zu sein und sie sah keinen Grund, sich nicht etwas zu entspannen. Sie hatte schon lange nicht mehr getanzt. Hanna ließ los.

Später stieg sie die gläserne Treppe hinauf, um die Lounge zu begutachten. Sie tupfte sich mit einer Serviette den Schweiß von Brustbein, Hals und Stirn und warf sie auf einen überfüllten Papierkorb.

Ich könnte bis zum Morgen tanzen.

Doch ihre Beine waren müde. Das *Ding* war nicht leerer geworden, im Gegenteil. Hanna schob sich an einem laut diskutierenden Pärchen vorbei und bemühte sich, ihren Drink nicht über den klebrigen Boden zu verschütten, als sich eine der beiden abrupt umdrehte und sie anstieß. Sie winkte den Damen zu und beschwor, es wäre alles in Ordnung, während diese sich überschwänglich entschuldigten.

Nachdem sie sich einen Weg zu den hart umkämpften Sitzgelegenheiten gebahnt hatte, ließ Hanna sich in einen ergatterten Couchsessel sinken und atmete laut auf.

»Das tut gut«, murmelte sie.

Sie nahm einen Schluck aus dem geretteten Drink, stellte ihn auf den Beistelltisch und lehnte sich seufzend an der gemütlichen Rückenlehne des Ledersessels an.

»Zu viel getanzt?«

Hanna rollte erschöpft den Kopf auf die linke Seite. Neben ihr saß ein adrett gekleideter Mann, der ihr mit einem Lächeln auf den Lippen seinen Drink zum Anstoßen hinhielt. Von ihm wehte ein gewisser Retrocharme zu ihr herüber. Er wirkte an diesem Ort ebenso deplatziert, wie sie sich fühlte. Ein Dreitagebart schmückte sein Gesicht und sein braunes Haar sah so aus, als hätte er seinen letzten Friseurtermin eben erst verpasst. Es war nicht zu lang, wirkte aber etwas ungebändigt. Die dunkelbraunen Augen strahlten eine einnehmende Ruhe aus, die von einer Prise Humor in seiner Stimme eingerahmt wurde.

»Ich denke schon«, seufzte sie.

Hanna setzte sich auf und betrachtete ihn. Er war sicher Anfang vierzig. Sie beschloss, ihn auf seine eigene Art attraktiv zu finden.

»Sie tanzen nicht?«, erwiderte sie.

»Nicht wirklich. Ich …wie soll ich das am besten sagen? Ich genieße die Atmosphäre?«

Ein kurzes Grinsen zeigte seine weißen Zähne. Er schien sie zu pflegen. Ein Aspekt, der Hanna bei Männern immer wichtig war. Sie war der Meinung, dass der Zustand der Zähne eines

Menschen viel über seine Art zu leben aussagte. Nicht ohne Grund hätte sie sich fast für das Studium der Zahnmedizin entschieden, bevor sie sich im Endeffekt doch dem wirtschaftlichen Zweig zugewendet hatte.

»Ehrlich gesagt«, korrigierte er sich, »wurde ich von einer Freundin hergeschleppt. Sie hat aber gerade wohl andere Sachen zu tun, als sich mit mir zu beschäftigen.«

Er zeigte mit einem Finger auf das streitende Pärchen.

»Ich glaube, Sie kennen sie bereits.«

Hannah war nicht klar, welche der beiden Frauen er meinte, nickte aber verständig. Irgendetwas faszinierte sie an diesem Mann.

»Ich bin Martin, hi!«

Er reichte seine Hand zu ihr herüber.

Sie war gepflegt und sah trotz alledem nicht aus, als hätte sie noch nie ein Werkzeug gehalten. Zwischen Daumen und Zeigefinger blitzte Hanna ein kleines Tattoo an. Es zeigte ein Vorhängeschloss mit einem abgebrochenen Schlüssel. Die Tätowierung war maximal so groß wie Martins Daumennagel, aber detailliert genug gestochen, um es in dem schummrigen Licht zu erkennen. Sie nahm die Hand entgegen und lächelte. Er hatte eine angenehme Ausstrahlung.

»Hanna, ich wurde auch mitgebracht. Geht das hier überhaupt anders?« Sie zeigte über die Schulter. »Mein Freund tanzt sich unten immer noch die Füße in der schreienden Menge wund.«

Sie deutete Richtung Treppe und Dancefloor des *Dings*.

Martin reichte ihr ihren Drink und stieß mit seinem Whiskey an.

»Schön, Sie kennen zu lernen. Wie gefällt Ihnen der Club?«

Sie schürzte nachdenklich die Lippen und lugte über seine Schulter. Durch die umherstehenden Gäste und das flackernde Halbdunkel entdeckte sie eine Ecke mit großer Couch, in der es sich einige Gestalten gemütlich gemacht hatten. Zwei von ihnen trugen Micky Maus-Masken und tanzten mit merkwürdigen Verrenkungen. Das war nicht der einzig verstörende Anblick. Dahinter entdeckte sie zwei Figuren auf einer mit Folie überzogenen Couch. Vor der sitzenden Hälfte saß ein in eine Ledermaske gehüllter Mann, aus dessen Nacken eine Kette herausragte. Die Frau hielt sie in festem Griff, während ihr Gespiele sich mit seinem Gesicht zwischen ihren Schenkeln aufhielt. Hanna musste nicht lange rätseln, um zu erkennen, was dort los war. Martin folgte ihrem Blick.

Der Kopf einer weiteren Gestalt war in eine schwarz glänzende Lackmaske gehüllt. Sie saß regungslos in einem Sessel und blickte zu ihnen herüber. Ihre Blicke trafen sich. Er sah Hanna direkt in die Augen und legte den Kopf schief. In seinen dunklen Augen lag kein Ausdruck.

»Hier geht's ganz schön ab, was?«

Hanna fuhr erschrocken zu Martin herum. Ein Lächeln umspielte seine Lippen.

»Das ist wohl nicht ganz das, was Sie gewohnt sind?«

»Entschuldigen Sie.« Hanna stemmte sich hoch. »Ich würde wirklich gerne weiterreden. Sie scheinen ein sympathischer Typ zu sein, aber …«

Sie stand auf. Ihre Knie waren weich. Der Typ in der Ecke starrte sie an. Hanna löste ihren Blick. Alles drehte sich.

»Ich gehe kurz ins Bad.«

Sie zeigte in einen dunklen Flur.

»Da um die Ecke, richtig?«

Martin nickte zögerlich. Hanna stand auf, hielt sich kurz an der Rückenlehne des Sessels fest und schwankte dann in Richtung der Damentoilette. Sie spürte Martins Blick im Rücken. Und nicht nur seinen. Schwarzlicht offenbarte die weiße Figur an der Tür, die auf die passende Toilette hinwies. Eine in Pelz gekleidete, herabblickende Dame war auf ihr abgebildet. Hanna öffnete sie einen Spalt. Sofort stieg ihr ein beißender Geruch in die Nase. Dröhnender Bass drückte in ihren Magen. Die Welt schien sich zu verengen. Um sie herum einzustürzen. Kalter Schweiß bildete sich auf ihrer Stirn. Was war hier los?

Hanna hielt sich die Hand vor Mund und Nase und stürzte mit pochendem Herzen auf die erste Kammer der Damentoilette zu. Auf dem einzigen Waschbecken des Raumes gab sich ein Pärchen der Lust hin. Die nass geschwitzte Frau krallte sich mit beiden Händen in den Rücken ihres Liebhabers, stöhnte laut und wickelte ihre Beine um seinen hart zustoßenden Unterleib. Hanna versuchte, den Blick abzuwenden, und drückte gegen die Tür. Abgeschlossen. Mit zittrigen Beinen wankte sie zur zweiten Kabine. Sie war offen. Hanna stürzte hinein und erbrach sich in dem Moment, in dem sie die rettende Kloschüssel erreichte.

Nur wenige Augenblicke später ließ sie sich an der Wand herabsinken, lehnte ihren Kopf gegen die kühlenden Fliesen und atmete durch. Sie saß auf dem Boden der Toilettenkammer und zog den Spülmechanismus.

Hatte sie zu viel getrunken?

Was war das gerade? Eine Panikattacke?

Hanna zog sich an der Türklinke hoch und griff nach ihrer Handtasche. Sie war nicht da.

»Scheiße!«, fluchte sie leise.

Sie musste sie in der Lounge vergessen haben. Widerwillig nahm Hanna sich ein paar Blätter Toilettenpapier, säuberte ihren Mund und spülte ein weiteres Mal, um das Papier verschwinden zu lassen. Sie öffnete die Tür und wurde von der zärtlichen Berührung einer Hand begrüßt.

»Hey, alles okay? Brauchst du Hilfe, Süße?«

Die Frau vom Waschbecken stand vor ihr und strich ihr durchs Haar. Hanna schrak zurück und stieß mit dem Rücken gegen den Rahmen der Klotür. Ein Blitz. Ein grelles Licht blendete sie. Hanna riss die Arme nach vorne. Sie erwischte die Frau und stieß sie unsanft zurück.

»Lasst mich in Ruhe!«, überschlug sich ihre Stimme.

»Hey, hey, war nicht so gemeint! Ist ja gut. Was ist los? Bist du auf ′nem Trip?«

Der halbnackte Mann griff nach ihrem Arm, doch Hanna schüttelte ihn ab.

»Lasst mich. Bitte!«

Ein schlechtes Gewissen überkam sie. Keiner von beiden schien es böse mit ihr zu meinen. Langsam verschwanden die tanzenden schwarzen Flecken aus ihrer Sicht.

»Alles gut, ich gehe jetzt«, sagte sie diesmal freundlich, aber betont.

Das halbnackte Paar zog sich zum Waschbecken zurück. Hanna lief aus dem Bad und erreichte den Flur. Sie rückte ihre Kleidung zurecht und kehrte zurück in die Lounge.

Martin war weg. Sie wagte es nicht, sich genau umzusehen, und begab sich auf direktem Weg zu dem Couchsessel, auf dem ihre Tasche lag.

Zum Glück.

Sie packte sie und hetzte nach unten. Die Tanzfläche war völlig überfüllt. Grelles Licht schoss in flackernden Strahlen durch den Raum. Von der Decke rieselte Glitzer und Hanna drückte sich durch die Menschenmenge hindurch.

Sie verließ den Club und quetschte sich in den gerade schließenden Fahrstuhl. Ein paar Leute standen in der Kabine und beachteten sie nicht weiter. Kurze Momente der Stille. Dann öffneten sich die Türen. Hanna lief an Partygästen vorbei und durchquerte den heruntergekommenen Flur, durch den sie das Gebäude betreten hatten. Kalte, nasse Luft umströmte sie. Sie atmete tief ein. Die kühle Luft in ihren Lungen war ein Segen.

Mit wenigen Schritten erreichte sie die Straße.

Hanna hielt inne.

Was zur Hölle war das denn eben?

Sie griff zu ihrem Handy und nutzte die Gelegenheit, eine Packung Zigaretten hervorzuziehen. Hanna rauchte nicht regelmäßig. Ihre Notfallpackung kam nur dann zum Einsatz, wenn sie zu viel getrunken hatte. Nach den letzten zehn Minuten hatte sie trotzdem das dringende Bedürfnis, sich eine anzustecken.

Zittrig entflammte sie die Hülse mit einem billigen Tankstellenfeuerzeug, zog an der Zigarette und schob die Packung zurück in die Tasche. Der Rauch schmeckte bitter, doch beruhigte er ihre Nerven.

Mit noch immer zitternden Fingern schrieb sie Roland eine Nachricht.

»Ich bin durch für heute, tut mir leid. Sitze schon im Taxi, mach dir also keine Sorgen. Bis morgen.« 02:52

Nur eine kleine Lüge, damit sie nicht vergaß, ihm zu schreiben. Sie wählte direkt die Rufnummer der Taxizentrale.

Wenig später bog ein hellgelber Mercedes um die Ecke und hielt vor dem Gehweg. Hanna drückte die Zigarette am Rand eines eisernen Papierkorbs aus, warf sie hinein und ging schnurstracks auf das Auto zu. Eine kleine Menschentraube, die sich vor der Tür aufhielt und wohl aus Gästen des Clubs bestand, wendete sich ihr zu, als sie das Taxi für sich beanspruchte.

»Schade, dass Sie schon gehen wollen.«

Martin schälte sich aus der kleinen Gruppe hervor.

Hanna rang sich ein Lächeln ab. Dem Gesicht ihres Flirts nach nicht besonders erfolgreich.

»Entschuldigen Sie, ich wollte das Gespräch nicht so beenden. Es war nur … Mir war nicht so gut.«

Sie zog die Hintertür auf, um einzusteigen.

Martin nickte verständnisvoll. »Ja, ich verstehe. Die schenken da drin ganz schön hartes Zeug aus und das Publikum ist auch nichts für jeden.«

Wie oft war er wohl hier? Hatte er nicht gesagt, er wäre selbst nur mitgebracht worden?

»Es ist vielleicht nicht der richtige Moment zu fragen, da Sie sich offensichtlich gerade nicht wohl fühlen und gehen wollen, aber würden Sie eventuell mal einen Kaffee mit mir trinken?« fragte er mit schüchtern wirkendem Lächeln im Gesicht.

»Also. So mittags. Sie wissen schon. Am Tag.«

Er hatte Charme. Doch Hanna gab ihre Rufnummer nicht an Männer, die sie kaum kannte. Nicht mehr.

»Hören Sie, ich würde an sich gerne einen Kaffee trinken«, erwiderte sie höflich. »Haben Sie eine Telefonnummer für mich? Eventuell melde ich mich ja.«

Martin sah sie lange an. Hanna spürte fast körperlich, dass er versuchte, sie einzuschätzen. Spürte seinen forschenden Blick auf ihrer Mimik. Dann hob er resigniert die Hände und schmunzelte.

»Gut, ich gebe Ihnen meine Karte. Vielleicht melden Sie sich. Ich würde mich wirklich freuen.«

Aus seiner Jackentasche zog er eine leicht zerknitterte Visitenkarte hervor.

Wer hat sowas denn heute noch dabei?

Hanna nahm sie und stieg ins Taxi.

»Gute Nacht!«, sagte sie lächelnd.

»Gute Nacht, Hanna. Kommen Sie gut nach Hause.«

Die Tür fiel zu und der Wagen fuhr los. Hanna sah über die Rückbank und sah die Menschen im flackernden Licht des Eingangs stehen. Einige von ihnen, darunter Martin, sahen dem Taxi nach. Dann lehnte sie sich in den weichen Ledersitz zurück und schloss ihre Augen.

Sein Blick folgte dem Taxi. Jonathan fühlte regelrecht, wie seine Halsschlagader das Blut von seinem pochenden Herzen durch seinen Körper trieb. Die Handknöchel seiner geballten Faust liefen weiß an und sein Mund verzog sich zu einem Lächeln.

Nach wenigen Metern hatte er sein Auto erreicht und stieg ein. Ein merkwürdiges Gefühl breitete sich in seinem Bauch aus. Sein Kopf war umwölkt und Jonathan wusste, dass er nicht würde schlafen können. Er war schon jetzt so aufgeregt, dass er es kaum aushielt, auf den richtigen Moment zu warten. Doch er würde mit Bedacht vorgehen. Mit Geduld. Am Ende würde das Geschenk es wert gewesen sein.

Dann ließ er den Motor an.

5

Das Taxi entfernte sich und baute Abstand auf. Jonathan versuchte, dranzubleiben, doch der Fahrer des gelben Mercedes fuhr schnell. Sein altes Auto zog längst nicht gut genug, um mitzuhalten.

Er hatte sich den Wagen zugelegt, als er für seinen Liebsten in diese Stadt gezogen war.

Dabei hasste er Großstädte. Und doch hatte er es nicht geschafft, sich von ihnen zu lösen. Die Anonymität und die Möglichkeiten, die diese dreckigen, verseuchten Ballungszentren ihm boten, waren für ihn kaum wegzudenken. Hier folgte er seinen Gefühlen, ohne abgestempelt zu werden. Zumindest für einige von ihnen.

Er knirschte mit den Zähnen. Jonathan hatte für seinen Liebsten über dessen Affäre hinweggesehen. Er war sogar für ihn umgezogen und hatte seine ganze Vergangenheit hinter sich gelassen. Wieder neu angefangen. Und wofür? Er bekam kaum Unterstützung und lebte in einer dreckigen Altbaubude. Das war nicht das Leben, das er sich vorgestellt hatte.

An einer roten Ampel holte er das abbiegende Taxi ein. Die Gegend war ihm bekannt. Hanna fuhr nach Hause. Es war einfach, vieles über einen Menschen herauszufinden, wenn man wusste wie. Er musste kein Computerfachmann sein, um das, was eine Person ins Internet stellte, zu verstehen.

Hanna stieg aus dem Taxi und er sah, wie wackelig sie auf

den Beinen war. Er hatte sie beobachtet. Betrunken konnte sie nicht sein. Sie trank regelmäßig in ihrem Auto. Ein Verhalten, das eher einem Alkoholiker zuzusprechen wäre. Vielleicht der Kreislauf?

Er parkte den Wagen vor einer Bäckerei.

Diese Beine. Dieser Hals.

Er schob sich eine Zigarette zwischen die Lippen, entfachte sie und ließ das Fenster ein paar Finger breit herunter, um den Rauch aus dem Auto ziehen zu lassen. Kalte Nachtluft umhüllte ihn.

Das Taxi fuhr weg und Hanna verschwand hinter der Haustür. Jonathan zog an der Zigarette und atmete den Rauch durch die Nase aus. Sein Daumen glitt über das Display seines Handys.

Dutzende Fotos von Hanna verschwanden mit einem Wisch vom Bildschirm. Viele von Ihnen waren im *Ding* aufgenommen. Der Club hatte ihn angesprochen. Es war ein Ort nach seinem Geschmack. Schade, dass er dahin nicht so schnell zurückkehren würde. Sein Blick blieb an einem Bild hängen. Ein Lächeln stahl sich auf seine Lippen.

Das war es, worauf er gehofft hatte. Er verschickte eine Nachricht und stieg aus dem Auto. Die Straße lag still da. Nur eine Gestalt wankte in der Ferne unter einer Straßenlaterne hindurch. Jonathan sog die Nachtluft ein und atmete bebend aus. Sein Herz pochte.

Er erreichte die Haustür und betätigte einen Klingelknopf nach dem anderen.

»Was soll das um diese Uhrzeit?«, meldete sich eine wütende Stimme.

»Verzeihung, es tut mir wirklich so leid, ich habe meinen Schlüssel verloren. Ich bin«, er ließ den Blick schnell über die Klingelschilder gleiten, »Tommy Jäger, aus der Dritten.«

Stille. Seine Handflächen wurden schwitzig. Das bedeutete,

dass er aufgeregt war. Doch es half alles nichts. Er musste in das Gebäude.

Das Summen des Türöffners hallte durch die Nacht und ließ Jonathan zusammenzucken. Schnell stieß er die gläserne Tür auf. Links belegten ein paar Dutzend Briefkästen die Wand. Zu seiner Rechten hing ein Schwarzes Brett mit Informationen für die Mieter, daneben führte eine schwere Stahltür in das Treppenhaus.

Er prüfte die Tür. Abgeschlossen. Ein kleines Digitalfeld am Ende des Eingangsbereichs leuchtete über dem hauseigenen Fahrstuhl. Hanna wohnte im zweiten Stock. Lautlos öffneten sich die Fahrstuhltüren und Jonathan betrat die Kabine. Das Panel zeigt fünf Stockwerke und ein Kellergeschoss, neben dem ein Aufkleber mit der Aufschrift *Tiefgarage* prangte.

Er lächelte. Dann drückte er den Knopf und fuhr in die Tiefe. Beim Verlassen des Fahrstuhls spähte er in einen dunklen Kreuzgang. Die Keller waren schlecht beleuchtet. Mehrere Lampen schienen ausgefallen zu sein. Ein gedruckter Pfeil an der steinernen Wand zeigte nach rechts. Er prangte auf einem laminierten Blatt Papier, auf dem in großen Lettern *Tiefgarage* stand.

Mit dem Handylicht bewaffnet, schlich Jonathan durch die Gänge und verschaffte sich einen Überblick über die Kellerräume. Einige schienen in Schuss gebracht worden zu sein, andere wiederum hatten schon bessere Tage gesehen. Er entdeckte einen Keller ohne Vorhängeschloss und öffnete die Tür, die aussah, als hätte man sie aus Holzpaletten gezimmert. Der kleine Raum lag feucht und leer vor ihm.

Wieder huschte ein Lächeln über seine Lippen. Rasch machte er sich eine Notiz im Handy und folgte den Fluren zurück zur Tiefgarage. Eine schwere Metalltür versperrte den Weg, ließ sich aber öffnen. Jonathan betrachtete den Mechanismus. Von außen würde er einen Schlüssel brauchen. Er nahm den Keil, der vor der Tür im Gang lag und klemmte ihn ein. Dieses Haus machte es ihm einfach.

Die Dunkelheit in der Tiefgarage wurde von surrenden Lichtern erhellt, als er die ersten Meter über den grauen Betonboden hinter sich gebracht hatte. Er ging weiter und sah sich bedächtig um, bis er sein Ziel erfasste. Die dunkelblaue Farbe von Hannas Auto warf das zuckende Licht einer defekten Neonröhre zurück. Er prüfte das Nummernschild. Es schien korrekt zu sein.

Er umrundete den Wagen und begutachtete den Innenraum. Zwei Taschen lagen auf dem Rücksitz. Kleidungsstücke ragten aus den gebraucht wirkenden Beuteln hervor. Vielleicht waren es Sachen für die Altkleidersammlung oder für eine Freundin. Hatte Hanna überhaupt Freundinnen?

Auf dem Beifahrersitz lagen zwei Zeitschriften. Ein Thermobecher stand in der Mittelkonsole.

Jonathan beugte sich herab und leuchtete über die Seite des Fahrzeugs die Radkästen aus. Er war glücklich, Handschuhe angezogen zu haben. Er mochte das Gefühl nicht, wenn die alten Fette und Öle an seiner Haut klebten. Mit einer kurzen Bewegung zog er ein daumengroßes Kästchen und eine schlanke Rolle Gewebeklebeband aus der Jackentasche. Es ratschte laut, als das Entrollen des Tapes von den Wänden der Tiefgarage widerhallte. Mit den Zähnen zerriss er Klebestreifen in passende Stücke, befestige sie an dem GPS und klebte es unter den Radkasten des Wagens.

Es war erschreckend, dass man solche GPS-Geräte einfach kaufen konnte. Dieses war nicht einmal besonders teuer und sollte auf zehn Meter korrekte Angaben an die entsprechende App abgeben. Leider hielt es nur drei Tage. Das stellte aber kein großes Problem dar. Nicht, wenn der Zugang so einfach für ihn war. In der Hocke bleibend, öffnete er die App und prüfte sie. Das Signal war da. Es funktionierte.

Er richtete sich auf und begab sich auf den Rückweg, entfernte den Keil und fuhr in die zweite Etage. Die Flure des Wohnhauses wirkten gepflegt. Auch hier entdeckte er ein schwarzes Informationsbrett an der Wand. Sogar private Gesuche fanden hier ihren Platz. Nach etwa zwanzig Schritten erreichte er das gesuchte Klingelschild. *Rüpert*. Drei Schlüssellöcher und ein Spion zierten die Wohnungstür. So leicht würde er die Wohnung nicht betreten können. Balkone hatte das Haus keine. Hanna schien vorsichtig zu sein.

Jonathan stand vor der Tür, bis ihm bewusstwurde, dass er den Spion anstarrte. Er entzündete eine weitere Zigarette und lehnte sich an die gegenüberliegende Wand. Seine Augen erfassten das gläserne Auge der Tür. Die Vorstellung, sie würde ihn durch den Spion entdecken, brachte sein Blut in Wallung. Er legte seine Hand auf die Tür, spürte das lackierte Holz und schloss die Augen. Hanna war so nah.

Wahrscheinlich schlief sie bereits. Wie schön es jetzt wäre, einfach die Tür zu öffnen und zu ihr zu gehen. Doch das konnte er nicht. Weder würde er es schaffen, die Schlösser zu knacken, noch war es an der Zeit, sie mitzunehmen. Er legte ein Ohr an das Holz. Nichts.

Natürlich hörte er nichts. Die Wohnungstüren waren ziemlich massiv. Die Hoffnung keimte in ihm auf, etwas von Hanna zu erfassen, bevor er sich wieder von ihr trennen musste. Dann ginge das Warten weiter.

Die nächsten Schritte waren klar. Ein tiefes, inbrünstiges Seufzen entsprang seinen Lippen, bevor er sich von der Tür löste. Bald war es so weit.

6

»Du weißt, dass du jetzt nicht hier sein solltest.«, sagte David trocken, als er die Tür des Hauses öffnete, in dem Hanna einst ihre Zukunft gesehen hatte.

Träume, die heute schon lange geplatzt waren. Hinter dem Spalt, den er geöffnet hatte, hörte sie die Stimmen ihrer Kinder.

»Ich weiß, nimm es mir nicht krumm. Ich hatte für Emil ein paar neue Stifte für die Schule und für Sara ein paar Wachsmalstifte bestellt. Mit Dinos drauf. Und ich wollte, dass sie sie nicht erst in einer Woche bekommen.«

Er verzog abschätzig den Mund.

»Ich kann ihnen die Stifte geben. Aber die Abmachungen sind nicht umsonst so aufgesetzt worden. Und nach dem, was du hier vor zwei Wochen abgezogen hast, denke ich nicht, dass du einfach spontan vorbeischauen solltest.«

Hanna sah auf das Paket in ihren Händen.

»So schlimm war es jetzt auch wieder nicht. Ich möchte sie nur kurz sehen, David. Ist das okay? Ich gebe ihnen die Stifte und gehe wieder.«

Sein Gesicht wandelte sich zu einer starren Maske.

»Hör mal …«

»Komm schon! Bitte, es ist doch nichts dabei.«

»Wenn du hier einfach auftauchst? Na klar ist da was dabei!«

Er schlüpfte durch die Tür auf den Treppenabsatz hinaus und zog sie ran.

»Du stinkst nach Alkohol, Hanna. So lasse ich dich nicht zu den Kleinen. Hast du gestern wieder einen über den Durst getrunken?«

Hanna biss sich auf die Zunge und versuchte, die Wut herunterzuschlucken. Sie durfte es sich nicht verscherzen. Von dem Abend wollte sie ihm trotzdem lieber nicht erzählen.

»Ich habe nur ein paar Gläser Wein mit einer Freundin getrunken. Das darf ich doch wohl, oder?«

Er sah geringschätzig auf sie herab. Sein Blick bohrte sich förmlich in sie. Er wusste mit Sicherheit, dass sie log. Und Hanna wusste, dass er sie zu gut kannte, um ihr die Geschichte zu glauben.

»Nein, ich …«

»Mama!«, erklang Saras Stimme aus dem Hausflur.

Das kleine Mädchen stemmte die schwere Haustür auf und rannte an ihrem Vater vorbei.

»Hey Süße!«

Hanna ging auf ein Knie und sofort warf ihre Tochter die Arme um ihren Hals. Der Duft des kleinen Mädchens stieg in Hannas Nase. Sie hätte ewig so verweilen können.

»Mama, ich will dir etwas zeigen!« Sara löste sich und zog an dem Zeigefinger ihrer Mutter.

»Mama?«

Emil stand in der Tür. David atmete laut auf, lehnte sich an die Hauswand und streckte die Hand nach dem Paket aus. Hanna übergab es an ihn und nickte ihm dankbar zu.

»Hey, ihr beiden Süßen, ich habe leider ganz, ganz wenig Zeit und kann nicht mit reinkommen. Aber ich habe eine Kleinigkeit für euch mitgebracht, die euer Papa euch geben wird.«

Sara zog weiter an ihrer Hand, wenn auch weniger energisch, und sah ihre Mutter flehentlich an, während sich in ihren Augen Tränen bildeten.

»Nie kommst du mit rein.«

David beugte sich vor, hob seine Tochter auf seinen Arm und öffnete die Tür in den Flur gänzlich. Emil winkte. Sara weinte. Hanna breitete ihre Arme aus, aber ihr Sohn blieb im Türrahmen stehen. Ein unsicheres Lächeln huschte über sein Gesicht.

»Da haben wir es«, sagte David leise.

Hanna erhob sich und hob die Hand. Winkte ihrem Sohn zurück. Dabei wollte sie ihn umarmen, ihn an sich drücken. Warum kam er nicht zu ihr?

»Ich denke, es wäre besser, wenn du dich jetzt auf den Weg machst. Du möchtest ja deinen Termin nicht verpassen, oder?«

Er sah sie eindringlich an.

»Ja. Ja, ich sollte los.«

Sie machte zwei Schritte rückwärts und versuchte, sich ein Lächeln abzuringen. Winkte beiden Kindern ein weiteres Mal zu.

»Tschau, Mama«, murmelte Emil gerade laut genug, dass sie es hören konnte.

Dann drehte sie sich um, bevor ihr Tränen über die Wangen liefen. Hanna tupfte sie weg, während sie den gepflasterten Weg durch den Vorgarten ging. Auf halber Strecke drehte sie sich um. Die Tür war geschlossen. Nur ein blonder Schopf war am unteren Rand hinter dem Milchglas zu erkennen. Emil, der noch immer an der Tür stand und ihr nachsah.

7

Hanna saß in der Nische ihres Büros und lehnte sich in ihrem Sessel zurück. Den letzten Tag des Wochenendes hatte sie damit verbracht, über den seltsamen Club und ihre Begegnung dort nachzudenken. Sie hatte sich nicht bei Martin gemeldet. Noch nicht.

Sie hielt die Visitenkarte in ihren Händen und betrachtete die leicht abgewetzten Buchstaben. Kein Jobtitel, keine Adresse. Nur der Name und die Telefonnummer. *Martin Voigt.* Es war eine nette Begegnung gewesen und Hanna wollte vergessen, was sie drum herum erlebt hatte. Die Atmosphäre steckte noch immer in ihren Knochen. Das Licht. Der Bass. Die Menschen. Es war eine völlig andere Welt gewesen. Etwas regte sich dabei in ihr. Hatte sie sich dort wohler gefühlt, als sie zugeben wollte?

Sie lächelte. Es war schön gewesen, sich treiben zu lassen. Einen Augenblick ohne Verantwortung. Kein Gerichtsverfahren. Kein Ex-Mann. Keine Unternehmensanalysen für ihren Chef. Nur *sein.* Ein Gefühl, das sie in den letzten Jahren verloren hatte.

Während des Studiums war sie oft auf Partys gewesen. Als junge Mutter hatte sie dann nur noch wenig Chance gehabt, sich fallen zu lassen. Hanna hatte es mit Achtsamkeit versucht, sich zu diversen Yogastunden angemeldet und durfte sich rühmen, sogar ein paar davon besucht zu haben. Aber sie hatte diese Zeiten wegen der Kinder und des Jobs nie regelmäßig eingehalten. Also hatte sie angefangen, allein zu meditieren. Das

Meditationskissen lag mittlerweile vor ihrer Couch und hielt als Fußkissen her. Hanna mochte das Muster. Sie versuchte, sich dazu durchzuringen, sich wieder einige Minuten der Ruhe zu gönnen. Geschafft hatte sie es bisher nicht.

Sie seufzte und sah auf ihren aufgeklappten Laptop, der auf ihrem modernen, weißen Hochglanzschreibtisch stand. Ein Bild ihrer Kinder direkt daneben. Sie wischte die dünne Spur Staub vom Rahmen und schenkte ihm ein Lächeln, bevor sie die Visitenkarte von Martin in der Handtasche verstaute und einen schnellen Blick auf die Tabellen und Kalkulationen warf, die sich vor ihr präsentierten.

»Scheiße.«

Ihr wurde heiß und kalt. Sie war nicht fertig geworden! Und die Präsentation vor den Kunden fand bereits am Nachmittag statt. Zusammen mit den restlichen Aufgaben, die sie heute vor sich hatte, würde sie es niemals schaffen, die Analysen abzuschließen. Es fehlten zu viele Daten.

Hanna streckte die Hand aus und griff zum Telefon. Insgesamt hatte sie hier in der Firma nicht schlecht abgeschnitten. Aus ihrem Büro heraus konnte sie durch die gläsernen Trennscheiben den *Hof* sehen. So nannten sie den quadratischen Raum zwischen den Büros der leitenden Angestellten.

Dort standen Schreibtische für etwa fünfzig Menschen in einem geordneten Chaos. In jeder Ecke warteten bequem ausstaffierte Couchecken und Wasserspender auf. Die Mitarbeiter sollten ihre Arbeit gemütlich angehen oder sich entspannt unterhalten können. In der Mitte überragte eine schlanke Marmorsäule den Raum, die dazu genutzt wurde, die Fotos der Kollegen zu präsentieren, die aktuell für das Unternehmen tätig waren. Sie alle wurden in Alltagsszenen gezeigt. Meist mit entsprechend guter Laune und einem Lachen im Gesicht, um das Gemeinschaftsgefühl zu stärken. Es funktionierte und es war nur ein kleines Rädchen von vielen mit diesem Zweck. Die Firma hatte vor Jahren für sich entdeckt, dass Kreativität und Produktivität sich nicht verbessern, wenn sie mit der Peitsche hinter ihren Mitarbeitern stand.

Hanna genoss die Atmosphäre auf dem Hof. Für sie galt das leider nicht, auch wenn sie diese Einstellung nach außen verkörpern sollte. Sie wurde in ihrer Position mindestens genauso zu Leistung gedrängt wie in jedem anderen Unternehmen des Wirtschaftszweiges.

Sie sah sich durch die gläsernen Wände hindurch um und sah, wie Margreta, eine kürzlich aus Spanien zugezogene Kollegin, sich über den Hof in gerader Linie auf ihr Büro zu bewegte.

Mist, sie wollen die Ergebnisse vor der Präsentation checken.

Margreta war eine zielstrebige Schönheit aus Madrid. Sie beherrschte ihren Job und war in der Lage, jeden Kunden und Mitarbeiter mit ihrem Akzent und Charme, um den Finger zu wickeln. Sie winkte ein paar Mitarbeitern auf dem Hof zu, grüßte freundlich und verbrachte eine Sekunde vor Hannas Glastür, bevor sie sachte klopfte.

»Alles gut, komm rein!«, rief Hanna laut genug, damit das Glas ihre Stimme nicht vollends verschluckte.

Margreta öffnete die Tür einen Spalt und steckte ihr Gesicht hindurch.

»Lorenz will dich sehen.«

Ihre Stimme klang ernst genug, um Hanna einen Schreck einzujagen. In Margretas Augen blitzte eine Spur Schadenfreude auf.

»Es scheint dringend zu sein.«

Sie zog den Kopf zurück, ließ die Tür zufallen und verschwand genauso schnell über den Hof, wie sie gekommen war.

Hanna biss sich auf die Unterlippe und stand auf. Ihre Fingernägel klackerten in hektischem Rhythmus auf der Tischplatte. So hatte Lorenz sie noch nie zu sich zitiert.

Was hat das zu bedeuten?

Sie schluckte schwer und klappte ihren Laptop zu, um ihn für eine spontane Vorführung zur Hand zu haben, klemmte ihn sich unter den Arm und machte sich auf den Weg zu ihrem Boss.

»Was soll das Hanna? Muss sowas sein?«

Lorenz stand am Fenster und ließ seinen Blick über die Stadt schweifen.

»Unsere Kunden sind absolut High Priority und du ziehst so eine Scheiße ab! Du hast keine Ahnung, was das für Auswirkungen haben kann!«

Hanna war wie vom Blitz getroffen.

»Ich weiß nicht, was du meinst … Die Präsentation ist noch nicht perfekt, aber es dürfte kein Problem sein –«

Lorenz hob die Hand und unterbrach sie.

»Es geht doch nicht um deine Präsentation«, er zeigte auf den Schreibtisch, »sondern um diesen Mist da! Was machst du für Sachen?«

Hannas Hals schnürte sich zu.

Was ist hier los?

Sie schritt vor und begutachtete den Ausdruck eines Fotos, das Lorenz demonstrativ auf seinen Tisch gelegt hatte. Es zeigte einen wenig beleuchteten, durchgängig gekachelten Raum. Eine Toilette. Drei Personen waren auf dem Bild. Ein entblößter Mann und eine nur einen zerknitterten Rock tragende Blondine vor einer dunkelhaarigen Gestalt. Hanna. Ihr Haar war zerwühlt und ihre Augen aufgerissen. Ihr Blick war schwer zu erkennen. Geradezu undeutlich. Für den Begutachter konnte sie ekstatisch dreinschauen oder ein erschrockenes Gesicht aufgesetzt haben. Der Unterschied wirkte auf dem Bild nicht besonders groß.

»Lorenz, das kann ich erklären!«, stotterte sie mit heißen Wangen.

»Woher kommt das? Was soll das?«

Hanna riss das Papier in die Luft und deutete auf die Szene.

»Von welcher Mail-Adresse hast du das bekommen?«

»Es war keine Mail«, sagte er leise.

»Ich wurde in einem Club angegraben, Lorenz, und musste mich aus der Situation geradezu freikämpfen! Und du wedelst mit dem Ding unter meiner Nase herum und machst mir Vorwürfe! Vielleicht solltest du mich erst einmal fragen, wie es mir geht und was los war, bevor du mich mit Dreck bewirfst.«

Hanna versuchte, sich zu beruhigen. Sie merkte, dass sie sich im Ton vergriffen hatte. Das Foto bei ihrem Chef war offensichtlich nicht auf seinen Mist gewachsen.

»Woher hast du das?«, fragte sie so gefasst und ernst, wie es ihr möglich war.

Lorenz starrte weiter aus dem Fenster. Es regnete. Herabrinnende Tropfen bildeten einen verschleiernden Vorhang vor der Silhouette des gegenüberliegenden Bürogebäudes. Hanna stand wie angewurzelt an dem Schreibtisch. Ihr Magen war flau, ihre Füße wie Blei. Am liebsten wäre sie aus der Situation geflohen, aber was würde es ihr bringen?

Beruhige dich.

»Hanna«, sein Ton nahm einen entschuldigenden Klang an, »das mag ja alles sein. Ich weiß auch, dass es aktuell nicht gerade leicht für dich ist. Aber ganz ehrlich. Was soll ich damit machen?«

Sie setzte an, etwas zu erwidern, doch wieder schnitt er ihr mit einer schnellen Handbewegung das Wort ab.

»Die halbe Belegschaft hat es gesehen. Das Bild kam nicht mit der Post, sondern als Stapel von Ausdrucken in einem Paket.« Er deutete zu einer Kommode, neben der ein halb offener Karton den Platz vor seinem Wasserspender einnahm.

»Ich … Lorenz, das …«

Sie brachte kaum ein Wort hervor. Panik durchflutete ihren Körper. Es fiel ihr schwer, zu denken. Sie stolperte zurück, hielt sich an der Lehne des Stuhls fest, der dem Schreibtisch gegenüberstand, und setzte sich mit zitternden Knien.

»Was ist hier nur los?«, murmelte sie.

»Irgendwer scheint dich nicht zu mögen. Wirklich nicht zu mögen. Zumindest hat er sich die Mühe gegeben, das Paket selbst zuzustellen.«

Er zeigte auf den Karton.

»Es war weder Absender noch Zieladresse auf dem Karton. Die Rezeption unten erinnert sich nicht, wer es gewesen sein könnte. Wahrscheinlich kommen dort jeden Tag zu viele Pakete an, um sich an jede Zustellung zu erinnern. Obwohl ich dieses Verhalten noch einmal besprechen werde. Alles sollte protokolliert werden.«

Er drehte sich um, marschierte mit auf dem Rücken zusammengefalteten Händen durch das Büro und ließ seinen Blick über den Hof schweifen.

»Und bevor du fragst. Ja, ich bin runtergegangen. Ich habe wirklich energisch nachgehakt und nein, mehr Info gab es nicht.«

Er sah über seine Schulter. Mitleid spiegelte sich in seinen Augen.

»Tut mir leid, Hanna.«

Sie saß fassungslos da. Das Kribbeln wollte sich nicht aus ihren Gliedmaßen vertreiben lassen. Überflutet von Gedanken, konnte sie sich keinen Reim auf das machen, was gerade passierte.

Sie hatte doch nie jemandem etwas so Grauenhaftes angetan, was eine solche Reaktion rechtfertigen würde? Und überhaupt. Im Club hatte sie nur Roland gekannt.

Hanna stierte auf den fusseligen Teppich. Dann fiel es ihr wie Schuppen von den Augen. Der Blitz. Das blendende Licht.

Sie erinnerte sich vage. Sie atmete hörbar aus und versteckte ihr Gesicht hinter einer Hand. Am liebsten würde sie sich verkriechen. Ihr zu einem Zopf geflochtenes Haar bildete keinen Schutz vor den Blicken ihrer Kollegen. Sie spürte geradezu körperlich, wie sie durch die verglaste Wand zu ihnen herüber starrten und tuschelten. Das Geläster würde jetzt groß sein.

Ihr Handy klingelte. Hanna zuckte zusammen. Lorenz setzte an, etwas zu sagen, drehte sich aber um.

David Kern stand auf dem Display. Der Nachname hatte sie lange begleitet. Sie dachte eine Zeit lang sogar, er würde es ein Leben lang tun. Dann hatte sie wieder ihren Mädchennamen Rüpert angenommen.

Hanna drückte den Anruf weg. Das Klingeln hatte sie zurück ins Hier und Jetzt gebracht.

»Entschuldige Lorenz, mir ist das sehr peinlich. Ich werde das vor den Kollegen richtigstellen.«

Ein Seufzen entfuhr ihrem Chef. Er fuhr mit der Hand über seinen grau melierten Bart. Dann drehte er sich wieder zu ihr um.

»Das wird nicht notwendig sein, Hanna. Valcoplex ist neben deinen anderen Kunden ein zu wichtiger Riese für uns. Die Gefahr ist zu hoch, dass …«

»Nicht schlimm, Lorenz.«

Hanna stand auf und unterbrach ihn. Ein mulmiges Gefühl durchfuhr sie.

»Ich schaffe die Präsentation schon, mach dir keine Sorgen. Ich werde das auf jeden Fall über die Bühne bringen!«

Sie strengte sich an, so professionell und locker zu klingen, wie es ihr in dieser Situation möglich war.

»Ich mache mir keine Sorgen. Das Ganze wird uns nicht beeinflussen.«

Sein harter Gesichtsausdruck überraschte Hanna. So kannte sie ihn gar nicht.

»Du wirst deine Kunden an Margreta abgeben.«

Der Boden begann unter ihr zu rotieren. Sie hielt sich mit beiden Händen an den Stuhllehnen fest und heftete ihren Blick auf das schreckliche Bild, das für sie den gesamten Schreibtisch beherrschte. Das kleine Büro schien sie zu erdrücken.

Lorenz schritt um den Tisch herum. Mit Sorge in den Augen blieb er stehen und lehnte sich neben der einzigen Zimmerpflanze gegen das Glas.

»Du weißt, dass ich dich beurlauben muss. Zumindest bis wir wissen, wie wir mit der Situation umgehen. Wir können uns keinen Publicity Fehler erlauben. Nach deinem Arbeitsvertrag …«

»Schon gut, ich brauche keine Einweisung in meinen Vertrag«, erwiderte Hanna leise.

Ihr Blick ruhte weiterhin auf dem Horrorbild, das sie für andere Menschen wahrscheinlich in einer deutlichen Situation darstellte. Sie drückte sich hoch und prallte mit den Beinen gegen den Stuhl, der sich entschied, mit einem dumpfen Ton auf den Teppich umzufallen.

»Okay …«, ihre Stimme bebte, »das bekommen wir schon wieder hin. Danke für deine Zeit.«

Hanna packte das Bild auf dem Tisch, ging auf die Tür zu und verließ wie in Trance das Büro.

»Hanna.«

Lorenz rief hinter ihr her. Gesichter drehten sich zu ihnen.

»Es tut mir wirklich sehr leid. Ich kann da nichts tun.«

Er wirkte mitgenommen. Hannas Gesicht versteinerte. Sie schluckte ihre Emotionen herunter. Was blieb ihr anderes übrig?

»Kein Problem, Lorenz. Ich verstehe das.«

Sie rang sich ein Lächeln ab, drehte sich um und schritt mit gesenktem Blick zurück in ihr Büro.

»Wirklich.«

8

Hanna verließ das Foyer des Hauptgebäudes von Harbos&Klink und blieb vor der pompösen Tür stehen. Ein kalter Wind ließ sie erschaudern. Es regnete stärker als zuvor und Sturzbäche flossen nur einen halben Schritt von ihr entfernt von dem Vordach des Haupteingangs herab. Sie griff in ihre Tasche, sah auf das Display und kaute auf ihrer Unterlippe. Vier verpasste Anrufe von David.

Ist etwas mit den Kindern?

Wenn sie mit ihm telefonierte, fühlte sie sich klein. Er war genau dieser erfolgreiche, gutaussehende Typ Mensch, den alle liebten, wenn sie ihn kennenlernten. Er zog aufstrebende Leute an und war äußerst ehrgeizig. David hatte keine weiße Weste. Gleichzeitig hatte sie nur selten Momente erlebt, in denen er sich zwischenmenschlich nicht wie ein Engel verhalten hatte. Er war stets freundlich und zuvorkommend.

Eine Traurigkeit überkam sie, wenn sie an den Zeitpunkt dachte, an dem er ihr in ihrem gemeinsamen Schlafzimmer alle ihre Fehler vorgeworfen und sie verlassen hatte. Daraufhin hatte es nicht lange gedauert, bis David die Scheidung eingereicht hatte.

Wahrscheinlich hatte er viel in sich hineingefressen, dachte Hanna und starrte auf das Display.

Sie fühlte sich wie betäubt. Ihr Job stand auf dem Spiel. Auch hatte sie den Auftrag verloren, für den sie ein Jahr lang geschuftet hatte. Was konnte noch alles schiefgehen?

Am Ende war sie diejenige gewesen, die das meiste hatte aufgeben müssen. Die Kinder blieben bei David, weil er ihnen ein stabileres Umfeld bot. Das neue Haus gehörte ihm, weil er auf einen Ehevertrag bestanden hatte. Für Hanna war es nachvollziehbar gewesen.

Sie hasste ihn ja nicht, spürte nur Zorn und Verbitterung. Das Ende ihres gemeinsamen Familienlebens, die darauffolgende Gerichtsverhandlung und ihre aktuelle Situation waren heftig für sie gewesen. Etwas in ihr war verloren gegangen.

Die Leere, die die aufgerissene Wunde dieser Zeit in ihr erzeugt hatte, war bis heute schwer aufzufüllen. Sie wusste, dass es Zeit kosten würde. Rein aus intellektueller Sicht war ihr das absolut bewusst. Jedoch versuchte die schiere Trauer, die sie seitdem in ihrem Herzen mit sich führte, ihr unentwegt zuzuflüstern, dass der Schmerz nicht vergehen würde. Niemals.

Hanna öffnete ihren Regenschirm. Der beißende Geruch von frisch verwendetem Teer stieg ihr von einer gegenüberliegenden Straßenbaustelle in die Nase. Sie machte sich schnellen Schrittes auf den Weg zu ihrem Parkplatz und ließ den Gestank hinter sich. Das Auto war nur einen kleinen Spaziergang von hier entfernt. Die dichten Wolken verliehen der Stadt ein farbloses, tristes Äußeres. Die kalte, feuchte Luft fegte durch Hannas Kleidung und sie war froh, als sie sich ihrem Auto näherte.

Sie kramte den Schlüssel aus ihrer Tasche hervor und schloss den Wagen auf, als ihr Blick auf eine Gestalt fiel, die sich an eine Hauswand lehnte. Hanna konnte sie durch den heftigen Regen kaum erkennen, spürte aber ihren Blick auf sich liegen. Ein eiskalter Schauer lief ihr über den Rücken.

Schon drehte sich die Gestalt mit der dunkelblauen Regenjacke um und verschwand hinter dem Vorhang des Regens.

Hanna starrte hinterher, war wie eingefroren. Es vergingen

Sekunden, bis sie sich von dem unaufhörlichen Prasseln auf ihren Schirm wieder zurückholen ließ. Sie schüttelte den Kopf.

»Jetzt werde bloß nicht paranoid, das hilft niemandem«, sagte sie streng zu sich selbst.

Überzeugt hatte sie sich damit nicht. Sie riss die Tür des Audi A1 Sportback auf, den sie sich vor einigen Monaten geleistet hatte, klappte den Schirm zusammen und rettete sich ins Trockene. Ihre Augen durchsuchten ein letztes Mal den dichten Regen. Wieder schüttelte sie den Kopf.

Reicht jetzt.

Sie warf den Schirm in den Fußraum, lehnte sich zurück und atmete tief ein und aus. Dann öffnete sie das Handschuhfach, zog zwischen den verstauten Utensilien einen kleinen Flachmann hervor, nahm sich daraus einen kräftigen Schluck und packte ihn genauso schnell zurück, wie sie ihn hervorgezogen hatte. Seufzend ließ sie sich in den Fahrersitz sinken und lauschte dem dumpfen Rhythmus des aufschlagenden Regens auf dem Autodach. Sie schloss die Augen. Angenehme Wärme machte sich in Kopf und Bauch breit.

Lautes Brummen ließ Hanna hochschrecken. Sie musste eingeschlafen sein. Hastig griff sie in ihre Tasche, wühlte darin und zog das vibrierende Handy hervor.

Wieder David. Oh Gott.

Hanna wurde heiß und kalt. Mit zittrigen Fingern nahm sie den Anruf an.

»Hey David, entschuldige, ich war …«

Er unterbrach sie wütend.

»Hanna, reiß dich einfach mal zusammen!«

Hanna biss sich auf die Unterlippe. Sie gab sich Mühe, die Ruhe zu bewahren. Viele Taten oder Worte, die von ihrem Ex-

Mann ausgingen, triggerten sie. Und das viel zu schnell. Sie atmete durch.

»Hi David, was ist los? Was ist passiert? Geht es Emil und Sara gut?«

Er schien sich zu bemühen, leise zu sprechen.

Sind die Kinder in der Nähe?

»Emils Schule hat angerufen. Die Schulleiterin hat dich auf so einem ekligen Foto erkannt. Machst du jetzt irgendwelche Sexpartys? Was geht da ab?«

Ein dicker Ball aus Übelkeit verknotete sich in ihrem Magen und stieg zu ihrem Hals auf.

»David, es tut mir so leid. Ich weiß nicht, was da los ist. Selbst Lorenz hat mir schon Schwierigkeiten gemacht.«

Ihre Stimme klang resigniert. Hanna schloss die Augen und stellte sich mental auf das Gespräch ein.

Nicht weinen.

»Es ist nicht so, als wüsste ich, was hier los ist. Irgendjemand hat es auf mich abgesehen.«

Am anderen Ende der Leitung schien es kurz still zu bleiben, sie hörte einen fernen Seufzer.

»Okay, das tut mir leid.« Seine Stimme klang ehrlich. »Aber was ist dieses Partyding jetzt? Hanna, ich kann die Kids so nicht zu dir lassen. Ich meine, dieses Bild spricht Bände. Es war in der ganzen Schule verteilt.«

Hanna sah auf die Knöchel ihrer rechten Hand, die sie im Schoß zu einer Faust geballt hatte.

»David, das war nichts, ich verspreche dir –«

»Es ist immer *nichts*, Hanna. Ich weiß langsam nicht mehr, ob du deine Kinder wirklich wiedersehen willst oder ob du diesen ganzen Zirkus jetzt veranstaltest, um es mir irgendwie leichter zu machen, dich in Ruhe zu lassen.«

Dieser Schlag saß tief. Hanna versuchte, eine adäquate

Antwort zu formulieren. Aus ihrem Mund kam nur ein heiserer Ton.

»Hör zu. Ich weiß, du liebst die Kinder und sie lieben dich, aber vielleicht wäre es besser, wenn du dich aktuell etwas ordnest. Bekomm dein Leben in den Griff und sorge dafür, dass deine Eskapaden nicht irgendwelche Konsequenzen für deine Kinder nach sich ziehen. Wir lassen das nächste Wochenende erst mal aus. Danach können wir weiter diskutieren, ob du die Kinder öfter zu sehen bekommst.«

Er sprach lauter, ließ keine Widerrede zu. Wie immer.

»Emil ist erschüttert, Hanna. Wir können froh sein, wenn wir ihn auf der Schule lassen können.«

Hanna schwieg. Sie wusste weder, wie ihr geschah, noch, was sie sagen konnte.

David seufzte und fuhr fort: »Das ist echt hartes Zeug für die Kids. Die Direktorin war verflucht sauer und manche Kinder regelrecht verstört.«

Stille.

»Hallo? Bist du noch da?«

»Ja, ja, natürlich«, entgegnete Hanna zittrig.

Tränen bahnten sich einen Weg über ihre Wangen.

»Ist okay, David. Ich kümmere mich drum. Richte ihnen bitte aus, dass ich sie liebe.«

Ihre Lippen bebten.

»Bitte, David. Richtest du es aus?«

Sie ergab sich den Tränen. Das Zittern ihrer Stimme verriet sie eh. Es war kurz still in der Leitung.

»Ja okay. Bitte bring das in Ordnung. Es reicht doch, wie es bisher abgelaufen ist. Bitte, Hanna. Mach es nicht noch schlimmer.«

Er legte auf.

Hanna senkte ihre Hand und fixierte das Telefon, dessen

Hintergrund ihre Kinder und sie am Strand zeigte. Lachend gruben Sara und Emil ihre Mutter im Sand ein.

Womit hatte sie das verdient? Wut und Verzweiflung bahnten sich ihren Weg. Regen trommelte auf das Autodach und rann an den geschlossenen Scheiben herab.

Hanna schrie. Jahre der Ohnmacht brachen aus ihr hervor. Sie vergrub ihr Gesicht in ihren Armen auf dem Lenkrad und schrie, bis sie heiser wimmernd zur Ruhe kam.

9

Einige Stunden waren ins Land gegangen, in denen Hanna durch die Straßen der Stadt gefahren war. Der Regen hatte sich zurückgezogen und eine dichte Wolkendecke zurückgelassen, durch die die Fassaden der Häuser in diffuses Licht getränkt wurden.

Was sollte sie tun? Es musste eine Möglichkeit existieren, herauszufinden, wer diese Bilder von ihr gemacht hatte. War es dieser Martin gewesen? Er war sympathisch, irgendwie sexy, würde Hanna sogar sagen. Aber hätte er ihr dann die Karte gegeben? Wohl kaum.

Sie lenkte den Wagen auf den Parkplatz eines Fast-Food-Restaurants. Am Tresen des fast leeren Ladens bestellte sie sich einen Burger und setzte sich mit einer dazu gekauften Cola an einen Tisch an der Fensterfront.

Hannas Blick schweifte nachdenklich über die Leute an den Tischen. Im Grund konnte doch jeder so einen Mist verzapfen. Jeder, der genug über sie wusste. Es war völlig unmöglich, dass derjenige, der ihr Foto verbreitete, sie nicht schon vor dem Besuch im *Ding* gekannt hatte. Woher sollte er oder sie sonst wissen, wo Emil zur Schule ging oder Hanna arbeitete.

Hanna fielen einige Personen ein, die sich seit der Scheidung von ihr abgewandt hatten. Sie schätzte niemanden von ihnen auf eine Weise ein, die ein solches Verhalten erklären würde, doch wer konnte schon in die Untiefen sehen, die sich in manchen Menschen auftaten? Wenn einer den Club kannte und ihr helfen konnte, dann war es Roland. Gleichzeitig war er an diesem Abend dort gewesen und kannte sie so gut, wie es zurzeit nur wenige taten.

Hanna zückte ihr Telefon. Sie scrollte durch die sozialen Medien. Seit einer Weile hatte sie das Interesse daran verloren, doch hatte es eine Zeit gegeben, in der sie durchaus mehrere Stunden am Tag damit verbracht hatte, Bilder und Nachrichten von anderen zu verfolgen oder sich selbst entsprechende Inhalte auszudenken. Diese schönen Menschen mit ihren Kleidern, Urlaubszielen und natürlich hervorragend laufenden Beziehungen. Sie sahen zu jeder Zeit großartig aus.

Seit ihrer Scheidung hatte Hanna begriffen, dass diese Momentaufnahmen keinerlei echte Aussagen trafen. Im Gegenteil waren diese öffentlichen Präsentationen häufig viel unwirklicher, als sie den Anschein hätten machen können. Hanna hatte die Apps damals gelöscht, mit denen sie täglich versucht hatte, ihre Follower zu begeistern. Mittlerweile hatte sie die wichtigsten Apps wieder installiert, nutzte sie aber zumeist nur dazu, um selbst auf dem Laufenden zu bleiben.

Das Handy piepte.

Akku bald alle. Mist.

Hanna holte ihren Laptop hervor, öffnete ihn und steckte das Smartphone an, um es mit Strom zu versorgen. Sie beendete ihren kleinen Ausflug in die Welt des Gossips und scrollte durch ihr Telefonbuch.

Rolands Nummer war unter den Favoriten gespeichert. Sie schrieben oft. Trotzdem konnte sie sich kaum dazu durchdringen, ihn anzurufen. Sie schüttelte stumm den Kopf.

Manche Sachen bespricht man nicht per Textnachricht.

»Hanna!«, rief Roland erleichtert durch die Leitung. »Schön, dass du anrufst! Ich habe mir Sorgen gemacht. Wo bist du Samstag abgeblieben?«

»Hey, können wir kurz sprechen? Hast du Zeit?«

»Na klar, was ist denn los? Du klingst besorgt!«

Seine Stimme klang fürsorglich. Es wirkte nicht gespielt und Hanna überfiel ein schlechtes Gewissen. Wie hatte sie nur eine Sekunde an ihm zweifeln können?

»Ach, ich will es fast gar nicht erzählen«, sagte sie gedämpft, um in dem Restaurant keine Aufmerksamkeit auf sich zu ziehen. »Aber irgendjemand zieht hier wirklich gruseliges Zeug ab.«

Sie sah auf die Zeitanzeige ihres Laptops.

»Ich bin Samstag doch ziemlich schnell abgehauen, oder?«

»Schnell ist gar kein Ausdruck. Du hast dich nicht einmal verabschiedet. Ich habe dich ewig gesucht. Als ich –«

»Darum gehts jetzt nicht, okay?«, unterbrach sie ihn. »Ich hatte in dem Club wohl eine Panikattacke. Keine Ahnung, was das war. Auf jeden Fall bin ich abgehauen, weil ich danach im Badezimmer von einem Pärchen, ich sage mal, angegraben wurde. Das war mir alles irgendwie zu viel.«

»Mhm. Das kann da schon mal vorkommen. Alles okay? Haben sie irgendwas schlimmes gemacht?«

Hanna wurde ungeduldig und presste die nächsten Worte hervor.

»Nein, aber bevor ich den Club verließ, beziehungsweise die Damentoilette, habe ich einen Blitz oder etwas ähnliches gesehen. Ich habe mir nicht so viel dabei gedacht. Der Laden war ja völlig überflutet von Lichtern.«

Sie wartete kurz ab. Roland setzte auf der anderen Seite an, etwas zu sagen, blieb dann aber still.

»Irgendjemand hat ein Foto von mir gemacht. Genau zwischen den Beiden in den Toiletten. Und glaube mir bitte, wenn ich es dir sage. Da war gar nichts, doch leider sieht es genauso aus.«

Sie holte Luft und flüsterte weiter.

»Jetzt ist das ausgedruckte Foto nicht nur in Massen auf meiner Arbeit aufgetaucht, sondern auch in der Schule meines Sohnes. Roland, ich bin völlig erledigt. Ich weiß nicht, was ich tun soll. Lorenz hat mich quasi rausgeschmissen und David ist außer sich …«

Es herrschte einen Moment Stille.

»Erstmal: Scheiße«, sagte Robert recht gefasst. »Das ist übler Tobak. Nun zum Nächsten. Hast du irgendeine Ahnung, wer das gewesen sein könnte? Ich meine, woher sollte der oder die deine Arbeit und deinen Jungen kennen? Ist doch komisch. Hast du einen Stalker oder sowas, von dem du weißt? Dieser Nikolaj von damals?«

Hanna dachte nach. Sie konnte sich beim besten Willen nicht vorstellen, dass irgendjemand, den sie in den letzten Monaten getroffen hatte, sie verfolgen würde. Nicht jeder dieser Männer hatte unbedingt ihren Vorstellungen eines verantwortungsbewussten Bürgers entsprochen, aber das bedeutete nicht, dass einer von ihnen einen krankhaften Wahn für sie entwickelt hatte. Es waren sicherlich einige dabei gewesen, die nicht positiv gestimmt waren, wenn Hanna offenbart hatte, dass nicht mehr aus dem Date werden würde oder sie nicht an einem Techtelmechtel interessiert war. Das änderte jedoch nicht Hannas Meinung.

Keiner von ihnen hatte das Zeug zu einem richtigen Stalker. Oder?

So viel Pech kann man nicht haben.

Ein mulmiges Gefühl breitete sich in ihrer Magengrube aus. Wenn sie an Nikolaj dachte, wurde ihr anders. Die Zeit, in der er sie verfolgt hatte, war kurz, aber für sie emotional wie eine kleine Hölle gewesen. Nach dem zweiten Date hatte er sie nicht in Ruhe lassen wollen. Nach einer ausgesprochenen Ablehnung ihrerseits hatte er vor ihrer Tür gewartet und begonnen, ihr Briefe zu schicken. Sie hatte ihn per Mail und auf ihrem Handy blockiert, weil er nicht aufgehört hatte, ihr zu schreiben. Eines Tages hatte sie sogar einen Blumenstrauß auf ihrem Auto mit einer Nachricht von ihm gefunden. Spätestens ab diesem Moment war es ihr zu unheimlich geworden. Nachdem er letztlich versuchte hatte, Zutritt zu ihrer Wohnung zu bekommen, hatte sie einen gerichtlichen Erlass gegen ihn bewirken können. Seitdem war es ruhig um Nikolaj gewesen.

Er wird sich nicht rächen wollen, oder?

»Hm, ich weiß nicht. Ich dachte nicht an irgendwelche Dates dabei. Außerdem kannten die alle meinen Sohn nicht. Zumindest haben sie nicht durch mich von ihm erfahren. Und Nikolaj, tja, ich glaube, der hat es verstanden.«

Ein rundlicher Mann in zu kurzen Hosen, mit denen er mitten im Herbst seine behaarten Beine präsentierte, starrte über seinen Burger hinweg zu ihr herüber. Hanna erwiderte den Blick grimmig, was das Starren abrupt beendete. Sie drehte sich mit dem Laptop zum Fenster.

»Was kann ich deiner Meinung nach machen? Das hat meine gesamte Situation verschlimmert und wenn ich ehrlich bin«, sie machte eine kurze Pause, »habe ich ein bisschen Angst. Mir ist schon viel Mist passiert, aber nicht so etwas Krankes und schon gar nicht in dieser Form.«

Hanna sah auf den Akku.

Immer noch zu wenig.

»Keine Ahnung, ehrlich. Das Ganze klingt ziemlich krass.«

»Vielleicht sollte ich mal mit der Besitzerin dieses Clubs reden. Wie hieß sie noch gleich?«

»Sanja, glaube ich. Aber hör mal, es ist wirklich nicht die beste Idee, da anzuklopfen. Die kennt ziemlich üble Typen oder ist zumindest in solchen Kreisen unterwegs. Es gibt bestimmt einen Grund dafür, warum sie an so viel Zeug rankommt, alle möglichen kaputten Typen wie ich da abhängen können und nicht einmal die verdammte Polizei an ihre Tür klopft. Zumindest zu den Zeiten, in denen ich da war, ist das nie passiert und das war jetzt nicht so selten, sag ich mal. Auch hängen in ihren IT-Räumen richtige Schläger ab.« Er räusperte sich. »Ehrlich, halte dich fern von der. Bring dich wegen so einem Scheiß nicht in Gefahr.«

Hanna spielte nervös an dem Aufladekabel und drehte es um ihren Finger. Sie musste dem auf den Grund gehen. Die Zerstörung ihres Rufes und das Verbreiten solcher Fotos ging nicht nur sie etwas an. Wenn jemand damit das Wohlergehen ihrer Kinder angriff, würde Hanna alle Hebel in Bewegung setzen.

Wenn das jedoch so weiterging, müsste sie ihre Kinder von sich fernhalten – zumindest für eine kurze Dauer. Sie knirschte mit den Zähnen. Die Vorstellung, Emil und Sara länger nicht zu sehen, stach ihr ins Herz.

Sie wollte sich nicht mit einer Verbrecherin anlegen. Sie lehnte sich auf der ungemütlichen Couch zurück. Die plastiküberzogenen Kissen knirschten auffällig laut, was den Blick des Shorts-Trägers wieder zu ihr lockte. Ein Grinsen zog sich über sein Gesicht. Sie wendete sich genervt ab und sah aus dem Fenster.

»Okay, pass auf, ich werde nichts Dummes machen, versprochen. Ich überlege mir noch, ob ich mich mit dieser Frau unterhalte oder es lieber bleiben lasse.« Sie streckte sich und ließ den Blick zu ihrem Auto schweifen. »Ich fahre jetzt nach Hause Es war ein schlimmer Tag und ich möchte mich am liebsten in meinem Bett verkriechen.«

»Alles klar, aber halte dich dran. Leg dich nicht mit der Russin an. Wenn ich dir irgendwie helfen kann, sag Bescheid, ja? Es gibt manchmal halt scheiß Zeiten und wir müssen da durch. Du bist nicht allein. Denk bitte daran.«

»Ich weiß doch! Danke dir, Süßer. Ich lege jetzt auf. Hab einen schönen Abend.«

Hanna ließ Handy und Laptop in die Tasche gleiten. Sie brachte das Tablett mit dem restlichen Essen weg, schnappte sich den halb vollen Becher und verließ das Lokal. Sie hatte kaum etwas gegessen. Der Appetit fehlte ihr.

Im Auto füllte sie einen kleinen Schluck Rum in die Cola, schwenkte diese einmal und zog an dem Strohhalm. Sie verzog das Gesicht, atmete erleichtert auf, stellte den Becher in die dafür vorgesehene Vorrichtung und schaltete mit einem Knopfdruck das Radio an.

10

In den folgenden Tagen konnte Hanna es sich nicht nehmen lassen, ein paar Nachrichten abzusenden und nach dem Stand ihres Projekts zu fragen. Lorenz hatte ihr daraufhin deutlich gemacht, dass es nicht mehr *ihr* Projekt sei. Ein Umstand, den sie nach über einem Jahr Arbeit mit dem Kunden kaum ertragen konnte. Sie hatte verhandelt, geplant, strukturiert, organisiert, verzweifelt auf Antworten gewartet, gestritten, erzwungen gelacht und vieles mehr, um dem Kunden ein gutes Gefühl zu dem von ihr erarbeiteten Projekt zu geben. Und nun leitete Margreta die Abschlusspräsentation. Hanna hätte rasend werden können vor Wut. Aber sie wurde es nicht. Trotz des Drangs, produktiv zu sein, kamen ihr und ihrer Gesundheit ein paar freie Tage zugute.

Ihre Gedanken hingen dabei ununterbrochen an Emil und Sara. Sie machten eine schwere Zeit in diesem Disput zwischen ihren Eltern durch, obwohl es das Letzte war, was Hanna sich für sie gewünscht hatte. Sie wollte nur mit ihnen zusammen sein. Für sie da sein. Die innere Leere, die ohne ihre Kinder für sie entstand, war in manchen Momenten unerträglich. Als hätte man ihr einen Teil ihrer selbst entrissen. Ihr Herz schmerzte jeden Tag, an dem sie die beiden nicht sah.

Und die Zeit raste! Emil war in der Vorschule und Sara hatte vor drei Wochen ihren vierten Geburtstag gefeiert. Hanna hatte Angst, zu viele wichtige Momente zu verpassen. Was, wenn sie ihre Mutter nicht mehr liebten?

Sie schüttelte den Kopf.

Unsinn.

Hanna konnte es nicht leiden, dass sie so emotional wurde. Ängste verbreiteten sich in ihrem Geist wie ein schleichender Virus. Doch das würde sie niemandem offenbaren, nachdem sie sich aus eigener Kraft ein neues Leben aufgebaut hatte. Für die Kinder und sich selbst würde sie Stärke zeigen. Auch würde sie bei dem Besuch ihrer Eltern keinen deprimierten Eindruck hinterlassen. Ein bisschen Harmonie würde ihr guttun und ihre Mutter machte sich eh zu viele Sorgen.

Es lag in ihrer Natur. Schon als Hanna ihre erste Klassenfahrt erlebt hatte, war ein häusliches Drama gefolgt. Die Krone dessen wurde aufgesetzt, als sie mit achtzehn Jahren den Wunsch geäußert hatte, auszuziehen. Es hatte Monate gedauert, bis ihre Mutter diese Entscheidung akzeptiert hatte. Nach Hannas Einschätzung waren dabei diverse Supermarktvorräte an Taschentüchern draufgegangen. Erst mit dem Versprechen, dass ihre Mutter den Umzug organisieren durfte, war diese wieder halbwegs besänftigt.

Hanna zückte den Spiegel und überprüfte ihre Augen, nachdem sie aus dem Auto gestiegen war. Dunkle Ränder zeichneten sich ab und die erhoffte Stärke vermisste sie zusehends in ihrem Blick.

Reiß dich zusammen. Du willst nicht, dass dich jemand so sieht.

Sie reckte ihr Kinn etwas nach vorne, überwand die letzten Meter und öffnete ein weiß gestrichenes Gartentürchen. Ihr Vater hielt das alte Haus, in dem Hanna aufgewachsen war, immer gut in Schuss. Die Hecke war getrimmt, die Herbstblumen erfüllten den Garten mit einem angenehmen Duft und bunte Chrysanthemen begleiteten sie auf dem Weg zur Haustür über eine hübsch gepflasterte Auffahrt. Die Blumen waren die Lieblinge ihrer Mutter. Hanna musste schmunzeln, als sie an dem Haus vorbei die alte Schaukel im Garten sah, die ihr Vater ihr in ihrer Kindheit gebaut hatte. Sie lebte schon so viele Jahre nicht mehr hier. Wahrscheinlich würde er sie ewig stehen lassen.

Sie schritt die kleine Treppe hinauf und klingelte. Ein Fußabtreter begrüßte sie mit schnörkeliger Schrift: *Füße und Pfoten bitte abtreten.* Daneben waren ein paar Schuhabdrücke und zwei ebenso große Pfoten abgebildet. Auf der anderen Seite der Holztür konnte sie Henris Jammern und Fiepen hören. Der alte Knabe hatte seine Spielgefährtin schon lange gewittert.

»Moment«, erklang eine Männerstimme durch die Tür.

Schlösser und Riegel klickten. Als sich die Tür einen Spalt öffnete, brach der Sturm los. Henri, ein etwa 60 kg schwerer Neufundländer, schob seine Masse euphorisch durch den engen Spalt der Tür, um Hanna zu begrüßen.

Sie lachte, ging in die Knie und umarmte das Fellbündel. Ihr Herz ging auf, wenn sie das Tier sah, und ihm schien es da nicht anders zu gehen. Die beiden hatten nie zusammengewohnt und doch schien der Hund zu spüren, dass Hanna zum Rudel gehörte. Henri hatte sich bereits auf den Rücken gelegt und signalisierte seinen dringenden Wunsch nach Streicheleinheiten, als Hannas Vater freudig grinsend die Arme ausbreitete.

»Natürlich wird der Zwerg als erstes begrüßt! Wie wäre es, wenn du deinem alten Herrn erst mal eine Umarmung schenkst?«

»Ja, natürlich!« Sie lachte und nahm ihren Vater in den Arm. »Wir wollen ja nicht, dass du leer ausgehst.«

Hanna genoss die gemeinsame Freude, die ihren Vater und sie durchströmte. Der Geruch seines Rasierwassers versetzte sie in ihre Kindheit zurück.

»Schön, dass du hier bist, mein Stern. Dein letzter Besuch ist viel zu lange her. Mama wird es dir vorhalten!« Er grinste amüsiert. »Komm herein und mach es dir bequem. Deine Mutter ist noch im Garten.«

Henri lief mit wedelndem Schwanz voraus und Hanna betrat hinter ihrem Vater das Haus. Der Duft der alten vier Wände stieg ihr in die Nase. Es roch nach Hund, Waschmittel und einer leichten Brise aufgebrühten Tees. Es war der gleiche, den die beiden seit vielen Jahren tranken. Nachdem ihre Eltern schwarzen Ostfriesen-Tee von einem Urlaub an der Küste mitgebracht hatten, tranken sie davon mehrere Becher am Tag. Er gehörte zu ihrer besinnlichen Zeit zu zweit, in der sie sich Tee gönnten und Kekse aßen. Ansonsten konnten ihre Eltern recht anstrengend sein. Insbesondere für Menschen, die neu ins Haus Rüpert kamen. Hannas Mutter redete unablässig und ihr Vater gab mit kleinen, meist brummigen Kommentaren sein Holz ins Feuer ihres Temperaments. Obwohl man dieses Feuer auch geflissentlich als Hochofen bezeichnen konnte.

Ihre Mutter, Ana Irina Marinescu, stammte aus Cernat, einem Dörfchen in der grünen Hügellandschaft Rumäniens im geographischen Zentrum des Landes. Sie war selbst in ihrem Dorf für ihren Tatendurst bekannt gewesen und bereiste schon als Jugendliche die Welt. Ganz zum Unwohlsein von Hannas Großmutter, die noch heute über die unstillbare Neugier ihrer Tochter fluchte.

Zwar war Hannas Mutter prinzipiell religiös, war mit ihr in Kindertagen aber weder besonders streng umgegangen, noch hatte sie versucht, die orthodoxe Lebensweise ihrer Großmutter in die Erziehung einfließen zu lassen. Auch ihr Vater hatte einen entspannenden Einfluss auf sie gehabt. Er hatte zwar auf gewisse Werte geachtet, war aber nie ein strenger Vater gewesen. Hanna hatte eine angenehme Kindheit mit liebenden Eltern verlebt und war bis heute glücklich über diesen Umstand.

Sie setzten sich in die Küche, den Familientreffpunkt des Hauses. Die alte Holzeinrichtung, die Rüschengardinen und das Kreuz an der Wand hatten sich nicht verändert. Die Einrichtung wirkte auf Hanna so altbacken, dass sie ihren Eltern angeboten hatte, für eine neue zu sorgen, doch die hatten jedes Mal abgelehnt. Sie verbanden Erinnerungen damit und hatten das Gefühl, diese verschwinden zu lassen, würde auch nur ein Stuhl ersetzt werden. Alles hatte seinen Platz.

Hannas Vater stellte eine Kanne Tee und zwei dampfende Becher auf dazugehörige Untersetzer und zwinkerte ihr zu, bevor er sich setzte. Ihre Mutter konnte bei Rändern auf dem Tisch schnell wütend werden. Eine Eigenschaft, die Hanna offenbar geerbt hatte. Ihr Vater, der solche Dinge schon immer als Kleinigkeiten abgewunken hatte, war damit schnell in der Unterzahl gewesen.

»Ich sehe doch, dass dich etwas bedrückt. Was ist los?«

Er kannte sie gut. Hanna erzählte ihrem Vater von den Geschehnissen auf der Arbeit und in Emils Schule. Nur den Club beschrieb sie weniger heftig. Ihre Eltern waren den meisten Ausschweifungen gegenüber nicht besonders aufgeschlossen, obwohl Hanna darauf wetten könnte, dass sie ihre jungen Jahre nicht enthaltsam verbracht hatten. Trotzdem verfinsterte sich sein Blick, während er der Geschichte lauschte, zunehmend.

»Und kannst du damit nicht zur Polizei gehen?«, fragte er eindringlich.

Hanna legte den Kopf schräg und verzog den Mund.

»Irgendjemand will dich in den Schmutz ziehen. Du solltest zumindest darüber nachdenken! Wurdest du verfolgt? Es muss dich ja jemand gekannt haben, sonst würde er Emils Schule nicht kennen.«

Sie nickte und umgriff den Becher Tee.

»Was ist mit deinem Freund, diesem Roland. Ist der okay? Oder David, was ist mit ihm?«

Hanna hob abwehrend die Hand.

»Roland ist ein guter Freund und David würde so etwas niemals tun. Er liebt die Kinder.«

»Okay, ich verstehe. Aber sag mir bitte, wenn ich dir helfen kann. Du solltest wirklich in Betracht ziehen, zur Polizei zu gehen, okay?«

Hanna nickte verhalten und pustete über den heißen Tee. Das letzte Mal, dass sie sich an die Polizei gewandt hatte, hatte sie erst sehr spät Hilfe erhalten.

Es muss immer erst etwas passieren.

»Okay«, fuhr ihr Vater mit gedämpfter Stimme fort. »Bitte erzähl deiner Mutter erstmal nichts davon. Sie dreht durch vor Sorge, wenn sie das hört.«

Er sah verschwörerisch über den Tisch. Hanna rang sich ein weiteres Nicken ab.

Nur wenige Minuten später kam ihre Mutter zur Tür hineingestürmt und brach mit Umarmungen und Küssen über ihre Tochter herein. Sie konnte jeden Raum mit ihrer fröhlichen Präsenz erhellen.

»Schön, dass du da bist, mein Kind! Ich hab dich schon so vermisst! Ich habe doch sofort dein Auto erkannt! Hinten im Garten hat man nämlich eine hervorragende Sicht, weißt du? Hast du die Chrysanthemen gesehen? Wie schön sie wieder blühen, oder? Unsere neue Nachbarin, sie heißt Hedwig. Wie diese Eule! Sie hat mir ein paar tolle Tipps gegeben. Ihr Mann ist Gärtner, weißt du? So richtig professionell!«

Hanna hörte zu und grinste. Sie liebte es, wenn ihre Mutter voller Elan ihren Alltag beschrieb. Nach vielen Jahren der Erfahrung hatte sie sich damit abgefunden, dass sie selten zu Wort kam. Dass ihre Mutter innerhalb einer Geschichte meistens zu anderen Geschichten abdriftete und so ihre ersten Gedanken selten zu Ende brachte, war mittlerweile erträglicher für sie geworden. Hanna hatte gelernt nachzufragen. Das half nicht nur dem Verständnis ungemein auf die Sprünge, ihre Mutter freute sich auch über das Interesse.

Als Teenager war die Wortgewalt schwer für Hanna gewesen. Sie hatte sich als Ergebnis in ihre eigene kleine Welt zurückgezogen, sich Jungs zugewandt und angepasst. Ihrer Mutter hatte es nie gefallen, dass ihre Tochter einen Jungenhaarschnitt trug und sie war glücklich gewesen, als Hanna mit dem Beginn des Studiums wieder ein weiblicheres Auftreten an den Tag gelegt hatte. Eine Ignoranz, die sie ihrer Mutter bis heute nie verziehen hatte, auch wenn sie es nicht gerne zugab. Trotz dieser Ungereimtheiten liebte sie sie von ganzem Herzen. Zeit heilt alle Wunden, hatte ihr Vater immer gesagt. Er sah besorgt zu seiner Tochter, die versuchte, sich dem Blick zu entwinden.

Hanna genoss die Zeit in der alten Küche. Sie hatte sich lange nicht so behaglich gefühlt. Ihre Mutter tischte wie immer ordentlich auf und als der Mittag langsam hinter ihnen lag, saß Hanna satt, etwas angeschwipst und gemütlich eingenistet in dem alten Ledersessel, der den Platz vor dem Ofen beherrschte.

Ihr Telefon klingelte. *Anonym.* Sie stellte das Handy auf lautlos, verdrehte die Augen und winkte ab.

»Sicher die Telefongesellschaft, die letztens versucht hat, mir einen neuen Tarif anzudrehen. Ich gehe bei Anrufen ohne Nummer nicht mehr ans Telefon.«

»Ja, die versuchen einem nur, irgendeinen Mist anzudrehen. Neulich habe ich einen Anruf von so einem Herrn Wasauchimmer erhalten.«

Während ihre Mutter die Geschichte eines Vertreters erzählte, sah Hanna auf ihr Display. Ein Foto per SMS? Es war Jahre her, dass sie ein Bild nicht über eine Messenger-App erhalten hatte. Langsam setzte sie sich auf und starrte auf das Foto. Sie begriff, was sie sah und wurde hellwach. Der Schock spiegelte sich auf ihrem Gesicht wider. Ihr Vater sah besorgt zu ihr.

»Alles in Ordnung?«

Das Bild zeigte Sara mit einem Eis in der Hand. Eine Nahaufnahme. Sie saß draußen und hielt stolz das Eis, das geschmolzen über ihre kleinen Finger lief. Ihr Gesicht strahlte. Auf dem reflektierenden Eisdielentisch lag eine Hand. Eine weibliche Hand. Eine fremde, weibliche Hand. Hannas Blick huschte zum Absender. *Anonym.*

Eine weitere Nachricht.

Ein Wort an jemanden und ich schlitze sie auf.

Heiße Lava strömte durch ihre Gliedmaßen. Hanna sprang so schnell auf, dass ihre Eltern aufschreckten.

»Was ist los, Kind?«, fragte Ana.

»Scheiße«, rief sie verzweifelt und hastete zur Tür. »Oh Gott, nein, scheiße, nein.«

Ihre Mutter rannte ihr in den kleinen Vorraum hinterher, dicht gefolgt von ihrem Vater.

»Was ist los?«, fragten sie gleichzeitig.

»Nichts, nichts, Arbeit – ich hab etwas vergessen«, entgegnete Hanna hektisch.

Sie achtete nicht auf die skeptischen Blicke, streifte ihre Schuhe über und sprang panisch zur Tür hinaus. Henri fegte bellend herbei. Er spürte ihre Furcht. Sie konnte nicht stehen bleiben. Sie durfte nicht.

Hanna rannte zu ihrem Auto, als würde ein Leben davon abhängen. Das tat es vermutlich auch. Sie hatte komplett ausgeblendet, dass ihr Vater bis zum Gartenzaun hinterhergelaufen war und hörte nicht, was er ihr hinterherrief. Sie musste jetzt schnell sein. Sie sprang ins Auto, drehte den Zündschlüssel um, gab Vollgas und raste durch die verkehrsberuhigte Zone.

Wenn Sara etwas passierte … Den Gedanken wollte sie nicht zu Ende fassen. Blanker Horror raubte ihr den Atem. Der Audi bog um die erste Kurve. Hanna wusste, wo ihre Tochter war.

11

Der Motor des Wagens heulte auf und Hanna ruckte nach vorne, als sie mit einer heftigen Bremsung in einer kleinen Auffahrt zum Stehen kam. Sie achtete nicht auf die Umstehenden, die sie mit ärgerlichen Mienen anstarrten, schleuderte den Gurt von sich und sprang aus dem Auto. Sie knallte die Autotür zu und lief los, noch während ihre Augen ruhelos den ihr bekannten Platz absuchten. Sie hatte die Eisdiele gefunden. Noch ein schneller Blick auf das Handyfoto. Das musste sie sein.

Die roten Steine, mit denen der Boden ausgelegt war, und die kleinen runden Eisdielentische auf der Veranda, die mit ihrem silbernen Muster die Sonne reflektierten. Der Laden war voll, was bei einem sonnigen Herbsttag wie diesem nicht verwunderte. Hanna zwängte sich durch die Gäste, die vor der Terrasse eine Schlange bildeten.

»Sara?«, rief sie und drückte sich durch die Menge. »Bist du hier? Sara?«

Alle drehten sich zu ihr um. Ein Pärchen musterte sie argwöhnisch. Es war ihr egal. Ihr Blick scannte den kleinen Laden. Die Eisdiele war beliebt, aber nicht sehr groß. Trotzdem sah sie ihre Tochter nicht. Sie konnte sie nicht finden. Was, wenn ihr etwas passiert war? Was, wenn die Frau ihr etwas angetan hatte? Hannas Knie wurden weich.

Sie wandte sich einem hünenhaften Mann zu, der einen leeren Eisbecher vor sich stehen hatte.

»Entschuldigen Sie, haben Sie ein kleines Mädchen gesehen? Sie ist erst vier Jahre alt, blond, etwa so groß. Sie trägt ihre Haare offen und war hier mit einer Frau. Ich bin ihre Mutter. Bitte, ich kann sie nicht finden.«

Sie sprach leise. Das Abbrechen ihrer Stimme war trotzdem kaum zu überhören. Der Mann erhob sich wuchtig und sah sich alarmiert um.

»Ich glaube nicht«, sprach er mit sonorer Stimme und rief, zum Schreck aller Anwesenden, dröhnend durch die Eisdiele.

»Hey Leute, hat hier irgendjemand ein kleines, blondes Mädchen mit ner Frau gesehen? Ihre Mama sucht sie.«

Verärgert beäugte er die stille Menge und legte Hanna beruhigend eine Hand auf die Schulter. Seine Stimme dröhnte ein weiteres Mal, diesmal deutlich lauter, durch den Laden.

»Los, kommt schon, irgendwer?«

Hanna zuckte zusammen. Ein erdrückendes Gefühl von Schuld machte sich in ihr breit. Die Leute murmelten und schüttelten bedächtig den Kopf. Die Sekunden der Stille waren unangenehm. Sie biss sich auf die Unterlippe, als sie die mitleidigen Blicke auf sich spürte. Manche von ihnen waren gepaart mit Verachtung. Sara war nicht hier. Niemand hatte sie gesehen. Sie war weg.

»Ich glaub, ich habe sie gesehen.«

Eine Stimme durchbrach die Stille, die für einen Bruchteil eines Augenblicks wie ein Leichentuch über dem Laden gelegen hatte. Ein Angestellter lief um den Tresen herum und ging schnellen Schrittes zu Hanna und ihrem Helfer. Die Menge wandte sich ab.

Hanna legte ihre Hände um die des Riesen und schüttelte sie heftig.

»Vielen Dank! Ehrlich! Vielen, vielen Dank!«

»Kein Problem, sollten Sie noch Hilfe brauchen, sagen Sie gerne Bescheid.«

Er schenkte ihr ein aufmunterndes Lächeln, bevor sie dem Mitarbeiter entgegenging.

»Sie haben meine Tochter gesehen? Sie muss vor kurzem hier gewesen sein. Es kann nicht lange her sein.«

Der junge Mann winkte sie wenige Schritte beiseite und nickte.

»Ja, ich glaube schon. Darf ich Sie trotzdem nach einem Foto fragen? Nur, wenn es in Ordnung für Sie ist.«

Er wirkte vorsichtig. Hanna presste die Lippen aufeinander, zog das Handy und entsperrte es. Nach wenigen Sekunden hielt sie ihm das Bild hin. Er knetete nervös die Haube seiner Uniform.

»Sie war hier. Ich weiß nicht, wie ich das sagen soll. Das war halt schon eine Weile her. Heute Vormittag. Ich glaube, gegen elf.« Hanna starrte durch ihn hindurch. Ihre Beine wollten sie nicht mehr halten. Sie setzte sich auf den Rand eines steinernen Pflanzenkübels.

»Kann ich Ihnen helfen? Wollen Sie vielleicht etwas trinken?«

Der junge Eisdielenmitarbeiter sah besorgt zu ihr herab.

»Nein, schon gut. Ich … ich muss los.«

Hanna erhob sich. Wie in Trance verließ sie die Eisdiele. Ihr Körper fühlte sich taub an. Unwirklich. Leute sahen ihr nach. Der Frau, die ihr Kind verloren hatte. Sie hörte das Raunen und Flüstern an den Tischen. Es war nicht wichtig. Nichts war wichtig.

Nach kurzer Zeit erreichte sie ihr Auto. Eine Beamtin stand daneben und notierte ihr Kennzeichen. Sie sah verärgert zu Hanna.

»Ist das Ihr Auto? Ist Ihnen klar, dass das nichts in dieser Ausfahrt zu suchen hat?«

Hanna warf ihr einen zornigen Blick zu und stieg in den Audi.

»Hallo? Haben Sie mich verstanden, Lady? Der Wagen hat hier nichts …«

Die Tür knallte zu. Hanna schloss den Wagen von innen ab

und drückte auf das Tastenfeld des Fahrzeugs. Ihr ganzes Dasein war im Begriff, in sich zusammenfallen.

Sie betätigte die grüne Hörertaste und wartete auf die Durchwahl.

Die Beamtin steckte vor ihren Augen einen Strafzettel hinter den Frontscheibenwischer und deutete mit dem ausgestreckten Arm in Richtung Straße. Wütend rief sie unverständliche Worte.

Das Freizeichen ertönte quälend oft.

»Komm schon, geh ran.«

Sie kaute auf ihrer Unterlippe und sah zu dem Handschuhfach.

Nicht jetzt.

Eine gefühlte Ewigkeit später klickte es in der Leitung. Davids Stimme ertönte.

»Guten Tag. Sie sprechen mit dem Anrufbeantworter von David Kern. Hinterlassen Sie mir gerne eine Nachricht nach dem Piepton.«

Der hohe Ton öffnete in ihr alle Schleusen. Heiße Tränen rannen über ihre Wangen. Ihre Finger krallten sich ins lederne Lenkrad.

»David, es ist etwas mit Sara. Bitte ruf mich an. Bitte ruf mich sofort an.«

Sie ließ den Wagen an, fuhr rückwärts mit einem feuchten Vorhang vor den Augen aus der Ausfahrt und gab Gas.

Ich weiß nicht, was ich tun soll. Was, wenn sie ihre Drohung wahr macht?

Sie bog an der nächsten Ecke ab und trat aufs Gaspedal. Ein Blitzlicht erhellte ihre Sicht. Egal. Sie musste zur Polizei. Sofort. Eine andere Möglichkeit gab es nicht. Auf halber Strecke klingelte das Telefon. Hanna betätigte die Freisprechanlage.

»David, endlich rufst du an. Es ist etwas passiert. Sie hat Sara.« Ihre Stimme überschlug sich fast. »Ich fahre zur Polizei.«

»Moment, Moment, Hanna. Was ist los? Wer hat Sara?«

»Die Irre, die offensichtlich auch mein Leben zur Hölle machen will. Sie hat Sara. Sie hat mir eine Drohung geschickt, David.«.

Hanna ließ ihrer explodierenden Angst freie Bahn. Die Emotionen überrollten sie.

»Sie wird ihr etwas antun«, schluchzte sie.

»Stop, reiß dich zusammen!«

Es ging um ihre Tochter. Wie sollte sie sich zusammenreißen? Sie wollte am liebsten in die Freisprecheinrichtung schreien, doch David kam ihr zuvor.

»Sie ist bei mir. Alles ist gut. Beruhige dich.«

Hanna riss die Augen auf.

»Was?«, keuchte sie erschrocken.

Und überfuhr eine rote Ampel. Ein silberner Mercedes wich ihr mit tosendem Hupen aus. Sie riss das Lenkrad herum, schaffte es haarscharf, der Kollision mit einem Kleinbus zu entgehen.

»Was ist da los? Alles okay? Was ist das für ein Lärm?«

Hanna fuhr den Wagen an den Straßenrand. Sie zitterte vor Schock, schloss die Arme um sich und sank im Sitz zusammen.

»Sie war heute nicht in einer Eisdiele, oder?«, fragte sie leise.

Davids Stimme erklang bitterernst am anderen Ende der Leitung: »Ich habe dir gesagt, bekomm dein Leben in den Griff. Es wird offensichtlich immer schlimmer. Halte die Kinder und mich da raus. Geh zur Polizei, zum Psychologen oder was auch immer. Ich weiß nicht, was du brauchst, aber tu es!«

Hanna nickte. Das Zittern wurde schlimmer. Sie konnte nicht aufhören.

David fuhr nach einer langen Pause und tiefen, hörbaren Atemzügen fort.

»Sara war heute Eis essen. Mit Leonie. Woher weißt du das?«

Hanna starrte auf die Tachoanzeige. Leonie war das Kindermädchen.

»Ist es okay, wenn die Kinder eine Weile nicht zu mir kommen, David?«

Sie klang leise. Zerbrechlich. Kaputt.

»Ich habe Angst.« Hanna schluckte. »Ist das okay für dich? Ich möchte nur, dass es allen gut geht.«

Wieder herrschte einen Moment Stille.

»Sag mir, wenn ich dir irgendwie helfen kann. Ich plane meine Wochenenden etwas um und dann bleiben die beiden vorerst hier.«

Er klang wesentlich ruhiger. Fast verständnisvoll. Hatte er Mitleid oder war das nur die Stimme, die er aufsetzte, sobald er mit seinen Patienten sprach?

»Pass auf«, noch einmal atmete er durch, »es geht mir auch nicht gut, wenn es dir schlecht geht oder dir etwas zustößt. Nur weil wir nicht mehr verheiratet sind, heißt das nicht, dass ich mir keine Sorgen um dich mache. Du bist die Mutter meiner Kinder. Es ist absolut okay, wenn die beiden hierbleiben. Ich bekomme das schon eingerichtet. Du konzentrierst dich am besten erst einmal auf dich, regelst die Sachen, die bei dir passieren, und sagst mir Bescheid, wenn es geklärt ist. Sprich bitte mit einem Arzt. Die beiden brauchen dich. Also pass auf dich auf, okay?«

Hanna lehnte sich im Wagen zurück. Es klopfte an ihrer Scheibe. Sie drehte sich nach links und sah in das Gesicht eines Radfahrers, der neben der Fahrertür stehen geblieben war und durch das Glas zu ihr hineinsah.

»Danke dir. Ich halte dich auf dem Laufenden.«

»Okay, mach dir keine Sorgen um die Kleinen.«

»Danke nochmal. Das alles tut mir fürchterlich leid. Ich melde mich, wenn ich dir mehr sagen kann.«

Sie legte auf, trocknete sich die Tränen mit den Ärmeln und öffnete das Fenster.

»Alles in Ordnung bei Ihnen?«, fragte der Fahrradfahrer und sah sie besorgt an.

Hanna nickte energisch. »Ja, alles in Ordnung. Vielen Dank. Es tut mir leid. Ich muss die Ampel übersehen haben.«

Sie ordnete ihr Haar und setzte ein gekonntes Lächeln auf. Die Art, die sie bei der Arbeit einsetzte, wenn sie mit Kunden arbeitete.

»Ich bin noch etwas unter Schock. Sonst ist alles okay.«

Der Radfahrer nickte und lächelte zurück. »Gut zu hören. Haben Sie noch einen schönen Tag und fahren Sie vorsichtig.«

»Sie auch.« Sie erwiderte seine Geste. »Vielen Dank der Nachfrage.«

Hanna sank in den Sitz zurück, atmete durch und sah sich um. Und lachte. Wie hatte sie so einen Mist glauben können? Wo war sie? In einem schlechten Film?

Herrgott, was soll so eine Scheiße?!

Sie öffnete die Tür und ging vorsichtig um den Wagen herum. Ihre Knie wollten sie noch immer nicht richtig tragen.

Kein Wunder.

Die kühler werdende Luft des anklingenden Nachmittags strich über ihr Gesicht. In der letzten Stunde war ein ununterbrochener Strom aus Emotionen auf sie eingeprasselt. Hanna hatte den Rand körperlicher Erschöpfung erreicht. Die Erkenntnis, dass es Sara gut ging, beruhigte sie. Der frische Wind auf ihrer von den Tränen wunden Haut war eine Wohltat.

Sie ergriff den Strafzettel und betrachtete mit zusammengezogenen Augenbrauen die Bußgeldmenge. Wie wenig Empathie diese Beamtin gehabt hatte. Sie hätte doch klar sehen müssen, dass es sich um einen Notfall handelte. Hanna schluckte den Ärger herunter. Es gab jetzt Wichtigeres.

Ein weiteres Stück Papier klemmte hinter dem Scheibenwischer. Der Wind war kurz davor, ihn davon zu wehen. Sie griff schnell zu und hielt einen kleinen Notizzettel in den Händen. Drei Worte standen in gedruckten Lettern in dessen Mitte.

Ich sehe dich.

12

»Hören Sie, wie schon erwähnt, da können wir jetzt akut nichts machen.«

Die Polizistin sträubte sich weiter. Hanna pochte aufgelöst mit ihrem Zeigefinger auf den kleinen Zettel, den sie der Beamtin auf den Tresen gelegt hatte.

»Das ist doch nicht normal! Was ist denn hier heute los? Ich habe das Spiel schon einmal durch und mir ist klar, dass es sicher nicht einfach ist, so einer Sache nachzugehen, aber es muss doch nicht immer erst etwas passieren, bevor sie etwas tun! Meine Kinder werden bedroht! Sie können doch nicht zuschauen, wie irgendein Irrer da draußen herumrennt und Leute bedroht. Der hat Bilder in der Schule meines Sohnes abgelegt und bei meiner Arbeit abgegeben. Und für die habe ich sicherlich keine Erlaubnis erteilt!«

Wütend zog Hanna den Ausdruck des Fotos aus ihrer Handtasche. Sie entfaltete es und legte es zu dem Notizzettel.

»Sehen Sie mal. Hier war ich in einer etwas komischen Situation. Sie war aber nicht so, wie es sich hier darstellt. Trotzdem sieht das Foto so aus als ob –«

Die Polizistin hob beschwichtigend die Hand.

»Alles gut, ich habe verstanden, dass Sie das belastet und dass es eine schwere Situation für Sie ist. Sie sind sicher, dass es kein dummer Streich ist?«

»Ein extrem dummer Streich!«

»So ziemlich ja, aber man weiß nie«, beharrte die Frau hinter dem Tresen und blickte an ihr vorbei in den Warteraum.

Wut stieg in Hanna hoch.

»Wollen Sie mich jetzt eigentlich verarschen? Das mit den Bildern, die Nachricht mit dem Foto und diesem Zettel mitten in der Stadt ist doch kein Streich mehr!«

»Wir wollen mal nicht unhöflich werden«, erwiderte die Beamtin streng.

Hanna japste nach Luft.

Die Polizistin fuhr fort, bevor Hanna weiterschimpfen konnte. »Können wir Kopien haben und eine Aussage von Ihnen aufnehmen? Sie können vorerst eine Anzeige gegen Unbekannt stellen und dann sehen wir weiter. Wir wollen Ihnen ja helfen. So einfach ist das aber leider nicht. Ist das in Ordnung für Sie?«

»Okay. Ja, in Ordnung. Danke.«

Nach zwanzig Minuten Diskussion hatte sie aufgegeben. Ein Gefühl der Ohnmacht drohte Hanna zu verschlingen. Sollte die Polizei ihr nicht helfen, wer würde es dann tun?

»Nehmen Sie bitte im Warteraum Platz und füllen das hier aus.«

Klappernd legte die Beamtin ein Klemmbrett mit einem mehrere Seiten langen Antrag auf den Tresen. An dem metallenen Bügel hing ein blauer Kugelschreiber an einem dünnen Bindfaden. Hanna nickte.

»Okay. Gebe ich den bei Ihnen ab?«

»Ja, wenn Sie fertig sind, legen Sie ihn einfach wieder hierhin.«

Die Polizistin schenkte ihr ein Lächeln. Eine Geste, mit der Hanna nicht gerechnet hatte. Es war nicht viel, half ihr aber, sich etwas besser zu fühlen. Sie nickte dankbar, ergriff das Klemmbrett und ging zurück in den Warteraum, wo sie sich auf einem Plastikstuhl niederließ. Die Rückenlehne war an die Wand geschraubt worden.

Langsam fing sie an, zu schreiben und die einzelnen Kästchen zu befüllen. Bis der leicht eingetrocknete Kugelschreiber abwesend über den vorletzten Ausdruck kratzte, rotierten Hannas Gedanken. Dann atmete sie hörbar aus und beendete so schnell wie möglich ihre Ausführungen. Sie wusste, wer ihr helfen konnte.

13

Er erkannte den dunkelblauen Audi, als Hanna in die Ausfahrt einbog und eine Vollbremsung hinlegte. Nur ein Stück weiter und sie hätte einen Mann angefahren, der auf dem Weg zu einem der zahlreichen Restaurants war, die die Straße füllten. Jonathan sah auf die Uhr. Sie war schnell gewesen. Erstaunlich, wozu Menschen fähig waren, wenn sie bestimmte Emotionen durchlebten.

Raschen Schrittes näherte er sich dem Wagen und versuchte, im Schatten der aufgestellten Sonnenschirme zu bleiben, die die Fußgängerwege vor den Lokalen ausstaffierten. Hanna stieg aus dem Auto und sah sich fieberhaft um. Jonathan blieb stehen. Ihre Augen fuhren über ihn hinweg. Dann lief sie auf die Eisdiele an der schräg gegenüberliegenden Straßenseite zu.

Ihre Mimik ist intensiv. Die Augen sind geweitet und ihre Bewegungen gehetzt. Ihr Atem geht schnell.

Wahrscheinlich hatte sie Angst. Zumindest glaubte er das. Auch in ihm regten sich Emotionen, die Jonathan nicht wirklich zu fassen im Stande war. Seine Hände und Knie zitterten, der Atem ging schneller und ein merkwürdiges Gefühl sammelte sich in seinem Bauch, das er nicht einzuordnen wusste. Es war ihm schon immer schwergefallen, seine eigenen Gefühle und die anderer Menschen zu lesen. Seine Ärzte hatten diesem Phänomen einen Namen gegeben. Für ihn war es ein Umstand, mit dem er gelernt hatte umzugehen.

Jonathan war in eine verarmte Familie geboren worden. Sein Vater hatte in einem Lager gearbeitet. Seine Mutter hatte die Zeit zu Hause verbracht. Beide tranken viel Alkohol und stritten täglich. Er selbst war nicht schadlos davongekommen. Sie hatten ihn schon immer geschlagen, doch hatte er nicht verstanden, warum. Er hatte nie kapiert, was in ihm vorging. Wahrscheinlich hatte er Fehler gemacht.

Eines Tages, sie fuhren durch die Berge, bat ihn seine Mutter, auszusteigen. Er wusste nicht, warum, doch ihm war klar, dass er würde warten müssen. Wieder stritten seine Eltern. Er sah durch die Rückscheibe des Autos, dass sie miteinander rangen. Der Wagen fuhr an, entfernte sich schneller werdend, schlitterte über einen Berghang und verschwand in die Tiefe. Erst als ein blecherner Knall durch den hereinbrechenden Abend hallte, lief der fünfjährige Jonathan zu dem Klippenrand, hinter dem seine Eltern verschwunden waren. Das Auto lag zwanzig Schritt unter ihm und hatte sich mit Front und Dach um einen Baum gewickelt. Gequältes Schreien drang aus der zerstörten Karosserie. Er erinnerte sich, wie er stehen geblieben war und in die Tiefe starrte.

Damals hatte Jonathan gespürt, wie sein Herz pochte, sein Kopf warm wurde und Tränen aus seinen Augen über seine Wangen rollten. Seine Hose war nass geworden, als er sich eingemacht hatte. Doch er lächelte. Seine Mutter hatte ihn diese Reaktion gelehrt, als sie mitbekommen hatte, dass er manche Umstände nicht so verstand, wie es andere Kinder vielleicht taten.

»Mit einem Lächeln machst du nie etwas falsch!«, hatte sie damals zu ihm gesagt.

Deshalb lächelte er. Mit dem Sonnenuntergang erstarben die Schreie. Menschen rannten herbei. Hilfskräfte versuchten, den Wagen zu erreichen. Jonathan erinnerte sich an das Chaos, das um ihn herum geherrscht hatte. Sie hatten ihm Kleider gegeben. Ihn in ein neues Zuhause gebracht.

Hanna war in die Eisdiele verschwunden. Jonathan zog seine Handschuhe an und entfaltete einen kleinen Zettel in der Innentasche seiner Jacke. Er zog ihn hervor, betrachtete ihn und legte die letzten Meter zum Auto zurück. Es musste getan werden. Anders würde es nicht funktionieren und er sein Geschenk nicht bekommen. Seine Ungeduld wuchs. Er würde frei sein und *es* sehen. Behutsam klemmte er den Notizzettel unter den Scheibenwischer. Dann begutachtete er sein Werk.

»Passt«, murmelte er.

Er ging zwei Schritt, griff unter den Radkasten und riss das angeklebte GPS ab. Mit einer schnellen Bewegung zog er ein zweites aus seiner Jackentasche und brachte es an der gleichen Stelle an. Gäste der Eisdiele und Passanten sahen ihm zu. Keiner reagierte. Zuversichtlich lächelnd nickte Jonathan einem Familienvater zu, der sich daraufhin zu seinen Kindern abwendete. Jonathan ging auf ein Café zu, das unweit vom Auto einige freie Tische bot. Es war zu einfach. Großstadt halt.

Er setzte sich auf einen der weißen Plastikstühle und betrachtete die Karte.

»Guten Tag, wissen Sie schon, was Sie möchten?«, fragte ihn eine junge Bedienung.

»Ja, ich hätte gerne einen Orangensaft. Vielen Dank.«

Die Bedienung bestätigte die Bestellung und nach kurzer Zeit stand ein frisch gepresster Orangensaft vor ihm. Jonathan nippte an dem Getränk und schloss die Augen. Er genoss den sauren, erfrischenden Geschmack. Er erinnerte ihn an etwas, doch fiel ihm nicht ein, was.

Er öffnete die Augen und sah hinüber zu der Eisdiele. Im Augenwinkel sah er mit Erschrecken, wie eine Ordnungshüterin vor Hannas Auto in der Auffahrt Stellung bezog und einen Zettel ausfüllte. Er knirschte mit den Zähnen, blieb aber sitzen.

Sein ganzer Körper sträubte sich, nicht einzugreifen, doch er hatte Selbstbeherrschung gelernt. Wenn die Beamtin den Zettel entdeckte, wäre alles für die Katz gewesen. Ärger machte sich in ihm breit. Sein Magen rebellierte. Mit pochendem Herzen starrte er auf die Frau in der grauen Uniform. Dann sah er Hanna im Augenwinkel. Sie rannte auf ihr Auto zu. Er hatte nicht aufgepasst. Ruckartig zog Jonathan die Arme hoch und hielt die Hände gefaltet vor sein Gesicht. Sie durfte ihn nicht erkennen.

Das Gemurmel der Besucher wuchs an. Einige von ihnen unterhielten sich über *die Irre*. Wieder andere beschwerten sich über die Beamtin. Die Sonne hatte viele Menschen aus ihren Häusern getrieben und so war es leicht, nicht aufzufallen. Keiner von ihnen kümmerte sich um die Frage, warum die Frau so verzweifelt aussah. Auch deswegen konnte Jonathan die Großstadt selten ertragen. Niemand interessierte sich für das Leid des Nachbarn oder sorgte sich um den anderen. Sie alle waren nur auf ihr eigenes Wohl bedacht.

Die Stadtbeamtin rief Hanna deutliche Worte nach, als diese ins Auto einstieg. Jonathan interessierte sich nicht dafür, was sie gesagt hatte. Sie war irrelevant. Er schlürfte an dem Orangensaft und sah, wie Hanna gehetzt die Tür zuwarf. Sie tippte auf der Armatur und schien zu telefonieren, während die Beamtin verärgert einen Strafzettel befestigte.

Aufgeregt setzte Jonathan das Glas vor sich ab und versuchte, einen Blick auf die Frontscheibe zu erhaschen. Aus diesem Winkel konnte er unmöglich sehen, ob sein Zettel noch unter dem Scheibenwischer klemmte. Er fluchte leise. Ihm wurde heiß und kalt. Es musste klappen.

Er sprang auf und ging auf den Audi zu, als die Beamtin sich entfernte. Sein Herz pochte vor Aufregung. Der Motor sprang an. Er würde sich beeilen müssen. Er rannte los. Dann gab Hanna Gas.

»Nein!«, entfuhr es ihm laut.

Der Wagen bretterte an ihm vorbei.

Mit einer Hand vor dem Mund zog er die Kapuze über den Kopf. Der Wagen setzte rückwärts. Hanna verfehlte mit der Motorhaube knapp einen Tisch, wendete und fuhr los.

Jonathan stand neben der Ausfahrt und sah dem Wagen hinterher. Die Stadtbeamtin ließ einen wüsten Sturm aus Beschimpfungen auf die wegfahrende Hanna niederprasseln. Sie hatte keine Ahnung, dass die Frau andere Probleme hatte, als sich mit ihr oder ihrem Knöllchen zu beschäftigen.

Hanna hatte den Zettel nicht entdeckt. Hatte Jonathan Angst? Er wusste es nicht. Die Regungen in seinem Körper bildeten eine Mischung vieler Kleinigkeiten, deren Herkunft er über die letzten Jahre angestrengt zu lernen versucht hatte. Er zog sein Handy und tippte etwas ein. Dann rückte er seine Kapuze zurecht und machte sich zwischen den Menschen hindurch auf den Weg zu seinem nächsten Ziel. Auf seinen Lippen lag ein Lächeln.

14

Das Klopfen hallte durch den leeren Flur. Durch die Glasfassade hindurch war ein schöner Vorgarten zu erkennen, der sich vor der Wohnsiedlung zu einem gemeinschaftlichen Park manifestierte. Hanna war immer wieder erstaunt über Rolands Wohnstil. Nach außen strahlte er nicht aus, die Art von Mensch zu sein, die in einer solchen Luxus-Wohnanlage wohnen konnte und wollte. Perfekt geschnittene Hecken erhoben sich zwischen grünen Lichtungen, auf denen Bänke und Spielplätze für die Zufriedenheit der Anwohner sorgten. Warmes Licht fiel aus modernen Laternen auf den großen Platz zwischen dem flachen, verglasten Wohnkomplex, der sich wie ein geschwungenes Zeichen über die weite Fläche schlängelte. Nur wenige Meter vor dem Grün waren die privaten Parkplätze spärlich besetzt. Sie trennten diese kleine Idylle mit Schranken von der Außenwelt ab. Im gepflegt wirkenden Wachhäuschen leuchtete helles Licht.

Hanna sah durch den verglasten Marmorflur auf moderne Statuetten, die am Rand des Flurs auf hüfthohen Podesten standen und kleine Schildchen trugen. Wahrscheinlich Investoren. Sie klopfte ein weiteres Mal an der schweren Tür und bediente die Klingel.

Die Tür schwang auf und Roland sah sie müde an. Seine Augen waren von dicken Rändern untersetzt, die ihn zehn Jahre älter wirken ließen.

»Wow, was ist los?«

Er drehte sich um und ließ die Tür aufgleiten.

»Wir müssen reden. Ich brauche deine Hilfe.«

Vorsichtig ging sie an Roland vorbei, der daraufhin leise seufzte.

»Na klar, mach es dir gemütlich.«

Mit einem dumpfen Klicken schloss er die Tür und aktivierte einen elektronischen Riegel.

Hanna ließ sich seufzend auf einen Echtledersessel sinken, während Roland sich vor ihr auf seine Designercouch setzte. Hinter ihm leuchteten ein halbes Dutzend Monitore und Computersysteme auf seinem gläsernen Schreibtisch.

»Was ist los? Musst du hier schlafen?«

»Nein, das ist nicht das Problem.« Sie räusperte sich, ließ sich zurücksinken, legte die Hände auf den Schoß und versuchte zu sprechen, ohne hysterisch zu wirken.

»Aber ganz kurz. Was ist los? Du siehst aus, als hättest du Tage nicht geschlafen?«

»Ach, schon gut.« Er winkte ab und fuhr sich mit den Fingern über die Schläfe. »Ich arbeite im Moment viel. In der Firma läuft nicht alles rund und gestern war ein harter Tag.«

Hanna sah ihren Freund besorgt an und lehnte sich zu ihm vor.

»Schon gut, keine Sorge. Gestern war der Todestag meines Bruders.«

Ein Schlucken entfuhr ihm, als würde er seine Emotionen zurückhalten. Hanna rückte zu ihm auf die Couch und nahm ihn sachte in den Arm.

»Das tut mir leid, Roland, das wusste ich nicht. Mein Beileid, ehrlich.«

Sie umarmte ihn etwas fester. Er schien darin Halt zu suchen. Nach wenigen Sekunden löste er sich und blinzelte seine feuchten Augen trocken.

»Alles gut, wirklich. Es ist nur ein emotionaler Moment, weißt du. Es ist schon so lange her.«

»Möchtest du darüber reden?«

Sie legte ihm sanft ihre Hand auf den Oberarm. Sie musste jetzt für ihn da sein. In vielen Situationen hatte er ein offenes Ohr für Hanna gehabt. Er wirkte immer stark. Nur selten hatte sie Roland in einer düsteren Verfassung erlebt.

Er atmete durch und sah zu Boden. Seine Hand spielte an einem seiner Piercings. Dann begann er leise zu sprechen.

»Mein Bruder Justus und ich waren so ziemlich unzertrennlich. Ich war nur ein Jahr älter und wir haben alles zusammen gemacht. Unsere Familie war nicht gerade vermögend, um es einfach auszudrücken.«

Er schien zu überlegen, wie er seine nächsten Worte ausdrücken sollte.

»Justus war immer der bessere von uns gewesen. Er war gut in der Schule, hatte viele Freunde und bei den Mädchen war er auch beliebt. Ein richtig hübscher und angenehmer Typ. Keiner hätte gedacht, dass er Probleme hatte.«

Er atmete tief ein und aus.

»Ich habe es auch nicht gesehen. Dabei waren wir die besten Freunde.«

Sein Blick schweifte durch die Wohnung.

»Ich wollte ihn bei einer Party abholen, um ihn zu einer anderen mitzunehmen. Wir waren nicht gerade wenig unterwegs.«

Hanna legte die Hand auf den Rücken ihres Freundes und hörte ihm still zu.

»Als ich ankam, waren alle völlig aufgelöst. Seine Freundin schrie irgendwo in der Wohnung. Ich wusste sofort, dass etwas nicht in Ordnung war. Also rannte ich hin und da …«

Eine kurze Stille. Dann riss er sich zusammen.

»Er war bereits tot. Keine Chance. Überdosis.«

Seine Stimme brach und Hanna drückte ihren Freund an sich. Er schluchzte.

»Kann ich irgendetwas für dich tun?«

Roland schüttelte den Kopf und hob besänftigend eine Hand.

»Nein, schon gut, wirklich.«

Er wischte sich eine Träne aus dem Gesicht.

»Es ist schon so lange her, er war 16 Jahre alt. Trotzdem sind diese Tage für mich immer irgendwie heftig.«

Er stand auf, streckte sich und trottete in die Küche. Hanna lehnt sich auf der Couch zurück. Beklemmung und Schuld nahmen von ihr Besitz ein. Wie konnte sie nur herkommen und ihn mit ihren Problemen beladen, wo er doch selbst mit seinen umgehen musste.

Roland stellte zwei Becher Cappuccino auf den Tisch und ließ sich in den Couchsessel nieder, auf dem Hanna eben noch gesessen hatte. Sie wusste nicht, was sie sagen sollte. Eine betäubende Stille lag in der Luft und schnürte ihr die Kehle zu.

»Sag schon, was ist los? Du kommst doch sonst nicht unangekündigt her.«

Seine Hände lagen zusammengefaltet auf seinem Schoß und er sah sie durchdringend an. Kein Anzeichen mehr von der Trauer, die ihn eben noch erschüttert hatte. Hanna bewunderte seine Stärke. War es Stärke? Oder schluckte er nur seine Gefühle herunter? War sie nicht genau so?

»Darf ich nur noch eine Frage stellen?«

Er nickte kaum sichtlich.

»Habe ich dich deswegen nie mit einem Glas Wein oder ähnlichem gesehen? Ich dachte«, sie wägte kurz ab, »dass es einfach nicht so deins wäre.«

Wieder nickte er.

»Kein Alkohol, keine Drogen. Denkt man nicht, wenn man mich sieht, oder?«

Nun war sie es, die nickte, was ihn zum Lächeln brachte. Es wirkte ehrlich, sogar etwas stolz.

»Jetzt aber zum Punkt. Was ist los?«

Hanna holte Luft und schüttelte den Kopf. Sie ballte eine Faust und zählte von fünf rückwärts.

»Diesen Zettel fand ich heute an meinem Auto. Und das ist nicht alles.«

Sie erzählte von der Situation bei ihren Eltern und dem Drama an der Eisdiele, schob ihm das Handy rüber und deutete auf die Nachricht.

»Das ist sie.«

Roland betrachtete das Display. Seine Lippen wurden zu schmalen Strichen, als seine Augen über die Textnachricht hinweg fuhren.

»Das ist wirklich krass. Next Level, Hanna. Krank. Richtig starker Tobak.«

Seine Worte lösten in ihr unterstützendes Nicken aus. Sie sah ihn erwartungsvoll an, als erhoffte sie sich eine Lösung von ihm, die er ihr natürlich nicht geben konnte.

So schnell dreht sich das Blatt.

Hanna fühlte sich schwach. Eine dumpfe Schwere kroch ihre Beine empor und bahnte sich ihren Weg durch ihren Körper, bis in ihren Kopf und ihre Fingerspitzen. Ihr Mund wurde trocken. Was, wenn es schlimmer werden würde? Wenn sie es nicht aufhalten konnte? Was könnte sie schon ausrichten, wenn sie die Polizei nicht einschalten konnte?

Hannas Kopf drehte sich. Ihre Hände griffen zitternd den Becher Kaffee, der heiß dampfend auf dem Ungetüm aus Edelstahl und Marmor stand. Während Roland aufstand und grübelnd zu der raumhohen Fensterfront schritt, schloss sie die Augen. Diesmal würde sie sich nicht ergeben. Es war an der Zeit, das Ruder in die Hand zu nehmen und sich nicht mehr von den Strömungen dieses unbekannten Flusses mitreißen zu lassen. Sie schlug die Augen auf und nahm vorsichtig einen Schluck Kaffee. Der Vergleich half ihr, sich die Situation klarzumachen. Sie würde nicht überleben, wenn sie untätig blieb. Sie würde untergehen.

»Das habe ich nicht vor«, murmelte sie vor sich hin.

»Wie bitte?«

»Schon gut. Roland, ich habe einen Plan und brauche deine Hilfe.«

»Zur Polizei gehen? Gute Idee.«

»Da war ich schon.«

Die beiden sahen einander an.

Ihr Freund setzte sich wieder zu ihr. »Okay, lass hören. Was machen wir?«

Hanna verzog gerührt den Mund zu einem traurigen Lächeln. Roland fragte direkt nach dem *wir*. Sie würde alles überstehen, wenn sie Menschen wie ihn an ihrer Seite hatte. Sie musste ihre Kinder wiedersehen und sie würde alles dafür tun, sie wieder in Sicherheit zu wissen.

»Für mich hat alles mit dem Club angefangen. Dem *Ding*. Du weißt schon.«

Roland schaute schuldbewusst, doch Hanna hob die Hand.

»Da kannst du ja nichts für. Also, ich wurde auf der Toilette von jemandem fotografiert. Offensichtlich von jemandem, der mich im Auge hat, sonst wüsste er nicht, wo ich wohne oder wo ich arbeite.«

Sie versuchte, die Worte so objektiv und durchdacht wie möglich zu wählen.

»Ich habe also einen Stalker, der mir mein Leben vermiesen will und offensichtlich auch bereit ist, das Leben meiner Kinder zu bedrohen. Vielleicht auch meines. Letztendlich fällt mir keiner ein, den ich verdächtigen würde. Jedoch habe ich jemanden im Club kennengelernt und ich habe seine Telefonnummer.«

Roland sah überrascht auf.

»Wie jetzt?«

»Ein Mann hat mich angesprochen«, sie legte eine etwas zerknitterte Visitenkarte auf den Tisch, »und mir das gegeben. Er war nicht mehr da, als ich von der Toilette kam und hat mich unten vor der Tür noch einmal angesprochen. Auch wenn er mit hoher Wahrscheinlichkeit nichts damit zu tun hat, gibt es eine Chance, dass er öfter in dem Club ist und etwas über die Leute weiß, die oben in der Lounge waren. Zwei der Damen kannte er auf jeden Fall. So richtig schiefliegen kann ich damit also nicht.«

Ein kleines Lächeln zeigten sich in Rolands Zügen.

»Ich kenne den Club auch ein wenig, aber ehrlich gesagt, habe ich von den meisten Leuten dort keinen Plan. Ich mache nur die Sicherheit und die IT für den Laden.«

»Und da kommen wir zum nächsten Punkt. Ich habe eine Bitte an dich.«

Roland zog die Augenbrauen zusammen. Seine Stirn legte sich in Falten, als wüsste er bereits, was Hanna von ihm wollte.

»Hast du irgendeine Möglichkeit, an die Videos zu kommen, die dort von den Kameras aufgenommen werden?«

Er stöhnte hörbar auf und warf sich zurück in den Sessel.

»Du willst sehen, wer das Foto geschossen hat, das verstehe ich. Aber Hanna, das kann ich auf keinen Fall machen! Es tut mir wirklich leid, aber Sanja ist keine Kundin, mit der ich Stress haben will. Die ist gefährlich!«

»Ja, das verstehe ich natürlich, aber kannst du nicht irgendwie da rein, wenn du eh für sie arbeitest? Fällt das irgendjemandem auf? Kannst du nicht vorgeben, ein Update oder sowas machen zu müssen?«

»Ja, klar würde das gehen. Aber ich kann da nicht einfach reinspazieren und Geheimagent spielen. Ich habe keinen Schlüssel oder sowas, falls du das denkst. Wenn die rausbekommen, dass ich da drin war oder etwas habe mitgehen lassen, dann …«

»Dann was? Roland, meine Kinder sind in Gefahr!«

Hanna versuchte, ihre Emotionen unter Kontrolle zu halten. Sofort überkam sie ein schlechtes Gewissen. Sie wusste, dass sie einen solchen Akt nicht von ihrem Freund verlangen konnte, geschweige denn sich irgendeiner Gefahr für sie auszusetzen.

Er sah sie schweigend an und kaute auf der Unterlippe. Dann schüttelte er langsam den Kopf.

»Das geht nicht. Es tut mir leid.«

»Man, ich weiß, das ist heftig, aber … aber …« Ein Schnaufen entfuhr ihr.

Sie sah aus dem Fenster. Dann vergrub sie das Gesicht in den Händen. Sie würde noch verrückt werden. Was sollte sie nur tun?

»Okay, ich verstehe«, sagte sie leise und stand auf.

»Hanna, ich …«

»Nein, schon gut.«

Sie nahm ihre Jacke aus der Garderobe.

»Ich verstehe es wirklich. So etwas kann ich nicht von dir verlangen. Ich fahre nach Hause und rufe Martin an.«

»Willst du nicht lieber hier schlafen? Nur diese eine Nacht. Ich fühle mich dann besser.« Ein entschuldigender Blick lag in seinen Augen. Er gesellte sich zu ihr und zeigte in Richtung seines Schlafzimmers.

»Komm schon, ich penne auf der Couch. Gerade bei dem ganzen Mist, der dir passiert. Vielleicht kannst du dadurch etwas ruhiger schlafen und findest eine gute Lösung, sobald du etwas Ruhe gefunden hast. Wir können morgen früh auch gemeinsam überlegen. Du hast mich heute einfach auf dem falschen Fuß erwischt.«

Hanna grübelte. Sie würde sich ebenfalls wohler fühlen, sollte sie eine Nacht in Rolands Wohnung verbringen können. Die Sicherheitsanlagen waren klasse und sie brauchte einen Moment, um atmen zu können. Ihre Gedanken zu sortieren.

Wut, Angst und Verzweiflung spielten ihr wechselseitiges Spiel in ihr, als wären sie durch eine komplexe Mechanik aus Zahnrädern miteinander verwoben. Hanna konnte und wollte diese Gefühle nicht mehr unterdrücken. Sie wollte schreien. Am liebsten würde sie loslaufen und auf etwas einschlagen. Zu vieles staute sich in ihr an.

»Komm, ist okay«, sagte Roland leise.

Er zeigte auf die Couch zurück und nahm Hanna ohne große Gegenwehr die Jacke aus der Hand. Sie sah ihn hilflos an.

»Es tut mir leid, ich hätte das nicht von dir erfragen sollen.«

Roland schüttelte den Kopf und warf sich das Kleidungsstück über den Arm. Es polterte auf dem handgeknüpften Designteppich. Hannas Flachmann war aus der Innentasche der Jacke gefallen. Sie schluckte. Eine unangenehme Stille entstand, in der beide wortlos auf den kleinen Behälter sahen. Das Gespräch über Rolands verstorbenen Bruder war noch keine zehn Minuten her. Nun starrte sie von dem mit Rum gefüllten Flachmann zu ihm.

Roland hob ihn auf, lächelte und schob das kleine Metallbehältnis zurück in die Jacke und legte sie sachte auf die Durchreiche seiner Küche.

»Diesen Scheiß solltest du wirklich sein lassen, weißt du? Ich glaube dir, dass das schwer wäre und dass du denkst, es zu brauchen, aber es zerstört Leben. Vor allem deins. Mach es ruhig, aber denk dran, dass es dich bestimmt und nicht andersherum.«

Es war Hanna absolut bewusst, dass er damit nicht das Trinken in einem Club ansprach. Das Schlimmste an diesem Moment war das Gefühl, dass sie ihm am liebsten die Jacke wegnehmen wollte, um genau jetzt einen solchen Schluck zu nehmen. Wärme im Bauch und etwas Erholung von dem Gedankenkarussell würden ihr gerade nicht schaden. Und ein wenig Betäubung.

Hanna nickte und setzte sich zurück auf die Couch.

»Okay.« Sie atmete tief durch und betrachtete ihre zitternden Finger. »Ich bleibe heute hier.«

Roland kramte in der Küche. Wenige Minuten später stellte er ein Tablett mit Gebäck und zwei Gläsern Cola auf den Marmortisch.

Hanna nahm sich eine kleine Brezel, schob sie sich in den Mund und kaute eine Weile. Tief durchatmend lehnte sie sich zurück und ging die Worte durch, die sie gleich wählen würde. Dann kramte sie in ihrer Handtasche.

»Gut. Ich rufe ihn an.«

15

Hanna genoss ein angenehmes Frühstück nach einer erholsamen Nacht auf der Couch. Roland hatte zwar darauf bestanden, sie in seinem Bett schlafen zu lassen und wollte das Sofa nehmen, so weit hatte sie es aber nicht kommen lassen. Ihr Freund griff ihr bereits genug unter die Arme.

Den Inhalt des Flachmanns hatte sie bei ihm weggeschüttet. Sie wollte ihm zeigen, dass sie sich bemühte, Abstand von der Flasche zu nehmen, wenn er von der Arbeit kam. Tatsächlich war es ihr Wunsch, weniger zu trinken. Die letzten Jahre hatte sie es sich dadurch nicht leichter gemacht. Das wusste Hanna. Auch hatte sie bereits mehrere Versuche unternommen, trocken zu werden. Jede dieser Bemühungen war wegen anderen Situationen bisher gescheitert. Dabei brauchte sie die Kontrolle über sich mehr als je zuvor. Doch was sollte sie tun? Vielleicht waren diese Zeiten nicht die Besten, um ihren Körper noch mehr Stress auszusetzen?

Sie hatte getrödelt und am Vormittag die schwere Tür des Luxusappartements hinter sich zugezogen. Den Tag hatte sie damit verbracht, Kleider in ihrer Wohnung auszusortieren und zu einem Spendenzentrum zu bringen, einzukaufen und daraufhin nervös auf ihrer Couch zu sitzen. Dabei hatte sie unentwegt die Uhr im Auge behalten.

Nun sah Hanna aus ihrem Auto auf das spanische Restaurant in dem hübschen, alten Eckhaus, dessen warmes Licht einladend die davor liegende Straße beleuchtete. Es schien gut gefüllt zu sein und die Stühle und Bänke vor der Tür waren größtenteils besetzt.

Ein guter Ort, um sich zu treffen, dachte sie.

Sie wartete schon eine Weile in ihrem Auto. Da sie nichts anderes mit sich anzufangen wusste, hatte sie sich eine Stunde vor der vereinbarten Uhrzeit einen Parkplatz in einer gegenüberliegenden Parkbucht gesucht. Ihr Herz pochte vor Aufregung. Sie ließ eine Playlist laufen und sang leise ihre Lieblingssongs mit.

Bald ist es so weit.

Hanna beugte sich nach hinten und fühlte den ledernen Einband ihres Kalenders, tastete weiter und umgriff das kühle Glas einer Flasche, die sie hervorzog.

Sie musste es Roland ja nicht sagen. Dann hat sie halt vor dem Date einen Mutschluck getrunken. Na und? Sie betrachtete das Etikett. Er konnte nicht verlangen, dass sie sich nie wieder einen Schluck genehmigte. Was wollte er? Sich wie jedes andere Arschloch in ihrem Leben benehmen und ihr sagen, was sie zu lassen hatte?

Hanna schrak hoch und zog die Stirn in Falten, als sie ihren Gedankengang bemerkte. Es war unfair, so zu denken. Sie drehte langsam den Deckel auf, bis ein letztes Knacken ihr verriet, dass die Flasche geöffnet war. Sie setzte sie an die Lippen und zögerte. Dann nahm sie einen kräftigen Schluck. Der Wodka schmeckte abscheulich. Sie trank ihn nicht gerne, doch hinterließ er keine Fahne.

Nach einem zweiten, kleineren Zug drehte sie die Flasche zu, versuchte sie in ihrem vollen Handschuhfach unterzubringen und warf sie letztlich neben sich auf den Beifahrersitz. Wärme und Entspannung breiteten sich in ihren Gliedmaßen aus. Sie lächelte zufrieden und tupfte sich mit einem Ärmel einen Mundwinkel trocken. Das hatte sie gebraucht.

Mit einem schnellen Blick in den Rückspiegel richtete sie ihr

Haar und überprüfte das Make-up. Es fühlte sich komisch an, auf das Date zu gehen, wo es doch nur ein Vorwand war, um Martin auszuhorchen. Was, wenn er etwas mit dem Foto zu tun hatte? Immerhin war er an dem Abend im Club gewesen und nach dem Vorfall auf der Toilette verschwunden.

Hanna empfand es als völlig abwegig, dass er etwas damit zu tun haben könnte, aber wer wusste schon, was hinter der Stirn mancher Menschen vor sich ging. Sie hatte entschlossen, dieses kleine Risiko einzugehen, schon deshalb, weil sie Martin als sehr attraktiv in Erinnerung behalten hatte. Deswegen auch die Verabredung bei ihrem Lieblingsspanier. Einerseits war er fast immer ausgebucht und ein guter Ort, um sich mit jemandem zu treffen, den man noch nicht gut einschätzen konnte, andererseits war das Essen und die Stimmung hervorragend für ein Date. Nur unter Flehen und ein paar Notlügen ihres Geburtstags entsprechend hatte man am Telefon nachgegeben und ihr einen Tisch für zwei Personen reserviert.

Nach einem kurzen Seufzen streckte sie sich, drückte die Schultern nach hinten und stieg aus dem Auto. Die Luft war frisch, aber immer noch angenehm genug, um es sich draußen an den kleinen Holztischen gemütlich zu machen. Der Geruch der Straße vermischte sich mit dem der Speisen, was Hanna das Wasser im Mund zusammenlaufen ließ. Geröstetes Knoblauchbrot reihte sich zwischen Champignons mit Aioli und frittierten Tapas ein, die auf zahllosen Tellern und Schalen serviert wurden. Die Gespräche der vielen Gäste belebten das Restaurant und trugen genauso zur Atmosphäre bei wie die spanische Hintergrundmusik, die leise vor sich her spielte.

Keine Angst jetzt. Los.

Anton kam auf sie zu. Er kannte Hanna schon seit etwa zwei Jahren, in denen sie das ein oder andere Wort miteinander gewechselt hatten. Mit weiß leuchtenden Zähnen grinste der Kellner breit und reckte ihr die Arme zur Begrüßung entgegen.

»Hanna, schön, dass du da bist und herzlichen Glückwunsch! Ich habe schon gehört, dass du jemanden mitbringst! Ein neuer Freund?«

Sie lachte und winkte ab.

»Nur ein Date, aber ich bin sehr gespannt.«

»Ein Date am Geburtstag? Das wird dann wohl ein besonderes Geschenk?«

Wieder lachte Hanna und winkte ab. Anton führte sie an einen kleinen Tisch, der so aussah, als hätten sie ihn extra dahin manövriert, um die Reservierung zu ermöglichen. Eine Kerze strahlte warmes Licht aus. Ein Gefühl der Gemütlichkeit überkam Hanna. Dieser Ort war so romantisch, so voller Leben. Sie liebte ihn.

Als sie sich setzte, sah sie eine Gestalt, die zur Eingangstür hereinkam und sich aufmerksam umschaute. Etwas zu langes Haar, Dreitagebart und ein kantiges Gesicht. Martin hing seinen Mantel auf einen überfüllten Kleiderhaken und ließ den Blick weiter durch den Raum schweifen. Hanna biss die Zähne zusammen.

Warum bist du so nervös?

Sie zwang sich aufzustehen und hob zögerlich die Hand.

Jetzt kommt es auf dich an, dachte sie und versuchte zu lächeln.

Ihr war überhaupt nicht danach zumute. Am liebsten hätte sie diesen Abend bereits hinter sich gebracht und sich mit dem Handy im Bett verkrochen.

Martin entdeckte sie und ging auf sie zu. Er hob ebenfalls zögerlich, fast verhalten die Hand. War er schüchtern? Wohl kaum. Immerhin war er derjenige gewesen, der sie im Club angesprochen hatte.

»Hi Hanna, schön, Sie zu sehen!«

Er deutete an, Hanna zu umarmen. Sie ließ es zu, versteifte sich und klopfte ihm sachte auf den Rücken. Als er sich löste, sah er sie verlegen an. Offenbar hatte er gemerkt, dass ihr nicht ganz wohl in ihrer Haut war und lächelte entschuldigend.

»Sorry, ich wollte Sie nicht in Verlegenheit bringen. Wollen wir uns setzen?«

Er deutete auf die mit kariertem Muster bespannten Holzstühle.

»Äh, ja, entschuldigen Sie, ich meine es nicht so«, sagte Hanna mit leicht zitternder Stimme und setzte sich. »Ich bin nur etwas aufgeregt. Das ist das erste Date seit langer Zeit für mich. Ich bin wohl etwas nervös«.

Eine spontane Lüge. Ihre Knie zitterten unter dem Tisch. Hanna ergriff ihre Serviette und faltete sie zwischen den Fingern.

»Ist das wirklich alles?«

Martin schaute skeptisch, rückte sich den Stuhl zurecht und ließ sich an den kleinen Tisch nieder.

»Also, Sie waren es, die mich angerufen hat. Wenn es wirklich nur Nervosität ist, kein Problem. Machen Sie sich keine Gedanken. Mir geht es absolut genauso! Zusätzlich sehen Sie auch noch absolut fantastisch aus. Das macht es mir nicht unbedingt leichter.«

Er schmunzelte und hob eine Hand, um den Kellner heranzurufen. Hanna spürte Hitze in ihre Wangen aufsteigen. Seine braune Stoffhose und das dunkelbraune Jackett mit den Ellenbogenaufnähern über dem weißen Hemd wirkten sehr retro. Das war nicht unbedingt der Typ Mann, der Hanna auf Anhieb ansprach, aber Martin hatte irgendetwas. Sie wusste nicht, was es war. Er weckte etwas in ihr. Waren es seine ruhigen, braunen Augen, die allem eine gewisse Form von Humor beimaßen? Sie wusste es nicht. Nur eines war wichtig. Sie durfte sich nicht von ihrem Ziel abbringen lassen.

Sie wusste nicht, wie sie anfangen sollte. Nach einer kurzen Erwiderung seines Lächelns hörte Hanna ihm bei der Bestellung des Weines zu und zupfte ihre Ärmel zurecht. Sie musste sich beruhigen. Wie sollte sie bloß mit ihm über den Club reden?

»Ich hoffe, Ihnen gefällt der Wein. Ich gehe gerne hierher. Das Ambiente ist so angenehm und das Essen der Wahnsinn. Toll, dass Sie dieses Restaurant ausgesucht haben!«

Hanna schluckte. Warum war er ihr nie aufgefallen?

»Ja, oder? Ich wusste nicht, dass sie den Laden auch kennen!«

Dann fasste Hanna Mut und rang sich durch.

»Wie geht es Ihnen denn? Entschuldigen Sie, dass ich so kurzfristig angerufen habe und mich nicht sofort gemeldet hatte. Ich war etwas beschäftigt.«

Sie versuchte, eine Reaktion in seinen Augen zu lesen, entdeckte aber nichts als den tiefen See, wie er ihr schon vorher aufgefallen war.

Martin schob das bereitgelegte Besteck vor sich umher.

»So lange ist es ja nun auch nicht her, dass ich Ihnen die Karte gegeben habe. Ich habe mich gefreut, dass Sie überhaupt angerufen haben, aber …«

Er unterbrach, während der Kellner den Rotwein einschenkte, und bedankte sich höflich.

»Aber wollen wir nicht erst einmal anstoßen?«

Ein breites Grinsen bildete sich auf seinem Gesicht. Hanna war entwaffnet. Sie stieß mit ihm an.

Die Stunden verstrichen wie im Flug. Hanna und Martin sprachen über ihren Alltag und das, was sie in der letzten Zeit beschäftigte. Sie sprach von der Arbeit und ihren Kindern und erwähnte, dass sie geschieden sei. Mit der Wahrheit, wie sie gelernt hatte, kam sie am weitesten. Trotzdem versuchte sie, an der Oberfläche zu bleiben.

Während der Wein und die Tische sich leerten, konnte sie nicht umhin, sich in Martins Gegenwart wohler zu fühlen. Er machte es ihr leicht. Empathisch und verständnisvoll ging er auf sie ein und sein Humor brachte sie zum Lachen. Was wollte sie mehr von einem solchen Abend? Eine Erleichterung für sie, nachdem sie sich vor den Stunden mit ihm geradezu gegruselt hatte. Er erzählte ihr, er sei Erzieher und leite eine Kindertagesstätte. Sein Beruf überraschte Hanna zwar ein wenig, vor allem wenn sie den Club bedachte, in dem sie sich begegnet waren, machte ihn aber sympathisch.

Als das Restaurant kurz davor war, zu schließen, verlegten sie ihre Gespräche nach draußen, wo die letzten Gäste im Licht einer Laterne die Stellung hielten. Hanna hüllte sich in eine Decke, die sie auf einem Stuhl gefunden hatte, nippte an ihrem Weinglas und hörte Martin eine Weile zu. Der erstarrte abrupt und sah sie durchdringend an.

»Sind wir eigentlich beim du?«

Hanna nickte.

»Ja, das können wir gerne machen. Warum schaust du denn so ernst?«

»Naja«, fing Martin an zu flüstern, »ich erzähle dir hier meine halbe Lebensgeschichte und irgendwie habe ich das Gefühl, du erzählst nicht wirklich etwas von dir selbst. Bist du so vorsichtig? Schlechte Erfahrungen gemacht?«

Sie verzog leicht einen Mundwinkel.

»Kann man vielleicht sagen.«

Wieder keine Reaktion dazu aus seiner Richtung. Gerade verzog er das Gesicht, als würde er gleich *Scheiße, das tut mir leid, aber ich bin nicht so einer* sagen.

»Naja, da draußen gibt es auch genug Idioten. Ich finde es gut, dass du vorsichtig bist. Gerade wenn man überlegt, wo wir uns …«

»Wo warst du danach?«, fiel sie ihm ins Wort. Sie konnte sich nicht mehr zurückhalten.

Martin beäugte sie, überrascht über den Ausfall.

»Wonach?«

»Na, nachdem ich von den Toiletten gekommen bin?«

Martin lehnte sich zurück und sah auf die Straße. Er wirkte nachdenklich und drehte den Kopf erst nach einigen Momenten wieder zu ihr.

»Ich wusste ehrlich gesagt nicht, was ich von der Situation halten sollte. Du bist«, er sah ihr tief in die Augen, »wirklich hübsch, hast eine tolle Ausstrahlung und ich hatte mich gerade dazu durchgerungen, dich anzusprechen, da bist du zur Toilette gelaufen, als würdest du mich ganz schnell wieder loswerden wollen.«

Er hob die Hände, als würde er sich ergeben wollen, bevor er sie zurück auf den Tisch sinken ließ. Erneut fiel Hanna das kleine Schloss-Tattoo zwischen Daumen und Zeigefinger auf. Hatte er etwas, das er wegschließen wollte?

»Ich habe eine Weile gewartet und dachte mir, dass du dich entweder gerade übergibst oder das Ganze verzögerst, damit ich mich vielleicht jemand anderem widme. Also sprach ich mit Janine, eine der beiden Frauen, die du im Club gesehen hast. Sie ist eine langjährige Freundin von mir und hatte mich schon öfter in den Dachclub mitgenommen.«

Er seufzte.

»Auf jeden Fall gab sie mir den Tipp, dass ich dir etwas Wasser besorgen sollte. Viel falsch machen konnte ich damit nicht, falls es dir tatsächlich nicht so gut ging. Ist ja auch klar, aber irgendwie war ich nervös. Ich bin runter zur Bar, habe Wasser geholt und als ich wieder hochkam, warst du weg. Also, auch deine Tasche. Ich habe dich gesucht, keine Ahnung warum, und bin dann runtergefahren. Ich war nicht einmal sicher, ob ich dich noch ansprechen sollte, als du da auf dein Taxi gewartet hast, aber was sollte ich machen? Irgendwie hatte ich ein gutes Gefühl bei dir, habe von zehn runtergezählt und dich einfach angesprochen. Den Rest kennst du ja.«

Seine Stimme schwankte. War er nervös? Hanna erwiderte seinen Blick und versuchte, ihn einzuschätzen. Sie konnte es nicht. Log er oder erzählte er die Wahrheit? Benommenheit umfing sie. Verwirrung, Angst und etwas anderes. War es Anziehung? Ihr Herz pochte und ihre Gedanken nahmen sie in einem Strudel gefangen. Sie spürte Verlangen und den Wunsch, am Morgen in seinen Armen wach zu werden.

Hanna atmete die frische Abendluft ein und lehnte sich zurück.

»Okay, das war ja eine ordentlich lange Erklärung. Und irgendwie süß.«

Sie schmunzelte keck. Auf die ein oder andere Weise könnte sie sich an ihm verbrennen. Im Moment musste sie vernünftig sein. Es gab andere Probleme.

Martin lächelte erfreut. Die erste Regung, die Hanna offen vorkam. War sie paranoid?

»Seit dem Abend habe ich Probleme mit einem Stalker.«

Das ging ihr schneller von den Lippen, als sie gewollt hatte.

Martin riss überrascht die Augen auf.

»Und du denkst, dass ich das sein könnte?«, fragte er erschüttert.

»Naja, nicht wirklich«, log sie. »Ich wollte einfach mit dir reden, wenn wir uns schon treffen, und du kennst die Leute besser. Also da im Club. Weißt du vielleicht, wer der Typ mit der Maske hinter dir war? Er war mir unheimlich und starrte mich die ganze Zeit an. Der Mann in dem Sessel, weißt du noch? Hast du ihn vielleicht vor den Frauentoiletten gesehen?«

Martin legte die Stirn in Falten.

»Naja, die Herrentoilette ist genau daneben. Da standen bestimmt einige Typen rum, aber speziell aufgefallen ist mir keiner. Ich bin auch erst drei Mal dort gewesen und kenne die Menschen, die in dem Club ein und ausgehen nicht. Ich bezweifle, dass ich dir dabei helfen kann. Tut mir leid. Und natürlich auch, dass du so einen Mist erleben musst. Keine Ahnung, was solche Leute antreibt.«

Er griff langsam nach ihrer Hand, doch Hanna zog ihre Finger intuitiv zurück und sah sich um. Es waren nur noch wenige Gäste da.

»Entschuldige, dass das Thema aufkam«, flüsterte sie. »Ich fand den Abend sehr schön, aber wäre es okay, wenn wir uns wann anders nochmal treffen? Ich wollte die Laune nicht verderben, aber ich bin schon sehr müde.«

Martin sah enttäuscht aus. Dann nickte er knapp und sah sie fragend an.

»Okay, dann mache ich mich lieber auf den Weg«, presste er leise hervor.

»Moment.«

Hanna zog ihr Handy. So wollte sie ihn nicht gehen lassen.

»Lass mich dir meine Nummer geben. Sorry nochmal für den anonymen Anruf. Ich bin, wie gesagt, etwas vorsichtig. Ich habe eh schon ein schlechtes Gewissen, weil ich den Abend versaut habe.«

Martin schüttelte den Kopf. Sein Blick hellte sich auf und seine Hand fuhr in seine Tasche.

»Nein, das hast du nicht. Es war wirklich ein schöner Abend. Vielleicht etwas verrückt am Schluss, aber bei dem, was du erzählt hast, ist das ja kein Wunder. Auch das mit dem Anruf nicht.«

Er tippte die Nummer ein, die sie ihm leise vorsagte. Dann lehnte er sich bedächtig vor. Hanna hielt still. Erstarrte innerlich.

Er gab ihr einen Kuss auf die Wange und lächelte.

»Bis bald. Ich gehe nochmal rein, bevor ich losziehe, und zahle auf dem Weg. Beim nächsten Mal bist du dran.«

Sein Lächeln verwandelte sich in ein breites, ansteckendes Grinsen.

»Bis bald.«

Hanna sah ihm hinterher. Sie grübelte, stand auf und entfernte sich langsamen Schrittes von dem Restaurant.

Am liebsten hätte sie die ganze Nacht dagesessen, Wein getrunken und die Atmosphäre mit Martin genossen. Doch nun war sie verwirrter als vorher und keinen Schritt vorangekommen. Sie würde etwas tun müssen, das ihr hoffentlich nicht noch mehr Schwierigkeiten bescheren würde.

16

Jonathan sah ihr zu, wie sie die kleine Terrasse verließ und zu den Parkbuchten schlenderte. Hannas Körperhaltung war leicht gebeugt, sie fasste sich an den Kopf und rieb sich die Schläfe. Wahrscheinlich war sie müde. Wie so oft bestaunte er ihr braunes, langes Haar und die schlanke, sportliche Gestalt. Dabei machte sie gar keinen Sport, das wusste er. Unter dem Rock und der Bluse erahnte er ihre zarte Haut, die an Knöchel und Hals für ihn zum Vorschein kam. Er spürte, wie sein Herz pochte, sein Kopf sich heiß anfühlte, seine Finger nervös mit seinen Jackenknöpfen spielten. Er versuchte, sich auf ihr Gesicht zu konzentrieren, das teils abgewandt im Dunkeln lag. Etwas in ihrem Ausdruck wirkte abwesend.

War es Trauer? Vielleicht war sie nachdenklich oder ängstlich. Ein wenig betrunken mit Sicherheit. Jetzt Auto zu fahren, war gefährlich und er bemerkte das Knirschen seiner Zähne, als die Vorstellung, dass Hanna in einem Autounfall verletzt werden könnte, Wut in ihm aufstiegen ließ.

Wie konnte sie es wagen, ihr Leben in Gefahr zu bringen, wenn er unentwegt auf sie wartete? Die Adern in seinem Hals pochten. Seine Augen weiteten sich. Sein ganzer Körper wurde von einer Spannung durchströmt, die der einer Raubkatze ähnelte, die kurz davor war, ihre Beute zu reißen. Der Moment war noch nicht gekommen. Schon als kleiner Junge hatte er Schwierigkeiten gehabt, sich in Geduld zu üben. Damals wurde er auch noch Jonathan genannt.

Er legte ein paar Geldscheine auf den Tresen, stand auf und verließ mit wenigen Schritten das Restaurant. Jeder Meter, der ihn näher an Hanna brachte, sendete einen aufwallenden Impuls durch seinen Körper. Ein unsägliches Kribbeln, das ihn abstieß und gleichzeitig näher an sie herantrieb. So nah wie heute war er ihr nie gewesen. Bald würde es so weit sein. Doch wie bald? Wie sollte er sich so lange zusammenreißen? Seine Hand glitt zu der Bauchtasche, in der er die Utensilien ertastete, die er mitgebracht hatte. Er war stets vorbereitet.

Er zögerte. Dann lief er über die Straße in ihre Richtung. Er war ihr so nah. Er roch ihr Parfum, dessen süßliche Note noch zart in der Luft lag. Der Motor des Wagens sprang an. Ein paar schnelle Schritte und er wäre an der Tür. Er könnte sie aufreißen und Hanna herauszerren. Er könnte sie schlagen und mit ihr wegfahren. Es würde kaum jemand merken. Und diejenigen, die vielleicht etwas mitbekommen hätten, würden nicht wissen, was überhaupt vorgefallen war. Dann würde er sich einen abgelegenen Ort suchen und sich Zeit nehmen. Zeit, die sie ungestört miteinander verbringen konnten. Er sah ihren zuckenden Körper vor seinem geistigen Auge, roch ihren Schweiß und den eisenhaltigen Duft von Blut, der sein Herz zum Rasen brachte. Warum sollte er warten?

Er blieb neben einem Baum stehen, der seinen Schatten über Jonathan warf. Er hatte als Kind gelernt, dass man Geschenke nicht zu früh auspackte.

Hanna fuhr an und entfernte sich, während sein Blick ihr folgte. Dann stoppt der Wagen. Jonathan zuckte zusammen. Durch ihre dunkle Heckscheibe konnte er nur erahnen, was sie im Auto tat. Sah sie ihn? Er drückte sich enger an den Baum, um von den Schatten verschluckt zu werden. Seine Zähne knirschten.

Er hasste es, wenn er das tat. Das war schon immer so gewesen.

Seine Kindheit im Heim war für ein paar Jahre in Ordnung gewesen, bis der Zeitpunkt eingetreten war, der so viel in ihm verändert hatte. Der ihm das Zähneknirschen einbrachte. Der Moment, in dem Timo starb. Es war nicht Jonathans Schuld, sondern ein Unfall. Danach konnte er nicht mehr schlafen. Er sah ständig das Blut vor seinem inneren Auge, das aus Timos Kopf rann. Er hatte ihn aus Versehen vom Klettergerüst gestoßen. Der Junge war auf eine der Eisenstangen geprallt und lag reglos im Gras. Jonathan lächelte.

Auch heute noch spürte er, wie sein Herz zu rasen begann, seine Knie so weich wurden, dass er sich kaum halten konnte, und seine Finger zitterten, sobald die Bilder durch seinen Kopf schossen. Es war ein Gefühl gewesen, das er unbedingt erneut erleben wollte. Das war ihm in dem Moment bewusst gewesen, als die ersten Erzieherinnen herbeiliefen. Sie konnten nichts mehr für Timo tun. Auch der Krankenwagen kam zu spät. Viel zu spät. Sein Zimmergefährte war bereits tot.

Wenig später lag Jenni, seine beste Freundin, vor ihm im Zimmer. Sie sprach nicht mehr. Zumindest klang das, was über ihre blutigen Lippen kam, nicht mehr nach Worten. Sie murmelte unverständliche Laute, während das dickflüssige Blut sich wie ein unaufhaltbarer Strom unter ihr ausbreitete und das Leben langsam aus ihren Augen wich. Er hockte sich neben Jenni und lächelte ihr aufmunternd zu. Er konnte jenen Augenblick kaum abwarten, in dem ihre Augen die gleiche unergründliche Tiefe annahmen, wie er sie bei Timo gesehen hatte. Doch der Moment wurde ihm genommen. Erwachsene traten die Tür auf und stürmten schreiend den Raum. Er erinnerte sich noch heute an die Enttäuschung, die ihn erfasst hatte.

Hanna war in der Nacht verschwunden, während er seinen Gedanken nachgehangen war. Das Auto war längst nicht mehr in Sicht.

Jonathan sah sich um. Eine dunkelhaarige Frau verließ das Restaurant und warf sich eine teuer aussehende Handtasche über die Schulter. Lachend und winkend verabschiedete sie sich von zwei Kellnern, die sich ihrerseits höflich verabschiedeten. Ihr langes Haar floss gewellt über ihre Schultern. Ihr Dress und ihr Auftreten ließen für ihn den Schluss zu, dass sie hier ein teurer Gast war oder selbst mit dem Restaurant zu tun hatte. Alles an ihr wirkte ausgesprochen elegant. Einige ihrer Bewegungen erinnerten Jonathan sogar an Hanna, was sein Herz noch aufgeregter gegen seine Brust hämmern ließ. Als er ihr mit dem Blick folgte, leckte er sich nachdenklich über die Lippen und spielte mit den Knöpfen an seiner Jacke.

Sie unterhielt sich mit zwei Damen, die es sich als letzte Besucher an einem Ecktisch gemütlich gemacht und in Decken gehüllt hatten. Ihr helles Lachen war wie Samt in Jonathans Ohren. Keiner sah zu ihm herüber, während er im Schatten den unwichtigen Worten der Besucher lauschte. Ein paar abschließende Sätze und eine letzte Verabschiedung später lief die Dame beschwingt in Richtung des Parks, der sich nicht weit entfernt an die Straße schmiegte. Zahlreiche Restaurants beendeten ihren Betrieb und beschrieben den wenigen übrigen Besuchern den Weg zu den nächsten Bars. Jonathan setzte sich in Bewegung. Nicht alles im Leben musste einer Struktur folgen.

17

Gelbes Flatterband trennte den Tatort von den Schaulustigen und der Spurensicherung. Polizisten wachten mit Argusaugen über den Fundort der Leiche, die in den frühen Morgenstunden entdeckt worden war. Ole zog seinen Dienstausweis, nickte einem Kollegen zu und trat in den weitläufig abgetrennten Bereich.

»Kommissar Harling, gut, dass Sie da sind«, ertönte eine weibliche Stimme. »Wo ist Ihre Kollegin?«

»Kommt noch«, brummte Ole und sah über die Schulter der Spezialistin zu der bereits bedeckten Leiche. »Was haben wir?«

Die Beamtin der Spurensicherung legte ein paar Schritte mit ihm zurück und sprach in gedämpften Tonfall.

»Weibliches Opfer, kein offensichtlicher Raub. Die Brieftasche und das Geld waren bei ihr, Elena Vasquez. Wir haben sie geprüft: Sie ist die Besitzerin eines Restaurants hier in der Nähe.«

Die Polizistin zeigte durch eine Baumreihe hindurch zu den an den Park angrenzenden Straßen.

»Sie hat Wunden, die auf Folter mit einem scharfen Schneidewerkzeug schließen lassen. Wir haben allein jetzt schon zwei Dutzend Schnittwunden an Beinen und Oberkörper festgestellt. Der Tod trat wahrscheinlich durch einen Schnitt an der Halsschlagader ein, das ist aber noch festzustellen. Auch ob sie hergebracht wurde oder die Tat hier verübt wurde.«

»Hier verübt?«

Ole verzog ungläubig das Gesicht und sah zu der Böschung,

in der ein schwarzer Plastikstoff das Opfer verbarg. Die sanft abfallende Grasfläche war nur wenige Meter von dem Weg entfernt, der durch den Park führte.

»Ja. Die bisherigen Spuren weisen nur darauf hin, dass das Opfer vom Weg in die Büsche gezerrt wurde. Auch haben wir keine entsprechenden Reifenspuren ausmachen können, die auf ein Transportfahrzeug deuten. Wissen können wir es natürlich nicht. Es ist aber kaum davon auszugehen, dass das Opfer geschrien hat, das hätte sicherlich Leute auf den Plan gerufen.«

»Wissen tun wir es nicht, richtig?«

Die Beamtin nickte.

»Ich werde eine Befragung der Anwohner in die Wege leiten. War schon jemand bei dem Restaurant?«

Wieder ein Nicken.

»Ja, zwei Kollegen sind bereits dort, doch der Laden hat noch zu. Sie versuchen, den stellvertretenden Geschäftsführer zu erreichen.«

»Gut. Darf ich das Opfer sehen?«

Ole wurde von der Beamtin zwischen den kleinen gelben Schildchen und Markierungen hindurchgeleitet, die innerhalb der Absperrung den Boden zierten. Zwei weitere, in weiße Ganzkörperanzüge gekleidete Kollegen schossen Fotos von den Indizien. Vorsichtig hockte Ole sich neben dem Opfer nieder und hob die Plane an. Dunkles Haar lag blutverklebt auf der bleichen Haut des Opfers. Die Kleidung hing zerschnitten an ihr herab und offenbarte das brutale Verbrechen, das an der Frau begangen wurde.

»Heftig.« Ole seufzte, ließ die Plane sinken und den Blick schweifen.

Eine kleine Zahl von Reportern tummelte sich am Absperrband und versuchte, einen Blick zu erhaschen. Ungeduldig sahen sie zu ihm.

»Das wird unschön.«

18

Hanna fuhr zwischen den Plattenbauten umher und versuchte, sich in Erinnerung zu rufen, welcher Eingang es war, der sie zu dem Etablissement führen würde. Sie hatte die Nacht wieder bei sich zu Hause verbracht, um am Nachmittag vorbeizuschauen. Dieser Weg schien ihr sicherer zu sein, als in vollem Betrieb zu versuchen, einen Kontakt zu der Chefin aufzubauen.

Nach dem Abend mit Martin, den sie überraschend schön in Erinnerung behielt, hatte Hanna ihre Sicherheitsschlösser überprüft und den mechanischen Riegel vorgeschoben. Er ging schwer, denn sie hatte ihn seit einiger Zeit nicht mehr genutzt.

Gerade jetzt schien es ihr umso wichtiger zu sein, auf solche Vorsichtsmaßnahmen zu achten. Sie war sich sicher, nach dem Date eine Gestalt im Rückspiegel gesehen zu haben, die ihr nachgesehen hatte. Das wäre ja an sich nicht schlimm, wäre sie nicht so nah an ihrer Parkbucht und halb versteckt an einem Baum gewesen. Hatte Martin ihr hinterhergeblickt? Hatte die Nacht ihn in ein düsteres Phantom verwandelt? War sie paranoid?

Habe ich mich in ihn verguckt?

Hanna fragte sich, ob sie sich Martin zerdachte. So etwas war ihr schon öfter passiert. Selbst wenn alles zu stimmen schien, hatte sie ein Haar in der Suppe ihrer Bekanntschaften gefunden. Sie stellte den Wagen ab und marschierte auf einen der Eingänge zu, der verglast und blau gestrichen seine besten Tage lange hinter sich hatte. Nichts an dem alten Plattenbau deutete darauf hin, dass irgendeine Art von Nachtlokal in ihm schlummern könnte. Die enorme Höhe der Gebäude gestaltete einen Blick auf die Details der obersten Stockwerke schwierig Trotzdem war sie sich sicher, am richtigen Zugang zu sein. Ein Blick durch die verglaste Front offenbarte ihr den Eingangsflur des Plattenbaus. Und der kam ihr definitiv bekannt vor, auch wenn hier ein Eingang dem anderen glich.

Alle Klingelschilder waren beschriftet, jedoch sah sie keinen Clubnamen oder ähnliches. Keine Firmenbezeichnung und selbstverständlich auch nicht den Namen der Besitzerin, den Roland ihr genannt hatte. Die Hoffnung, dass so etwas zu finden wäre, war eh nicht besonders groß gewesen.

Bei dem Gedanken an Roland verzog Hanna das Gesicht. Er würde sauer werden, wenn er mitbekam, dass sie hier gewesen war. Die Leute, die an diesem Ort ein- und ausgingen, hielt Roland für gefährlich, aber sie war davon überzeugt, dass sie wenigstens mit sich reden lassen würden. Sicherlich würde es herausfordernd werden. Aber gefährlich?

Hanna klingelte bei allen Namen im obersten Stockwerk, das mit eingestanzten Ziffern neben den Namensreihen ausgewiesen wurde. Keine Reaktion. Es war ihr unangenehm, fremde Menschen zu stören. Trotzdem presste sie ihre Hand mehrmals auf die gesamte Klingelfläche. Es rauschte aus dem Sprachpanel.

»Ja bitte?«, erklang eine raue, männliche Stimme.

»Die Post, können Sie mich reinlassen?«, fragte Hanna in zuckersüßem Tonfall und lächelte dabei, damit es sich möglichst echt anhörte.

Die Tür summte. Schnell drückte sie sie auf und schlug sich an einer Wand voller Briefkästen vorbei zum Fahrstuhl. Sie erinnerte sich an diesen kalten, heruntergekommenen Flur. Die Schäden, die die inneren Glastüren durchzogen, der metallene

Mülleimer, der in einer Ecke am Boden fixiert war, und ein roter Informationszettel, der für die Mieter links neben den Postkästen klebte. Sie wunderte sich kurz, dass sie sich diese Details ins Gedächtnis rief, und lobte im Stillen ihr eigenes Unterbewusstsein.

»Eigenlob stinkt«, flüsterte sie schmunzelnd und betrat den Fahrstuhl.

Ein unverkennbares Zeichen fiel Hanna ins Auge. Neben dem Knopf zum achtzehnten Stock befand sich ein kleiner Aufkleber, der dort sicher schon eine Weile überdauerte. Sie erkannte die Monsterfratze aus dem ersten Flur des Clubs.

Nervös fuhr sie nach oben. Der Fahrstuhl war so langsam, dass Hanna begann, auf der Unterlippe zu kauen und die Graffitis zu lesen, die die inneren Metalltüren verzierten. Kaugummis klebten auf dem Boden und ein muffiger Geruch stieg ihr in die Nase.

Wer weiß, was hier alles verschüttet wurde.

Die Türen öffneten sich rumpelnd und sie betrat die oberste Etage. Auf dem Klingelschild der Wohnung, hinter deren Tür Hanna den Club wusste, stand in Druckschrift »Müller«.

»Echt jetzt?« Sie betätigte die Klingel.

Nichts passierte. Auch nach mehreren Versuchen folgte keine Reaktion.

»Scheiße, und jetzt?«

Roland hatte ihr erzählt, dass die obersten zwei Stockwerke des Gebäudes von der Besitzerin gekauft wurden. Vielleicht hatte sie an einer anderen Tür Glück. Sie probierte sich durch und versuchte sich mehrmals an jeder Tür. Erst, als sie eine Etage herunterfuhr und an einer Tür mit der Aufschrift »Kärcher« klingelte, öffnete sich die dazugehörige Tür. Hanna verkrampfte und biss die Zähne zusammen, um nach all den Versuchen keinen erschreckten Laut von sich zu geben.

Ein etwa zwei Köpfe größerer Kerl sah über eine Türkette hinweg. Sein Gesicht war übersät mit Narben und seine Nase war höchstwahrscheinlich schon öfter gebrochen gewesen, so dick und wulstig erschien sie Hanna durch den Türspalt, der keinen Blick in den dahinterliegenden Flur zuließ.

»Ja bitte? Was wollen Sie?«

Seine Stimmt war tief und rau. Sie hörte einen dezenten osteuropäischen Akzent heraus.

Hanna schluckte, straffte sich und legte eine feste Stimme auf, um so selbstsicher wie möglich aufzutreten.

»Ich muss mit Ihrer Chefin reden. Ich brauche etwas von ihr.«

Hanna hielt den Atem an, als seine Augenbrauen sich zusammenzogen und er sie intensiv von oben bis unten musterte.

»Und wer soll das bitte sein? Und wer sind Sie, dass Sie hier auftauchen und so fordernd rumquatschen?«

Er sah immer noch wie versteinert über die Kette hinweg und löste in Hanna deutliches Unwohlsein aus. Sie durfte sich nicht einschüchtern lassen. Ihr Magen sagte leider etwas völlig anderes.

»Mein Name ist Irina Görling und ich brauche einige Informationen von Ihrer Chefin Sanja, die wirklich wichtig sind. Man könnte sagen, es geht um Leben und Tod.«

Warum auch immer sie den Vornamen ihrer Mutter für diese Lüge benutzt hatte – Hanna war froh, dass sie nicht aus Versehen ihren richtigen Familiennamen ausgesprochen hatte. Alles in ihr schrie danach, diesen Ort so schnell wie möglich zu verlassen.

Der brachial aussehende Kerl verschwand. Hinter der Tür klickte es ein paar Mal. Dann schwang sie vollends auf.

»Okay, folgen Sie mir, Lady. Ich bringe Sie hin.«

Hanna sah an ihm vorbei durch den Wohnungsflur und entdeckte vier Männer in Jogginganzügen. Sie waren von jenem

Schlag, dem man besser nicht nachts begegnen wollte. Rauchschwaden hingen in der Luft und der Geruch von Bier und Marihuana zog in ihre Nase.

»Los, kommen Sie.«

Der Riese stapfte vorweg zu einer schweren Eisentür, die ins Treppenhaus führte. In seiner hinteren Hosentasche steckte ein zusammengerolltes Doku-Magazin mit einer Titelstory über Koalabären. Hanna konnte ein Schmunzeln nicht vermeiden. Es half. Sie fühlte sich direkt etwas lockerer und fasste Mut.

Das Schweigen, das sie über den Weg begleitete, war unangenehm. Sie wollte am liebsten etwas fragen oder sagen, um ihre Nervosität zu bekämpfen, ahnte aber, dass sie eh keine Antworten erhalten würde.

Nachdem sie einige Stockwerke nach unten überwunden hatten, blieben sie in der zwölften Etage stehen. Die Richtung verwunderte Hanna, die eher mit dem Weg nach oben gerechnet hatte.

Der bezahlte Schläger, zumindest sah er so aus, öffnete eine schwere Tür und deutete in den Flur.

»Die letzte Tür links bei Mertens klingeln. Gehen Sie ruhig alleine und sagen Sie an der Tür, dass Micha Sie geschickt hat. Benehmen Sie sich, verstanden?«

Wieder starrte er sie durchdringend an. Für Hanna eine völlig unnötige Geste. Sie glaubte nicht eine Sekunde daran, dass sie eine echte Chance gegen dieses muskelbepackte Monster hatte. Sie nickte zögerlich und trat in den Flur.

Als die Tür krachend hinter hier zufiel, zuckte sie erschrocken zusammen. Das Herz schlug ihr bis zum Hals.

Sie lachte wegen ihrer Schreckhaftigkeit.

Jetzt beruhige dich mal. Alles wird gut. Du bist hier mitten in einem Wohnhaus.

Hanna zupfte ihre Kleidung zurecht und legte ihr Haar straff nach hinten, um etwas strenger zu wirken. Es wollte nicht so recht halten.

Die Tür öffnete sich. Wieder sah Hanna in das Gesicht eines Mannes. Er war etwas kleiner als sie, wenn auch ähnlich muskulös wie sein Vorgänger. Ein entwaffnendes Lächeln strahlte ihr entgegen.

»Ja, bitte, wie kann ich Ihnen helfen?«

Wieder ein russischer Akzent, aber sein Gesicht wirkte viel freundlicher. Das blonde Haar war zur Seite gekämmt und die blauen Augen strahlten Hanna wohlwollend entgegen. Sie erwiderte die Begrüßung mit einem Lächeln und zeigte auf die geschlossenen Türen hinter ihm.

»Entschuldigen Sie die Störung.« Sie schluckte und verfluchte sich dafür, dass er ihr die Nervosität garantiert ansah. »Ich würde gerne mit Sanja sprechen. Es geht um etwas sehr Wichtiges.«

Eine Pause entstand. Sein Blick huschte über ihren Körper.

»Micha schickt mich«, ergänzte sie. »Er hat mich die Treppe heruntergeführt.«

Der Kerl nickte. Schweiß rann Hannas Stirn herab.

»Einen Moment. Nur kurz warten.«

Er schloss die Tür und war verschwunden. Hanna lehnte sich von einem Fuß auf den anderen. Was machte sie hier nur? War sie eigentlich lebensmüde? Sie sah den Flur entlang. Wenn sie jetzt loslief, würde sie wegkommen, bevor sie sich in die Höhle des Löwen begab.

»Kommen Sie schon!«

Hanna fuhr herum und sah, wie der augenscheinliche Bodyguard sie ernst dreinblickend analysierte. Das Lächeln auf seinen Lippen übertrug sich nicht mehr auf seine Augen. Sie hatte ihn gar nicht mitbekommen. Hatte sie ihre Gedanken laut ausgesprochen?

»Hallo? Kommen Sie jetzt oder wollen Sie da noch weiter träumen, Lady?«

»Natürlich, entschuldigen Sie, ich war in Gedanken.«

Ein aufmunterndes Lächeln aufsetzend legte er seine Hand zwischen ihre Schulterblätter und führte sie in den Flur. Hanna zuckte bei der Berührung zusammen und fing sich einen mahnenden Blick ein. Als dann noch die Tür hinter ihr zufiel, wurde ihr regelrecht schlecht. Hatte Roland Recht behalten?

Jetzt war es zu spät, sie würde es durchziehen müssen. Der Bodyguard schritt vor und öffnete die Tür am Ende des Flurs. Dahinter präsentierte sich ein stilvoll eingerichtetes Büro. Schon auf den ersten Blick fiel Hanna auf, wie *clean* es eingerichtet war. Weiße Lackmöbel waren mit wenigen, dekorativen Vasen geschmückt. Ein großes Gemälde von Jackson Pollock zierte die Wand über einer Kommode und ein Schreibtisch stand, der Tür zugewandt, vor den Fenstern, welche aus dem zwölften Stock heraus einen atemberaubenden Blick über die grau vor ihnen liegende Stadt freigaben. Der einsetzende Regen prasselte leise an die Scheiben. Hinter dem Schreibtisch saß eine Frau, die die vierzig überschritten zu haben schien. Ihr blondes Haar war zu einem Pferdeschwanz zusammengebunden und sie trug ein teuer aussehendes Kostüm, das die weiße Farbe ihrer Möbel widerspiegelte. Auf ihrer Nase saß eine zierliche Brille, über die hinweg sie Hanna freundlich ansah. Mit einem Lächeln deutete sie auf den Stuhl vor sich.

Hanna setzte sich und der Mann, der sie begrüßt hatte, blieb hinter ihr stehen. Ein Umstand, der sie umso nervöser machte.

»Guten Tag, Frau …?«

»Görling, Irina Görling.«

»Ich bin Sanja, schön Sie kennen zu lernen, Irina. Wie kann ich Ihnen helfen und woher kennen wir uns?«

Das warme Lächeln in ihrem Gesicht täuschte keinen Augenblick darüber hinweg, welche Autorität sie ausstrahlte. Ihre Präsenz und ihr Ton versteckten unter der freundlichen Stimme ein Versprechen, das Hanna ganz und gar nicht gefiel. Ein Schauer lief über ihren Rücken.

»Vielen Dank, dass sie sich Zeit für mich nehmen. Sie haben sicher viel zu tun, deswegen versuche ich, schnell auf den Punkt zu kommen.«

Hanna sprach, als wäre die Person ihr gegenüber eine ihrer Kundinnen. Dieser Gedanke half ihr dabei, ein sicheres Auftreten an den Tag zu legen. Sanja sah sie neugierig an.

»Seitdem ich in Ihrem Club war, werde ich von jemandem verfolgt, der offensichtlich nicht nur romantisches Interesse an mir hat. Ich habe lange damit gerungen, hierher zu kommen, um ihre Zeit nicht unnötig in Anspruch zu nehmen. Leider wird es immer schlimmer, immer bedrohlicher.«

Sanja lehnte sich mit den Ellenbogen auf den Tisch, faltete die Hände zusammen und begann zu sprechen: »Ich bin nicht ganz sicher, von welchem Club Sie reden, Irina.«

Hanna bereute es, spontan den Namen ihrer Mutter für ihre Finte ausgewählt zu haben. Es fühlte sich falsch an, sie hier mit hineinzuziehen, selbst wenn es nur auf diese fiktive Weise geschah.

Sanja verzog die Lippen zu einem eisigen Lächeln.

»Doch hätte ich einen Club, würde ich Ihnen auch dann nicht helfen können. Die Privatsphäre meiner Gäste wäre mir überaus wichtig. Ich würde keine Informationen mit Ihnen teilen, selbst wenn es für Sie wichtig wäre, verstehen Sie?« Wie aus dem Nichts entfaltete sich ein niederschmetternd harter Blick auf ihren Gesichtszügen.

Es fühlte sich an, als hätte sie Hanna in klirrend kaltes Wasser getaucht. Als würde sie versuchen zu atmen, aber nur kaltes Nass in ihre Lungen eindringen. Hinter ihr bewegte sich etwas und sie zuckte zusammen.

»Warum so schreckhaft?« Sanja stand auf, ging halb um den Tisch herum und setzte sich auf eine der Ecken.

Hanna bekam kein Wort hervor. Sie lehnte sich steif zurück und schob sich auf der Sitzfläche des Stuhles zur Seite, so dass sie Sanja zwar ansah, aber den Kerl hinter sich wenigstens im Augenwinkel behielt. Die Clubbesitzerin sah auf sie herab und trug erneut ein warmes, friedliches Lächeln im Gesicht.

»Wollen Sie einen Kaffee?«

»Ich«, Hanna schüttelte zaghaft den Kopf, »wollte Sie nicht lange stören. Vielleicht sollte ich einfach gehen.«

Sie stand auf, klopfte sich mit einer aufgeregten Geste die Kleidung ab und nickte Sanja zu.

»Trotzdem vielen Dank für ihre Hilfe.«

Sie wendete sich ab und hörte Sanjas Stimme hinter sich.

»Vico …«

Hanna wurde von hinten gepackt, herumgewirbelt und brutal mit ihrem Gesicht auf den Schreibtisch gedrückt. Ihr Arm wurde auf den Rücken gedreht und sie schrie vor Schmerz auf. Der Griff fühlte sich an, als wäre sie in einem Schraubstock gefangen.

»Was soll das, ich brauche nur ihre Hilfe«, krächzte Hanna, während Vico ihren Kopf mit einer Hand gegen lackierte Tischplatte drückte.

»Die werden Sie hier nicht bekommen. Es tut mir leid. Sie sind eine respektvolle und freundliche Lady, jedoch wiederhole ich mich nicht gerne.«

Vico nahm die Hand von ihrem Kopf und tastete Hannas Körper ab. Sie wollte sprechen, atmete jedoch erschrocken ein, als die raue Hand des Schlägers unter ihren Mantel glitt. Er zog ihre Geldbörse hervor und reichte ihren Führerschein weiter.

Hanna atmete schwer, ihr wurde schummrig. Ihre Brust zog sich zusammen.

»Hanna. Gut, gut. Gib ihr ihr Zeug wieder.«

Vico stopfte Führerschein und Geldbörse zurück in Hannas Manteltasche. Dann ließ er sie los. Sie taumelte Richtung Flur, wo sich der Schläger ihr direkt in den Weg stellte.

Wieder drehte sie sich zu der Clubbesitzerin um. Tränen standen ihr in den Augen, als diese besänftigend die Hände hob.

»Machen Sie sich keine Sorgen, es ist alles in Ordnung. Sie dürfen jetzt gehen.«

Vico machte einen Schritt zur Seite. Hanna stürmte aus der Wohnung, warf die Tür hinter sich zu und rannte ins Treppenhaus. Nachdem sie mehrere Stufen gleichzeitig nehmend in die Tiefe gerannt war, merkte sie, dass ihr niemand zu folgen schien.

Heiße Tränen rannen über ihr Gesicht. Was war da passiert?

Sie strauchelte, blieb in einem Stockwerk stehen und riss keuchend die schwere Tür auf. Achter Stock.

Hanna lief zum Fahrstuhl und drückte den Knopf ins Erdgeschoss. Ihr Arm tat höllisch weh und ihr Herz schlug so fest, dass es ihr aus der Brust zu springen drohte. Roland hatte Recht behalten. Hierherzukommen war keine gute Idee gewesen.

19

Roland war stocksauer gewesen. Hanna hatte ihn direkt nach den Vorkommnissen im Hochhaus angerufen und versucht, ihm die Situation zu erklären, doch nach einem kurzen Moment der Stille hatte er einfach aufgelegt. Sie verstand ihn. Immerhin hatte sie sich aktiv in eine Gefahr begeben, vor der er sie gewarnt hatte.

Hanna war frustriert. Sie stand am Fenster und blickte durch die Lamellen herab auf die Straße. Es war mittlerweile später Nachmittag. Ihr Arm tat noch immer weh, eine Abschürfung auf der linken Wange zeugte von dem Treffen. Sie war nicht sonderlich groß, brannte aber wie die Hölle. Sie war keinen einzigen Schritt vorangekommen.

Sie setzte sich auf das Fensterbrett und versuchte, aus der abgedunkelten Wohnung die Straße im Blick zu behalten. Hanna war bewusst, dass dieses Schwein sich irgendwo in der Nähe aufhalten musste. Offensichtlich beobachtete er sie. Sie war auch nicht sicher, ob die Gestalt vor dem Restaurant den Umrissen von Martin geähnelt hatte. Ausschließen konnte sie es nicht. Vielleicht wünschte sie es sich sogar.

Der Gedanke an Martin ließ Hanna die Röte in die Wangen steigen. Sie fand ihn wirklich gut. War sie etwa verknallt? Am liebsten hätte sie ihn mit nach Hause genommen. Sie nahm jedoch schon lange keine Männer mehr mit in ihre Wohnung. Dieser Ort war ihr sicherer Hafen. Ein Blick durch das Wohnzimmer mit direktem Übergang in die Küche ließ sie stocken. Sicher schon, aber hübsch war es nicht.

Vielleicht sollte ich hier wirklich mehr Leben in die Bude bringen. Etwas Deko. Ein paar Pflanzen würden die Stimmung auch aufhellen.

Sie schenkte sich Whiskey ein, goss etwas Cola nach und rührte mit einem metallenen Strohhalm um.

Die Flasche leerte sich, während die Zeit quälend langsam verstrich. Die Sonne wurde nach und nach vom Horizont hinter den Häusern verschluckt. Der Lärm der Straße drang durch das dünne Fenster zu Hanna, die ihren Blick zwischen den Autos und Menschen schweifen ließ. Jeder, der stehen blieb, wirkte verdächtig auf sie. Jedes parkende Auto sorgte in ihr für innere Unruhe. Sie hasste dieses Gefühl.

Du bist hier sicher. Beruhige dich.

Sie erhob sich und streckte ihre Gliedmaßen, bis es in ihrem Rücken befreiend knackte. Sie saß hier schon viel zu lange. Nach kurzem Torkeln hielt sie sich am Sofarücken fest und setzte sich mit unterschlagenen Beinen auf die Lehne. Ihr Blick wechselte zwischen Tür und Fenster hin und her. Sie hatte nur ein paar Gläser getrunken. Die halbe Flasche, korrigierte sie sich, als sie das eckige Gefäß begutachtete. Ekel kam in ihr auf. Sie saß allein und betrunken in ihrer dunklen, stillen Wohnung und ließ sich von einer Angst lähmen, die sie in ihrem Leben nicht dulden wollte.

Kurzerhand nahm sie das Handy und tippte eine Nachricht.

»In 2 Std bei dir? Glas Wein und Musik? Ich habe Lust, dich zu sehen« 17:14

Sie starrte eine Weile auf das Display und gönnte sich einen Schluck Cola aus der Plastikflasche, bevor ihr Handy vibrierte.

»Wenn du möchtest, sehr gerne. Ich habe heute nichts Besonderes vor.« 17:18

Mit einer zweiten Vibration erschien eine weitere Nachricht. Eine Adresse.

In dunkelblauem Kleid und Herbstmantel stand Hanna vor der Eingangstür eines städtischen Altbaureihenhauses und betätigte die Klingel. Sie hatte sich geduscht, um etwas klarer zu werden, und sich rundum fertig gemacht. Sie hatte sich Mühe gegeben. Ihr Blick fiel noch einmal in ihren kleinen Handspiegel, einen Begleiter, den sie seit Jahren in ihrer Handtasche bei sich trug, und dann auf die zerknitterte Visitenkarte, die sie seit dem Besuch im Club mit sich führte.

Martin Wagner.

Hanna sah sich um. Wurde sie verfolgt oder war es nur ihre Einbildung? Langsam wurde sie verrückt. Die Tür summte. Sie glitt hinein, um die spärlich beleuchtete Straße hinter sich zu lassen. Die Tür fiel zu. Sie schaltete das Flurlicht ein und stieg die knarzenden Treppen hinauf. Der Altbau hatte schon bessere Tage gesehen. Putz blätterte von den Wänden, der Teppich auf den Stufen war gerissen und dicke Kratzer zogen sich durch das hölzerne Geländer.

Martin stand in einer geöffneten Tür und sah ihr bereits entgegen. Er trug die gleiche Hose wie immer, dazu ein weißes Hemd. Hanna fragte sich, ob er immer die gleiche Kleidung trug und musste bei dem Gedanken schmunzeln.

»Hi, schön, dass du da bist! Du siehst bezaubernd aus.«

»Vielen Dank!«, erwiderte sie amüsiert und machte einen Knicks.

Martin lachte. Er führte sie in einen langen Flur, von dem vier hölzerne Türen abgingen. Hanna liebte Altbauwohnungen für ihre hohen Decken. Er hatte es sich hier gemütlich gemacht. Bilder von Freunden und Urlauben zierten die Wände.

»Ich habe Wein im Wohnzimmer. Möchtest du erst einmal einen Kaffee? Ich glaube, du hattest schon einen Drink, oder?«

Hanna lief knallrot an. Es war ihr nicht bewusst, dass man ihr die Trunkenheit anmerkte oder schlimmer noch, roch, dass sie bereits getrunken hatte. Beides war ihr extrem unangenehm.

»Ist doch kein Problem, ich habe mir vorhin auch schon ein Glas Wein gegönnt.«

Martin schien ihre Scham zu bemerken, nickte, drehte sich um und machte sich daran, ihnen an der Maschine einen Espresso zuzubereiten.

»Wie läuft es bei dir? Das war ja eine sehr spontane Nachricht. Ich habe mich natürlich gefreut.«

Ein Blick traf Hanna, den sie kaum missverstehen konnte. Martin musterte sie lächelnd, als er ihr eine kleine Espressotasse gab. Verlegenheit und Whiskey umhüllten ihre Gedanken wie eine weiche Decke.

Sie konnte ihr Interesse an Martin nicht verhehlen. Sie wollte ihn, das spürte sie deutlich. Ihr Verstand und ihr Bauch, vielleicht auch ihr Herz, waren sich uneinig. Sie brauchte diesen Abend.

»Na, du weißt ja, was aktuell bei mir los ist.« Sie deutete auf ihre Wange, die sie so gut wie möglich mit Schminke abgedeckt hatte. »Und dann bin ich auch noch hingefallen. Die Zeit meines Lebens.«

Sie blickte mit einem humorvollen Funkeln in den Augen über den Tassenrand hinweg und trank den Espresso aus. Sie fühlte sich gut in seiner Gegenwart und erwiderte den tiefen Blick, den er ihr zuwarf. Hanna lehnte sich an die Wand. So drehte sich die Küche nicht mehr so stark. Er ging einen Schritt auf sie zu und nahm ihre Hand. Eine heiße Welle durchfuhr Hanna, als sie den zarten, aber bestimmten Druck seiner Finger erwiderte. Damit hatte sie jetzt nicht gerechnet. Nicht so schnell. Er nahm ihr die Tasse aus der Hand und stellte sie neben sich ab, ohne der Bewegung große Beachtung zu schenken. Hannas

Herz raste, als sein Gesicht sich dem ihren näherte. Er drückte ihre Hand sachte gegen die Wand und lehnte sich zu ihr. Ihre Lippen waren so nah beieinander, dass Hanna seinen Atem spürte. Als sie seinen Körper an ihrem fühlte, hielt sie es nicht mehr aus.

Ihre Lippen fanden sich. Eine wilde Leidenschaft explodierte in Hanna. Als wäre auch bei ihm eine Kette gesprengt worden, packte Martin sie am Hintern und hob sie ruckartig hoch, während Hanna seine Hüfte mit ihren Beinen umschlang und sich in sein Haar krallte. Hanna wurde heiß. Sie wollte sich zurückhalten, sie wollte vorsichtig sein. Doch sie ergab sich dem Moment und sie küssten sich stürmisch.

Sie riss Martins Hemd auf, krallte sich in seine Brust und seufzte in sein Ohr. Ein dumpfes Lachen ertönte, als er begann, ihre Haut zu küssen. Sie spürte seine Erregung und drängte sich gegen ihn, was ihre Lust in neue Höhen trieb. Schweiß lief ihre erhitzte Haut an Hals und Brust herab. Ein Seufzen entfuhr ihren Lippen. Martin packte sie und trug sie durch den Flur, wobei sie auf jedem möglichen Möbelstück Halt machten, um sich gegenseitig die Kleider vom Leib zu reißen. Hanna seufzte erneut und krallte sich in seinen Rücken. Martin trat entschlossen die angelehnte Tür am Ende des Flurs auf und trug sie hindurch. Dann legte er sie ab und Hanna spürte kühlen Satin auf ihrer Haut.

Schweißnass und schwer atmend lagen sie nebeneinander. Hanna lachte leise und Martin blickte müde zu ihr herüber.

»Das war … gut«, keuchte sie.

»Das klang jetzt etwas zu überrascht«, scherzte er und stand auf. »Ich hole uns etwas zu trinken.«

Er verließ das Zimmer. Hanna lag allein da und sah sich in der Dunkelheit um. Bei Licht würde sie hier wahrscheinlich eine ziemliche Unordnung entdecken. Diesen Eindruck machten zumindest die Umrisse von herumliegenden Kleidungsstücken. Durch den fest installierten Rollladen drang kaum Licht in den Raum. Nur kleine helle Flecken ließen erahnen, dass vor dem Fenster eine Lampe an der Außenfassade montiert war. Hanna bemerkte einen muffigen Geruch und setzte sich auf.

Wo kommt das her?

Sie suchte nach ihrem Handy, um sich Licht zu machen. Ihre Kleidung lag draußen. Ihr Handy lag wohl auf dem Flur.

Die Tür ging wieder auf und Martin kam lächelnd, mit zwei Gläsern in der Hand, zurück.

»Hier, ich dachte, wir trinken noch ein Glas Weißwein.« Er stockte und schmunzelte. »Du siehst müde aus.«

Er überreichte ihr das Glas und setzte sich neben ihr ins Bett.

»Ich bin tatsächlich etwas erledigt. Es war ein harter Tag.« Sie lächelte zaghaft und ergänzte: »Mit einem tollen Ende.«

Nach einem Schluck Wein schmiegte sie sich an Martins Brust.

»Entschuldige, ich habe hier noch kein Licht«, flüsterte er und zeigte an die Zimmerdecke, an der ein Kabel baumelte.

»Macht nichts«, flüsterte sie zurück und merkte, wie ihre Augen zufielen. Sie spürte, wie sie von Müdigkeit übermannt wurde und sich ein samtener Schleier über ihren Geist legte. Dann schlief sie ein.

20

Roland saß an seinem Arbeitstisch und tippte mit dem Bleistift gegen seine Stirn. Zwischen seinen Bildschirmen hindurch sah er drei seiner Mitarbeiter auf ihren Tastaturen einen unaufhörlichen Strom des Tippens von sich geben.

Sie saßen an geschwungenen Plexiglas-Schreibtischen und High-End-Computern, die einen Kontrast zu dem gemieteten Loft boten. Alte Backsteinwände und eiserne Verstrebungen unter der Decke zeugten von einer Zeit, in der dieses Gebäude als Industriekomplex genutzt wurde. Moderne Graffitis und Gemälde schmückten die Wände und große Fenster spendeten dem Raum Sonnenlicht. Ein breiter Feuerwehraufstieg bot den Mitarbeitern einen Platz an der frischen Luft. Roland sah zwei von ihnen darauf rauchen.

Er stand auf und ging zu dem Teekocher, den er sich letztes Jahr geleistet hatte. Er liebte Tee. Wenn Roland morgens um acht sein Büro betrat, war der Tee bereits fertig. Dies entsprach genau der Art von kleinem, unnötigem Luxus, den er im Alltag schätzte. Er aktivierte den Automaten mit einem Knopfdruck und hörte dem Rattern und Klicken zu, während er grübelnd umherblickte. Bald würde er seinen Arbeitstag beenden. Er konnte sich heute kaum konzentrieren.

Die Nachricht, dass Hanna bei Sanja war, hatte ihn zutiefst beunruhigt. Dass sie dort, seiner Meinung nach, Glück hatte, mit einem Kratzer herausgekommen zu sein, hatte er ihr überdeutlich vermittelt, bevor er aufgelegt hatte.

War er zu hart zu ihr gewesen? Sie teilte viele Probleme mit ihm, doch auch er hatte mit ihr über seinen Bruder gesprochen. Er hatte sich schon lange keiner Person mehr so geöffnet.

Dass sie trank, war kein Geheimnis für ihn. Das Entdecken des Flachmanns hatte die Sorge um ihren Zustand nur auf die Spitze getrieben. Ab und zu feiern zu gehen und sich am Abend ein Glas Wein zu gönnen, war völlig okay, dachte er. Wenn es nicht jeden Tag passierte. Die meisten begriffen in ihrem Hamsterrad gar nicht, dass sie kurz davor waren, einer Krankheit anheimzufallen, die sich nur schleichend bemerkbar machte. Roland beschloss, noch einmal mit Hanna über die Situation zu sprechen, wenn sie sich wiedersahen. Er glaubte fest daran, dass sie, nach Abgabe des Flachmanns, weiter trinken würde. Sicher hatte sie es bereits getan. Er hatte sich mit dem Verhalten süchtiger Menschen zu viel auseinandergesetzt, um einer schlagartigen Besserung blauäugig Glauben zu schenken. Nach dem Tod seines Bruders hatte Roland lange Zeit in Selbsthilfegruppen und Entzugskliniken gejobbt. Vielleicht hatte er dadurch Buße tun wollen. Eine nachträgliche Erklärung seines Verhaltens, auf die er auch ohne fremde Hilfe kam. Es war ihm egal. Für ihn war nur wichtig, dass den Menschen geholfen wurde, die in die Fänge dieser Todesspirale geraten waren. Das war nicht immer problemlos oder befriedigend, weil die Erfolgsquote nicht hoch war, doch belohnte jeder kleine Schritt die geleisteten Anstrengungen.

Er seufzte. Dann fokussierten sich seine Gedanken auf das Telefonat mit Hanna.

Scheiße, was mache ich bloß.

Steif blieb er stehen und blickte durch den Raum.

»Jugo, ich bin heute unterwegs, ich muss etwas erledigen.«

Am Schreibtisch schräg gegenüber nickte ein massiger Mann

im Hawaii-Hemd. Roland würde es albern finden, wenn Jugo nicht tatsächlich gebürtiger Hawaiianer wäre.

»Na klar, noch irgendetwas wichtiges, was ich für heute wissen muss?«

Roland schüttelte den Kopf und deutete auf eine Digitaluhr an der Wand des Büros.

»Nein, heute schaffen wir eh keine Aufgaben über die hinaus, die wir bereits auf dem Zettel hatten. Ich muss eine kleine Besorgung machen und bei einer Kundin noch ein Sicherheitsupdate aufspielen. Halte mir nur für heute den Rücken frei. Ich lenke die Kundenanrufe auf dein Arbeitshandy um. Geht das?«

Jugo nickte zögerlich. Er war nicht begeistert.

»Ich haue morgen das Mittagessen raus. Bei dem Japaner.«

Jugo grinste und zeigte mit Fingerpistolen auf Roland.

»Ein Plan nach meinem Geschmack! Verstehst du? Nach meinem Geschmack!«

Roland lief schmunzelnd in sein Büro zurück. Sein dienstältester Mitarbeiter amüsierte sich lautstark über seinen eigenen Witz und breitete die Situation ein weiteres Mal vor seinem Sitznachbarn aus. Als wäre der nicht dabei gewesen. Roland grinste. Er liebte Jugos gute Laune. Sie steigerte ohne Frage die Stimmung und Produktivität seiner Firma.

Er spielte ein Update seiner Sicherheitssoftware auf einen dafür konfigurierten Stick. Die Software des Überwachungssystems musste eh in den nächsten Tagen aktualisiert werden, also konnte er genauso gut die Situation ausnutzen und seiner Freundin helfen.

Mit seiner Jeansjacke unter dem Arm verließ Roland das Büro und machte sich über den dunklen Hof auf den Weg zur nahegelegenen Bushaltestelle. Er fuhr nicht gerne Auto und empfand es als Verschwendung, die Welt mit Abgasen zu verpesten, wenn es nicht unbedingt sein musste. Er verurteilte keine Familien, die ein Auto gebrauchen konnten, um den Kindern und den organisatorischen Herausforderungen Herr zu werden. Als Single jedoch fühlte er sich nicht wohl, wenn er mit dem Auto fuhr, obwohl die Großstadt genügend Angebote öffentlicher Verkehrsmittel zu bieten hatte.

Seine Finger trommelten auf der Laptop-Tasche, nachdem er es sich im Bus gemütlich gemacht hatte.

»Wird schon schiefgehen«, murmelte er sich Mut zu.

Was sollte auch passieren? Roland war bereits spontan im Club gewesen. Es sollte keine Probleme geben. Sein Job war es, die Infrastruktur am Laufen zu halten – und das würde er tun.

Eine Stunde später klingelte er an der Tür des Plattenbaus, hinter der er die meiste Technik des Clubs wusste. *Reinholdt* stand auf dem Klingelschild. Er kannte diesen Ort und ihm war klar, dass ein Computersystem das Bild des Türspions zu dem *Sicherheitsbeauftragten* leitete. Nur wenige Sekunden später öffnete sich die Tür.

»So früh?«, raunte ihm Micha entgegen. Der Riese blickte missmutig auf ihn herab, als er die Sicherheitstür aufstemmte und ihn hindurch ließ.

»Lieber zu früh als zu spät, oder?«, versuchte Roland locker zu kontern und ging an Micha vorbei. »So ganz im Sinne der Sicherheit? Was denkst du würde Sanja dazu sagen?«

Effizient verteilte Tische boten in der gesamten Bude Platz für dutzende Server und Computersysteme, deren Kabel in Schächten die obere Wand durchzogen. Diese Wohnung lag direkt unter dem Club und wurde für die Technik und Sicherheit verwendet. Hier spielte sich quasi alles ab, was für die Steuerung und Überwachung des *Dings* zuständig war. Bei einem Event war hier unten natürlich nicht nur Micha anzutreffen.

Micha warf sich in einen Sessel vor einer Wand voller Bildschirme. Sie enthüllten dutzende Blicke in den Club und die inoffiziellen Ecken der dazugehörigen Stockwerke. Einzig das Büro der Chefin wurde nicht angezeigt.

»Warum ging das nicht online?«

Er legte ein Bein auf den Schreibtisch und griff zu einem Kampfmesser, das auf dem Tisch lag. Mit dem Daumen spielte er an Spitze und Schneide und stierte darauf herab.

»Hast du das Gefühl, dass dieser Laden hier besonders offiziell ist?«, entgegnete Roland und öffnete mit einem Passwort am Zentralrechner seine installierten Sicherheitssysteme.

Er packte einen zusammengefalteten Klappstuhl und setzte sich zügig darauf, um zu verbergen, dass seine Beine anfingen, weich zu werden.

Die Systeme sahen okay aus. Zeitlich sollte er auch an die Videodateien kommen, die er brauchte. Er durfte nur nicht auffallen. Schweiß lief seinen Nacken herab. Roland klickte sich angestrengt und unkonzentriert über die ersten Ebenen seiner entwickelten Plattform.

Hinter ihm erklang ein Kratzen. Micha ließ die Spitze des Messers an der Seite des Tisches entlanggleiten.

»Und was machst du da jetzt?«

Roland drehte sich um. Er schaute so genervt wie möglich. Ein simpler Versuch, um seine Unsicherheit zu überspielen.

»Was soll das, Micha? Hast du irgendein Problem?«

Das war zu viel. Er merkte es sofort. Mit einem Ruck stand der Schläger auf und sah schnaufend auf ihn herab.

»Junge, sei vorsichtig, was du da redest«, sagte er mit hartem Akzent, der die Drohung für Roland noch verhängnisvoller klingen ließ. »Ich habe schon Typen mit bloßen Händen kalt gemacht, die drei Mal du waren!«

Das Messer zeigte mit der Spitze auf Rolands Bauch. Michas Kiefermuskulatur arbeitete und Roland sah ihm an, dass er überlegte. Er musterte ihn von oben bis unten und registrierte ohne Zweifel seine Nervosität. Zum Glück war es jetzt absolut nachvollziehbar, dass er vor Angst zitterte. So schien der Riese wenigstens zufrieden mit dem Ergebnis zu sein. Die Stimmung im Raum war zum Zerreißen angespannt.

Roland antwortete leise und so unterwürfig wie möglich:

»Okay, entschuldige … Es war nicht böse gemeint. Ich habe nur einen nervigen Tag hinter mir und bin etwas angespannt.«

Er hob entschuldigend die Hände.

»Ich installiere das Update hier offline, um keine Sicherheitslücken über das Internet zu riskieren oder die Software des Systems anfällig für Angriffe von außen zu machen. Es ist regelmäßig notwendig, eine Installation auf diese Weise durchzuführen … Okay?«

Micha starrte auf ihn herab. Dann grinste er breit.

»Mach dir mal nicht in die Hose, du kleiner Scheißer. Ich mach doch nur Spaß. Was war los, nervige Kunden?« Er setzte sich schwungvoll zurück in seinen Sessel und warf das Messer achtlos auf den Tisch.

Roland atmete erleichtert. Er nickte.

»Ja, so in etwa. Ich bin nur müde. Privater Scheiß und so kommt auch noch dazu. Daher wollte ich sicher gehen, dass wenigstens hier alles so ist, wie es sein soll.«

Mit einem Knarren des Klappstuhls drehte er sich dem Bildschirm zu und ließ eine Suche laufen.

»Okay, alles cool«, brummte Micha.

Mehr war hinter Roland nicht zu hören. Keine Bewegung, kein Knirschen des alten Leders oder Rascheln der Kleidung. Er spürte nur den eisigen Blick im Nacken.

Jetzt gab es kein Zurück mehr. Die Dateien waren genau vor ihm. Alle Videoaufnahmen des Abends im Club in einer kleinen, aber feinen Archivdatei zusammengefasst. Roland gab ein weiteres

Passwort ein und übertrug die Dokumente auf seinen Stick. Behutsam zog er ihn aus dem Gerät, wohl wissend, dass Micha ihm über die Schulter hinweg zusah. Er holte den Update-Datenträger aus der Tasche, steckte ihn an und startete den Prozess.

»Alles cool?«, hakte Micha ein weiteres Mal nach und wirkte deutlich misstrauischer.

Roland tippelte mit der Fußspitze. Hatte er das Muskelpaket unterschätzt? Er würde seine Ruhe bewahren müssen.

»Ja, alles gut. Scheint alles so zu funktionieren, wie es sollte.«

Zu zaghaft. Micha stand auf. Roland schluckte. Grauenvolle Szenarien spielten sich in seinem Hinterkopf ab. Wie wahrscheinlich war es, in einem Fluss zu landen?

Die schwere Hand des Riesen legte sich auf seine Schulter und drückte zu. Ein stechender Schmerz durchzuckte ihn, als zwei Finger wie Eisenklammern gegen sein Schlüsselbein pressten. Er versuchte, sich von dem Schmerz nichts anmerken zu lassen. Erfolglos. Er riss den Kopf hoch und starrte mit verzerrtem Gesicht hinter sich.

»Was …?«

Ein schrilles Klingeln unterbrach die Situation. Den stählernen Griff beibehaltend ging der Schläger an das Mobiltelefon, aus dem ein Klingelton ertönte, der Roland in die frühen 2000er zurückbeförderte. Weder versuchte er, sich zu winden, noch, einen weiteren Schmerzenslaut von sich zu geben.

»Ja? … Okay«, brummte Micha.

Kurze Pause.

»Roland ist hier für ein Update. Ich würde jetzt …«

Die weibliche Stimme am anderen Ende der Leitung war leise zu hören.

»Okay, kein Problem. Ich kümmere mich darum.«

Die Hand rutschte von Rolands Schulter. Er atmete hörbar auf und rang sich durch, den Schläger direkt anzusehen. Micha sah auf ihn herab und schien zu überlegen. Er kaute auf seiner Zunge. Dann nickte er.

»Mach dir nichts draus, Junge. Aber quatsch mich nie wieder so an wie vorhin. Haben wir uns verstanden, du Nerd?«

Er lächelte.

Roland hob abwehrend die Hände und nickte: »Kein Problem. Sorry. Wie gesagt, Stress.«

Hinter ihm erzeugte sein Sicherheitsprogramm einen kurzen Hinweiston. Er drehte sich um, zog den Datenträger ab und steckte ihn ein.

»Alles erledigt. Ich bin schon weg.«

Micha schob ihn zur Tür und entließ ihn in den Flur. Seine wackeligen Beine konnte er kaum vertuschen und Roland war froh darüber, dass Micha ein brutales Arschloch war. Nach einer solchen Einschüchterung wäre wohl jeder von Angst geplagt gewesen, der kein Leben als Stein zubrachte.

Hinter ihm fiel die Tür zu. Gerne wäre er losgelaufen, hätte seinem Puls entsprechend die Beine in die Hand genommen, doch wusste er, dass ihm digitale Augen so lange folgten, bis er das Gebäude verlassen hatte. Mit körperlich anstrengender Selbstbeherrschung verließ er den Flur und blieb im Fahrstuhl angewurzelt stehen.

Jetzt keinen Fehler machen.

Er wartete geduldig und starrte entschlossen auf die eiserne Tür.

»Nun geh schon auf …«, flüsterte er.

Es ruckte. Endlich öffneten sich die Automatiktüren und entließen Roland in die Freiheit. Nur noch wenige Meter trennten ihn von der Eingangstür.

Das Handy vibrierte in seiner Hosentasche.

Weitergehen. Einfach weitergehen.

Die Tür hinter sich lassend, schlenderte er weiter, bis er sich sicher war, aus dem Sichtbereich der versteckten Kameras entkommen zu sein.

Dann nahm er die Beine in die Hand. Er rannte wie ein Verrückter und erst mehrere Häuserblocks später lief er langsam aus. Rolands Lunge brannte in seiner Brust.

Er erreichte taumelnd die rettende Bushaltestelle. Ein paar Umstehende schauten verwirrt in seine Richtung. Er lehnte sich gegen das gläserne Wartehäuschen, dessen Scheibe tiefe Risse aufwies, und atmete durch. Seitenstechen machte sich breit. Zigarettenstummel zierten den Boden und Unkraut wuchs zwischen den Gehwegplatten hervor.

Der Bus näherte sich. Viel glücklicher hätte das Timing nicht sein können. Er sah sich um. Niemand schien ihm zu folgen.

Nachdem er auf der hintersten Bank des Busses Platz genommen hatte, lehnte er sich erschöpft an die Scheibe und sah aus dem Fenster. Er hatte es geschafft. Roland zog sein Handy aus der Hosentasche und untersuchte das Display.

Es war Jugo gewesen. Ein schwerer Stein fiel von seinem Herzen, als ihm klar wurde, wie viel Abstand er zwischen sich und den Club gebracht hatte und dass Micha offensichtlich etwas Wichtigeres zu tun hatte, als über ihn nachzudenken.

Alles war gut gegangen. Am Ende hatte er selbst fast nicht mehr daran geglaubt. Sein ermüdeter Blick glitt zufrieden über die Kulisse der Stadt. Es wurde dunkel. Der Sonnenuntergang ging immer schneller vonstatten, bemerkte Roland und lächelte. Er freute sich, dass er Hanna würde helfen können, und tätschelte grinsend seine Laptoptasche, während er eine Nachricht an sie absetzte. Sie war etwas kryptisch verfasst, aber für sie sollte die Info zu verstehen sein. Mit einem Seufzen lehnte Roland sich zurück, tippte eine Nummer auf seinem Display und hielt den Hörer ans Ohr.

»Hey Jugo, was gibts? Ich bin auf dem Weg nach Hause.«

21

Das Wachhäuschen an der Einfahrt des Wohnkomplexes war hell erleuchtet. Der Nachtwächter, ein etwa sechzigjähriger, wuchtiger Kerl mit schütterem Haar, legte seine Zeitung weg und blickte auf, als Roland sich näherte. Ihre erste Begegnung vor einigen Monaten war ihm in Erinnerung geblieben. Georg hatte ihn nicht aufs Gelände lassen wollen, bis er seinen Personalausweis kleinlich untersucht hatte. Was wollte ein alternativ aussehender Kerl wie er schon auf so einem Boden? Das Ergebnis war dem alten Wachmann so unangenehm gewesen, dass er seit diesem Zeitpunkt überschwänglich freundlich grüßte, wenn Roland vorbeiging. So auch dieses Mal. Er reckte den Arm in die Höhe und rief erfreut durch die Anreiche seines Glasschutzes, als er den Mieter mit dem Irokesenschnitt von Weitem erkannte.

Roland grüßte zurück und schenkte Georg ein müdes, aber freundliches Lächeln. Einen kurzen Smalltalk später durchquerte er die spärlich beleuchtete Gartenanlage. Ein breiter Weg führte in Schlangenlinien zwischen den Hecken hindurch zu dem modernen Bau. Laternen warfen ihr Licht in hellen Kegeln auf den Weg. Der Rest der Anlage war in eine schemendurchflutete Dunkelheit gehüllt.

Roland sah sich um. Wie so häufig war kaum jemand zu sehen, der sich in den frühen Abendstunden im Freien aufhielt. Am Ende der Gärten sah er die Umrisse von Jugendlichen, die es sich auf einem Spielplatz gemütlich gemacht hatten. Sie schienen zu feiern, was hier niemanden störte. Alle Wohnungen waren top isoliert. Ein Umstand, den Roland sehr zu schätzen wusste, da er gerne harten Rock hörte, während er zu Hause arbeitete. Und das laut. Primär waren es Familien, die die Ruhe und die Sicherheit dieser Luxuswohnungen bevorzugten. Sobald also keine Sonne mehr am Himmel stand, waren die meisten Bewohner des Komplexes in ihren stillen Kämmerlein und kümmerten sich um ihre eigenen Sachen. Ab zwanzig Uhr wirkte die hübsch gestaltete Gartenanlage nahezu verlassen, wenn nicht gerade Hochsommer war. Roland mochte diese Ruhe. Er liebte es, für sich zu sein, wenn die Umstände es ihm möglich machten.

An der Haustür angekommen, wühlte er in seiner Tasche, entdeckte eine Packung Kaugummi und warf sich gemütlich eines ein, bevor er zu seinem Schlüsselbund griff.

»Hi Roland«, ertönte eine leise Stimme.

Ein kalter Schauer durchfuhr ihn, als sein Name die Stille der Nacht durchdrang. Instinktiv fuhr er herum und hätte sich fast an dem Kaugummi verschluckt.

»Ja, bitte?«, fragte er vorsichtig und hüstelte.

Als seine Augen sich an die Dunkelheit gewöhnt hatten, entdeckte er zwischen zwei hohen Hecken eine breitschultrige Gestalt. Er kniff die Augen zusammen, doch blendete ihn das Licht des Eingangsbereiches mehr, als dass es ihm half.

»Sie haben sich ja ganz schön angeschlichen. Kennen wir uns?«

Keine Antwort. Mit vorsichtigen Fingerbewegungen versuchte Roland, seinen Haustürschlüssel zu erfühlen und die Gestalt im Auge zu behalten. Innerlich fluchte er über die Menge an Schlüsseln an dem Bund. Der Fremde blieb still.

»Hey, komm schon, Scherz beiseite. Ich habe einen beschissen harten Tag hinter mir und brauche keinen Stress. Habt ihr Jungs zu viel getrunken, oder was?«

Keine Regung.

»Okay, du Spaßvogel, guten Abend!«, sagte er deutlich genervt und versuchte sich, die Anspannung nicht anmerken zu lassen. Ein Blick an dem langen Weg vorbei zu dem Wachhäuschen verriet Roland, dass der Wachmann mit seiner Zeitung beschäftigt zu sein schien. Und überhaupt. Wie sollte Georg mitbekommen, was so weit entfernt von ihm stattfand? Warum waren diese Anlagen auch so unnötig groß? Er fluchte leise, drehte sich um, zog rasch den richtigen Schlüssel und steckte ihn ins Schloss. Es klickte. Die Tür war bereits einen Spalt auf, als er einen letzten Blick über die Schulter wagte. Niemand zu sehen.

Rolands Kopf ruckte vor und krachte mit der Nase gegen den steinernen Türrahmen. Ein markerschütterndes Knacken ertönte. Schmerz durchzuckte Roland, raubte ihm für einen Moment jede Kraft. Mit der linken Hand griff er instinktiv nach seinem blutenden Gesicht, die andere packte die des Angreifers, die sich von hinten in seine Haare gekrallt hatte. Wieder rammte er seinen Kopf gegen die Wand. Dieses Mal drehte er den Kopf zur Seite und schlug mit Wange und Ohr gegen den Stein. Schwindel überfiel ihn. Roland wirbelte herum, wobei ihm einige Haare ausgerissen wurden, und schlug dabei mit einem Schwinger um sich. Doch sein Angriff hatte kaum Kraft. Der Fremde wehrte den Hieb ab. Ein Tritt gegen die Brust beförderte Roland krachend durch die halb geöffnete Tür auf den Flurboden. Er schlug hart auf und rang nach Luft.

»Hilfe«, keuchte Roland in Richtung der Wohnungstüren und hörte, wie seine Stimme den Dienst versagte.

Selbst wenn nicht. Er wusste, dass die hiesige Schallisolation selbst eine Party beim Nachbarn in ein flüsterndes Gesäusel verwandelte.

Die Tür fiel zu. Er schob sich von dem Unbekannten weg und

rutschte über den spiegelnden Boden. Blut rann auf seine Augen. Er blinzelte. Ein weiterer Tritt gegen seine Beine, dann Hiebe in seinen Rücken. Immer wieder trat die Gestalt auf ihn ein. Schmerzhafte Blitze rasten an den Stellen durch seinen Körper, wo der schwere Stiefel ihn erwischte. Der Schmerz in seinem Brustkorb explodierte, als er spürte, wie eine seiner Rippen nachgab. Den Körper krümmend, versuchte er seinen Kopf zu schützen. Sengende Hitze pulsierte durch seine Brust und schnürte sie zusammen. Jeder Atemzug wurde mit brennender Pein bestraft.

»Micha, ich …«, keuchte er und schluckte.

Blut und Tränen liefen ihm über das Gesicht.

Wie konnte er nur so naiv sein? Es hätte ihm klar sein müssen, dass er mit dem Datendiebstahl nicht durchkam. Dann trat Ruhe ein.

»Hey, hör zu, ich will euch keine Schwierigkeiten machen. Ich wollte nur …«

Als er sich umdrehte und durch zusammengekniffene Augen zu dem Mann aufblickte, sah dieser auf ihn herab. Er nahm seine Statur und sein Gesicht wahr. Dann zog er zittrig die Augenbrauen zusammen.

»Was …«

Ein Faustschlag traf Roland mitten ins Gesicht. Sein Kopf krachte zurück auf den Marmor des Fußbodens und dem Knirschen der Nase folgte ein dumpf klingender Aufprall seines Schädels. Er wusste nicht, wie ihm geschah. Unter Schock erkannte er sein eigenes Röcheln in seinen Ohren. Er würde nicht kampflos aufgeben. Seine Arme, die er instinktiv zwischen sich und seinen Angreifer zu bringen versuchte, wurden zur Seite gedrückt.

Die Hand des Unbekannten drückte sich auf seinen Mund.

Roland spürte, wie etwas auf seiner Zunge landete. Der Versuch, es auszuspucken, scheiterte. Sein Angreifer presste sich mit den Knien auf seinen geschundenen Brustkorb und drückte ihm Mund und Nase zu. Roland roch das alte Leder der Handschuhe. Unter letzter Anstrengung riss er die Augen auf, schlug mit den Händen nach dem Kopf des Fremden. Es nützte nichts. Er zuckte wild unter dem Unbekannten und kratzte über den Marmor.

Es war vorbei. Sein Schluckreflex setzte ein. Der Angreifer ließ los und packte Roland, der erst nach Luft schnappte und dann benommen zwei Finger zu seinem Mund hob, um unter dem einsetzenden Rausch seine Mundhöhle abzutasten. Er konnte sich nicht halten. Sein Verstand glitt davon. War völlig umwölkt. Der Schmerz ließ nach. Eine angenehm weiche Wolke umhüllte seinen Geist. Seine Augen wurden schwer. Ein rasselndes Geräusch drang in seine Ohren. Eine Tür öffnete sich. Die Welt begann sich zu drehen. Über ihm einzustürzen. Er sah einen marmornen Wohnzimmertisch und erinnerte sich an den Preis des Designerstücks, bevor er sich der sanften Dunkelheit hingab.

22

Hanna wachte mit einem ordentlichen Brummschädel auf und hielt sich die Hand vor die Augen. Der Rollladen war bereits hochgezogen worden und das Licht, das durch das geöffnete Fenster in ihr Gesicht schien, bestrafte sie mit einem höllischen Pochen in den Schläfen. Sie hatte schon lange keinen Kater mehr gehabt. Hat es am Wein gelegen? Sie drehte sich mit einem süffisanten Lächeln zur Seite und sah auf eine leere Bettseite. Wie lang hatte sie geschlafen? Die Bettwäsche war verschwitzt. Hanna erinnerte sich an die letzte Nacht zurück. Der Sex war okay. Ein Grinsen huschte über ihr Gesicht. Nein. Er war *wirklich gut* gewesen.

Sie schälte sich unter der Decke hervor und richtete sich auf. Der Raum lag in einem geordneten Chaos versunken vor ihr, während die restliche Wohnung ihrer Erinnerung nach sehr aufgeräumt gewirkt hatte. Zwei lederne Koffer beherrschten eine Ecke. Ein alter Esszimmerstuhl stand neben dem Bett und gab seinen Platz für etliche Kleidungsstücke her. Ein großer Schrank war halb geöffnet und unaufgeräumt. Packungen diverser technischer Einkäufe lagen in einer Ecke. Wieder kroch Hanna dieser muffige Geruch in die Nase. Was war das nur? Sie erinnerte sich dämmerig an den Ausgang des Abends. Ein abruptes Ende eines nicht allzu langen Gesprächs. Ihre Kleidung lag sicher im Flur. Sie schnappte sich die dünne Decke und schlang sie um sich.

»Guten Morgen!«, rief sie zu der geschlossenen Tür.

Keine Antwort. Hanna schlängelte sich zwischen ein paar Kartons hindurch und erreichte die Tür. Ein Wunder, dass sie gestern den Weg zum Bett geschafft hatten. Vorsichtig drückte sie die Türklinke herunter und lugte durch den Türspalt. Der Flur lag in gedämpftem Licht vor ihr. Ihre Kleidung war nicht zu sehen. Sie verstärkte den Knoten in der dünnen Decke und schob sich durch die Tür.

»Hallo?«

Hanna folgte dem Flur und spähte in die Küche. Leer. Vorsichtig öffnete sie die Tür ins Wohnzimmer.

»Keiner da?«, versuchte sie es ein letztes Mal.

Sie schlich in das größte Zimmer der Wohnung und sah sich um. Ein großer Bücherschrank, der eine lange Wand einnahm, wurde von Sachbüchern und Biografien beherrscht. Martins Musik- und Filmsammlung hatte jeweils ein Regal neben der Tür erhalten. Eine modern aussehende Musikanlage stand darunter auf einem Board. Eingenommen wurde das Wohnzimmer von einer massigen Ledercouch, die den Kratzern nach sicher einige Jahre auf dem Buckel hatte. Sie stand auf einem dunklen Teppich und füllte die Mitte des Raums aus. Gegenüber stand ein kleiner Fernseher. Die Wände waren mit zwei Gemälden und dutzenden eingerahmten Fotos von weit entfernten Orten bestückt, die Martin besucht hatte. Licht fiel zwar durch die Fenster in das Wohnzimmer, die Möbel und schweren Gardinen sorgten jedoch für eine schummerige Atmosphäre. Die Einrichtung war nicht Hannas Stil, passte aber gut zu Martins bisherigem Auftreten. Hannas Kleider lagen sauber und ordentlich zusammengefaltet auf einer Lehne der Couch.

Immerhin war es hier aufgeräumt, dachte sie. Einen kleinen Schritt vor den anderen machend, fuhr sie mit den Fingern über die CDs, die Martin über seiner Anlage aufgereiht hatte. Rock, Metal und 2000er Punkrock nahmen den Großteil seiner Musiksammlung ein. Hanna blieb stehen und zog ein Album aus dem Regal. Sie liebte die Chili Peppers. Ein Lächeln zeichnete sich auf ihrem Gesicht ab, als sie das Album wieder zurückstellte. Es wich einem erschrockenen Gesichtsausdruck, als ihre Augen einen kleinen Gegenstand erfassten, der halb hinter der Anlage auf dem Regal lag.

Ein Handy. Es sah nagelneu aus. Und billig. Hanna nahm es in die Hand und betrachtete es von allen Seiten. Ein Klick auf die grüne Taste aktivierte das Display, das einen Code von ihr verlangte. Sie legte es zurück und betrachtete es einen Moment lang nachdenklich. Von einem solchen Gerät würde sie Nachrichten versenden, wenn sie nicht wollte, dass sie zurückzuverfolgen waren.

»Arbeitshandy«, murmelte sie wenig überzeugt vor sich hin.

Hatte sie einen Fehler gemacht?

Was, wenn sie Martin doch nicht vertrauen konnte?

In Hanna begann ein Sturm zu toben. Sie ließ die Decke fallen, streifte zügig ihre Kleidung über und lief zurück ins Schlafzimmer. Wieder fiel ihr die Ansammlung mit den Verpackungen ins Auge. Sie hockte sich neben den Haufen. Nach wenigen Griffen entdeckte sie die Plastikverpackung eines Handys, das dem im Wohnzimmer glich. Hanna erinnerte sich genau an Martins Handy. Er hatte es beim Date gezogen, als sie ihm ihre Nummer gegeben hatte. Dieses hier sah nicht danach aus.

Werde ich verrückt?

Hanna konnte sich des Gedankens nicht erwehren, der durch ihren Kopf spukte. Was, wenn die Nachrichten von ihm waren?

Ein Funke des Zweifels entzündete ein Feuer, das sich schnell zu ihrem tiefsten Inneren ausbreitete und ihr die Luft abschnürte. Sie betrachtete die Pappe und schluckte. Das durfte nicht sein. Wie hatte sie einen solchen Fehler begehen können? Und woher kam dieser Geruch? Das Klappern des Schlosses drang in ihre Ohren. Hanna fuhr herum und starrte zur Tür. Sie warf die Packung zurück auf den Haufen und sprang auf. Die Wohnungstür öffnete sich quietschen. Sie hörte die ersten Schritte von Martins Schuhen auf dem hölzernen Dielenfußboden und zog sich hektisch an.

Sie versteifte sich. Martin stand in der Tür und hob eine braune Papiertüte in die Luft.

»Ich habe Frühstück mitgebracht«, sagte er, »Gut, dass du deine Sachen gefunden hast. Ich dachte, du schläfst länger, so müde, wie du gestern warst.«

Sein Blick wanderte zu dem Stapel Verpackungen. Dann streiften seine Augen prüfend durch das Schlafzimmer und zurück zu Hanna.

»Tut mir leid, dass es hier so aussieht«, sagte er in verlegenem Tonfall. »Ich kam in letzter Zeit nicht oft zum Aufräumen.«

Trotzdem sah Hanna in seinem Blick etwas anderes. Etwas Prüfendes.

»Schon gut, das macht nichts. Bei mir sah es kürzlich auch noch so aus«, log Hanna und strich sich die Kleidung glatt.

Sie sah zu ihm auf und quälte sich ein Lächeln ab.

»Alles okay, hast du gut geschlafen?«, fragte er vorsichtig. »Kopfschmerzen?«

Sie rollte die Augen nach oben und tat so, als ob sie überlegte, um nicht zu hektisch zu wirken.

»Ja, ich habe geschlafen wie ein Stein. Dein Bett ist wirklich bequem. Ich hatte nicht einmal Träume, glaube ich. Ich war wohl auch etwas betrunken.«

Martin nickte und verschwand aus der Tür. Dem Klang der

Schritte nach machte er sich auf den Weg in die Küche. Hanna wartete kurz, atmete durch und huschte in den Flur.

»Hey, wo willst du denn hin?«, erklang es hinter ihr.

Sie drehte sich um und sah den Flur entlang. Ihre Hand lag bereits auf der Türklinke. Martin sah mit ernstem Gesichtsausdruck in ihre Richtung.

»Ich dachte, es wäre besser, wenn ich jetzt gehe.«

Ihre Augen lagen auf seinem Gesicht. Seinen Händen. Langsam griff sie zu ihren High Heels und schnürte die Riemen an ihren Fußgelenken fest.

Martins Blick verfinsterte sich. Seine zusammengepressten Lippen bildeten einen schmalen Streifen.

»Weißt du, ich verstehe das nicht«, begann er und machte einige Schritte auf sie zu.

Hanna ruckelte an der Tür. Sie war abgeschlossen.

»Was soll das?« Seine Stimme wurde lauter. »Was ist mit dir los?«

Hanna starrte ihn an und schluckte, als die Worte ihr im Hals stecken blieben. Ihre Gedanken rasten. Was, wenn sie falsch lag? Und was, wenn nicht?

»Ich muss gehen. Tut mir leid. Es hat nichts mit dir zu tun. Ich muss mein Kind von der Schule abholen und vorher noch nach Hause.«

Als würde sich die Tür öffnen, wenn sie nur lange genug daran zog.

»Okay.«

Er griff in eine gläserne Schüssel auf der Kommode im Flur und ging auf Hanna zu. Sie lehnte sich vorsichtig zurück und versuchte, ihn im Auge zu behalten. Martin steckte den Schlüssel ins Schloss und blickte mit erstarrter Mimik auf sie herab.

»Sag mir bitte, was los ist. Habe ich etwas verbrochen? Ich wollte dich nicht ausnutzen oder so.«

Sie sah zu ihm auf. Er war ihr so nah, dass sie den Duft seines Rasierwassers riechen konnte.

»Ich schreibe dir, ja? Es liegt nicht an dir. Es geht mir nur wirklich nicht so gut.« Sie schluckte. »Ich glaube, ich hatte eine Panikattacke.«

Martins verengte Augen öffneten sich überrascht. Hörbar ausatmend, drehte er den Schlüssel und entriegelte die Tür. Sein Gesicht entspannte sich.

»Natürlich, alles gut. Entschuldige. Es kam mir nur alles gerade etwas merkwürdig vor. Pass auf, was auch immer sein sollte. Vielleicht meldest du dich ja. Ich fand die Nacht sehr schön. Den Abend auch.«

Hanna machte einen schnellen Schritt auf den Flur hinaus. Sie behielt Martin im Auge. Nach wie vor noch etwas verkatert, berührte sie das Treppengeländer.

»Ich auch«, flüsterte sie, wendete sich ab und machte sich auf den Weg nach unten.

Sie spürte Martins Blick im Nacken, bis sie das Erdgeschoss und die Haustür erreichte.

Ein Blick auf ihr Handy bestätigte, was sie eh schon vermutete. Das Display blieb dunkel.

»War ja klar«, fluchte sie leise und verließ das Gebäude.

Kalter Wind pfiff ihr um die Nase. Sie fröstelte und packte das Gerät zurück in ihre Handtasche. Das Handy hatte die ganze Nacht in ihrer Tasche auf dem Flur verbracht. Der Akku war schon am Abend schwach gewesen. Das und alles andere hatte Hanna gestern ignoriert. Wie betrunken war sie gewesen? Sie ärgerte sich über sich selbst, während sie die Straße entlang ging und ein tiefsitzender Kopfschmerz hinter ihrer Stirn rumorte. Das Licht war zu hell, die Autos zu laut und jeder Schritt zu anstrengend. Am liebsten würde sie ihre hohen Schuhe wegschleudern. So heftig war es doch eigentlich nicht gewesen.

Eventuell lag es nicht am Alkohol.

Hanna sah zurück zu dem mittlerweile weit entfernten Hauseingang und schlang die Arme um sich.

Eine aufregende Nacht lag hinter ihr. Das war ihr bewusst. Gedankenversunken ging sie zu ihrem Parkplatz.

Ich bin gestern Auto gefahren?!

Sie stieg auf der Fahrerseite ein, griff in ihre Konsole und zog eine Packung Mentholbonbons hervor.

Sie starrte auf die herabrinnenden Regentropfen.

»Ich bin doch bescheuert …«, murmelte sie und ließ den Wagen an.

23

Hanna kaute auf ihrer Unterlippe. Langsam fuhr sie die Einfahrt zur Tiefgarage hinab und ließ die Nachmittagssonne hinter sich. Ihre Gedanken drehten sich im Kreis. Sie hatte nicht allein zu Hause sein wollen und lieber einige Besorgungen gemacht. Nicht nur brauchte sie wieder einen vollen Kühlschrank, auch hatte sie ein paar Deko-Artikel für ihre Wohnung gekauft. In einer Papiertüte auf dem Beifahrersitz lagen diverse Keramiktierchen, eine kleine Vase und zwei Kränze bereit, um ihrer Bleibe einen herbstlichen Look zu verleihen. Sie hatte sich lange nicht mehr um solche netten Kinkerlitzchen gekümmert und spürte, wie gut es ihr getan hatte, durch die Gänge der Läden zu schlendern und nach niedlichen Artikeln zu stöbern.

In der Garage waren mehr Stellplätze, als man von außen erwarten würde. Jede Wohnung konnte hier ein bis zwei anmieten. Hanna stellte sich nach einem kurzen Wendemanöver in ihre Parkbucht. Sie stellte den Motor ab, kramte in ihrer Tasche nach dem Haustürschlüssel und verließ das Auto. Die Tiefgarage sollte eigentlich durch Neonröhren hell erleuchtet werden. Einige von ihnen hatten jedoch bereits das Zeitliche gesegnet.

Eine Lampe flackerte neben einer kaputten Röhre und produzierte ein unregelmäßiges Zischen und Brummen, das durch den Keller hallte. Die halbe Garage lag in einer diffusen Dunkelheit. Hanna ärgerte sich über das Desinteresse des Hausmeisters, der sich immer noch nicht darum gekümmert hatte. Sie schloss den Wagen ab und machte sich auf den Weg zu der schweren Sicherheitstür, die in die Keller des Hauses führte.

Das Garagentor fuhr mit lautem Knirschen herunter und erfüllte die Halle mit mechanischem Lärm. Hanna öffnete die Brandschutztür. Ein feuchter Geruch fuhr ihr in die Nase, während sie dem betonierten Gang folgte.

Hanna war jedes Mal froh, wenn sie in den hell beleuchteten Fahrstuhl stieg. Als sich die Türen hinter ihr schlossen, atmete sie hörbar auf und lächelte erschöpft. Die Türen schoben sich auf und das warme Licht des Korridors fiel auf sie. Ein Mann in Regenmantel und Cap stand am schwarzen Brett und las die Gesuche und Tauschangebote der Bewohner. Als sie auf den Flur hinaustrat, quetschte er sich mit einem Nicken an ihr vorbei in den Fahrstuhl.

Ein dunkelblauer Regenmantel.

Sie riss den Kopf herum und betrachtete die geschlossene Kabine.

»Nicht wirklich, oder?«

Sie machte ein paar schnelle Schritte in Richtung ihrer Wohnungstür und starrte auf den mit Teppich versehenen Boden. Ein unordentlich zugeklebtes Paket stand davor. Sie kannte den Boten.

»Nein, nicht schon wieder«, hauchte sie.

Hanna warf ihre Taschen ab und rannte los. Entschlossen raste sie zum Treppenhaus, riss die Tür auf und hetzte die Stufen hinab. Sie musste schneller sein!

Sie sprang um die Ecke im ersten Stock, kam ins Straucheln, knickte auf ihren hohen Schuhen um und stürzte auf den massiven Betonboden. Keuchend packte sie das Geländer und zog sich daran hoch. Hanna spürte einen stechenden Schmerz, der sich durch ihren Knöchel bohrte.

»Scheiße!«

Sie streifte die hohen Schuhe ab und warf sie davon. Barfuß lief sie weiter die Stufen hinab und erreichte die Erdgeschosstür. Mit einem Schritt in den Eingangsbereich des Hauses wanderte ihr Blick vom Fahrstuhl zu den Haupttüren. Draußen regnete es in Strömen. Dicke Wasserschlieren liefen die Fensterfront mit den großen, ebenfalls gläsernen Eingangstüren herab.

Sie humpelte darauf zu und durchsuchte den nassen Schleier nach dem dunkelblauen Mantel. Er war nicht zu sehen. Dann entdeckte Hanna, was sie suchte. Hoffte sie. Er hatte zwar keine Regenjacke mehr an, trug aber einen Pullover, dessen Kapuze er über sein Cap gezogen hatte. Ein Rucksack hing auf seinem Rücken. Sie rannte zur Tür. Er musste es einfach sein.

»Junge Frau, alles okay?«, fragte eine ältere Dame.

Hanna kam nicht dazu, zu antworten, riss die Türen auf und humpelte barfuß hinaus in den Regen. Der Boden war nass und kalt. Dunkle Regenwolken senkten einen finsteren Schleier auf die Welt herab und legten die Umgebung in diffuses Licht. Das Stechen in ihrem Knöchel wurde immer stärker.

Mit wütendem Blick und zusammengepressten Lippen folgte sie dem verhüllten Mann.

Er drehte sich um. In dem Unwetter war das Gesicht unter der Kapuze nicht zu erkennen. Zorn kochte in ihr hoch, während sie weiter auf ihn zu humpelte.

»Ey, du Arschloch, es reicht!«, schrie sie durch den Regen. »Bleib stehen!«

Hanna griff an ihre Seite, doch ihre Tasche lag oben. Er antwortete nicht. Er sah sie unter seiner Kapuze hinweg an. Eine Sonnenbrille verdeckte sein halbes Gesicht. Nur noch wenige Meter. Sie ballte die Faust. Es war genug. Sie wollte sich rächen. Ihm alles zurückgeben, was er ihr angetan hatte. Wegen ihm hatte sie ihren Job verloren und konnte ihre Kinder nicht sehen.

Er rannte los.
»Nein! Bleib hier, du Schwein! Jetzt ist Schluss!«
Hanna verfolgte den Fremden die Straße entlang. Er baute in kurzer Zeit einen erheblichen Abstand auf. Er war schnell und Hanna, trotz aller Wut, kam nur mäßig voran, während sie versuchte, ihren Fuß nicht zu belasten.
»Scheiße! Scheiße!«
Der Fremde stürmte zwischen zwei Häusern in eine Gasse und zwang Hanna dazu, aufzugeben. Sie hatte ihn aus den Augen verloren. Sie ballte ihre Hände zu Fäusten. Ihre ganze Wut und Frustration drängten nun so massiv aus ihr hervor, dass sie sie nicht mehr an sich zu halten im Stande war.
Ein markerschütterndes Brüllen ertönte aus ihrem Mund. Hanna schlug mit ihrer Faust gegen einen Müllereimer und brüllte ein weiteres Mal vor Wut und Schmerz. Klitschnass und zitternd drehte sie sich um und humpelte zurück.
Nur wenig später stand sie mit ihrem triefenden Kleid im Flur und hob ihre Tasche auf. Ihre Schuhe würde sie später aus dem Treppenhaus holen. Ihr Blick fiel auf den Karton, der vor ihrer Wohnung auf sie wartete. Vielleicht hatte sie zu viele Filme gesehen, aber Vorsicht war besser als Nachsicht.
Hanna sah sich um und wühlte eine Bürste aus der Handtasche. Sie wog sie kurz in der Hand, legte sie wieder hinein und zog eine kleine Plastikflasche Mineralwasser. Ein letztes Mal riskierte sie einen Blick durch den Flur. Niemand war zu sehen. Behutsam machte sie einige Schritte zurück und stützte sich dabei an der Wand ab, um den verletzten Fuß zu schonen. Sie wog die Flasche in der Hand und atmete durch. Eine Weile fixierte sie den Karton, während Wassertropfen ihre nassen Strähnen herabliefen.
Hanna holte aus und warf das Wasser flach über den Boden auf den Karton. Wie in Zeitlupe flog die Flasche auf ihn zu und

polterte über den Teppichboden. Hanna machte sich für alles bereit, was passieren könnte. Dann rollte die Flasche an dem Paket vorbei.

»Komm schon«, presste sie genervt hervor.

Hanna bewegte sich an der gegenüberliegenden Wand entlang zu ihrem Wurfgeschoss, hob es auf und zog dabei mehrmals die Luft zwischen den Zähnen hindurch. Sie rollte die Augen und zog sich mit der Flasche zurück.

»Sei kein Trottel, Hanna.«

Wieder fixierte sie den Karton aus fünfzehn Schritten Entfernung. Sie atmete aus und beruhigte ihren Herzschlag.

»Komm schon, du scheiß Teil. Jetzt aber.«

Das Mineralwasser flog ein weiteres Mal durch den Flur, diesmal in einem höheren Bogen, prallte vom Boden ab, gegen die Wand und krachte im nächsten Augenblick mit Schwung gegen den kleinen Karton. Hanna hielt die Luft an. Das Paket wurde eine Armlänge von ihr weggeschleudert und landete auf der Seite. Sie spitzte die Ohren und näherte sich Schritt für Schritt. Nichts passierte. Sie ergriff die Sendung und schloss die Tür auf. Die Riegel der drei unterschiedlichen Schlösser fuhren zu Seite. Hanna öffnete die Tür, legte den Lichtschalter um und spähte durch ihren Flur in ihr dunkel daliegendes Wohnzimmer.

25, 24, 23, 22, 21.

Stille. Die Fenster mussten geschlossen sein. Sonst hätte sie die Wohnung nicht verlassen. Hanna hatte beim Einzug speziell darauf geachtet, nicht im Erdgeschoss einzuziehen. Auch hatte sie selbst die verschiedenen Sicherheitsmechanismen an den Türen anbringen lassen. So leicht würde hier keiner reinkommen. Nach kurzem Zögern betrat sie ihre Wohnung und verriegelte die Tür. Frustriert hinkte sie ins Wohnzimmer, legte den kleinen Karton auf den Wohnzimmertisch ab, schloss ihr Handy ans Ladekabel und ließ sich auf einer Sofalehne nieder.

Behutsam tastete sie ihren rechten Fuß ab, der sichtbar angeschwollen war.

Hoffentlich ist er nicht gebrochen.

Es fühlte sich nicht so an, aber Hanna war auch keine Medizinerin. Sie humpelte durch die Wohnung, bis sie mit einem Eisbeutel auf dem Knöchel und ohne Kleid, dafür in ein großes Duschhandtuch gewickelt, auf der Couch vor dem Paket saß. Sie hatte ihr Bein hochgelegt und starrte den Karton angespannt an. Hanna war sich unsicher, ob sie ihn öffnen sollte. Ein nicht einzuordnender Geruch strömte daraus hervor. Sie griff zu einer Flasche Wein, schenkte sich ein Glas ein und nahm einen großzügigen Schluck. Das Handy leuchtete auf. Sie entsperrte es und sofort zeugten Klingeltöne von den verpassten Nachrichten der letzten Stunden. Mit einem schnellen Griff checkte sie das Display. Roland hatte ihr geschrieben.

»War auf dem Markt. Hab das Zeug, das du brauchst. Schnippel also heute Abend.«

Hannas Herz blieb fast stehen.

Nach kurzer Überlegung klingelte sie bei ihm durch. Die Mailbox sprang an. Was, wenn er damit *das Ding* meinte? Hatte er die Daten gezogen? Sie rief noch einmal an. Keine Reaktion. Dann noch einmal. Immer noch nichts. Etwa ein Dutzend Anrufe und eine halbe Stunde später gab sie auf. Ihr Blick fiel wieder auf das Paket. Ein weiterer Augenblick verstrich, in der eine düstere Ahnung sie ergriff. Regungslos starrte sie auf die Struktur des Kartons und auf das Klebeband, das ihn verschlossen hielt.

Dann fasste sie sich ein Herz.

Sie trank das Glas Wein in einem Zug aus, schenkte erneut ein und griff zu dem Karton.

»Komm schon … mach es auf …«, murmelte sie und musterte ihre Hände.

Nur eine kurze Bewegung und ein reißendes Geräusch später starrte sie in den offenen Karton. Taubheit breitete sich in ihr aus. Etwas zerbrach. Als würde sie einen morschen Stock zertreten, der sich knirschend in zwei Teile spaltete. So ließ sich das Gefühl in ihr beschreiben. Ein Zittern durchfuhr ihren Körper. Ihre Lippen bebten. Tränen traten still hervor und flossen ihre Wangen herab, während sich ihr Gesicht in eine Grimasse des Schreckens verwandelte.

»Nein!«, hörte sie ihre eigene Stimme aus weiter Ferne.

Weit weg von diesem Raum, dieser Wohnung, dieser Welt. Hanna hörte ihr Wimmern, sah, wie Tränen und Speichel ihre Hand herabliefen, die sie vor ihren Mund geschlagen hatte. Sie zitterte am ganzen Leib. Kalter Schweiß bildete sich auf ihrer Stirn und gläserne Augen blickten in eine allumfassende Leere. Hanna spürte, wie ihre Gedanken abdrifteten. Sie fühlte die Nähe eines Ortes, zu dem sie sich zurückziehen wollte. Eines Ortes, an den ihr keiner folgen konnte. Dorthin wollte sie jetzt gehen.

Das Paket glitt aus ihren Fingern und fiel zu Boden. Das kurze Poltern holte Hanna zurück von der unsichtbaren Schwelle, die sie gerade noch bereit gewesen war, zu überschreiten. Sie biss die Zähne zusammen, spannte ihren ganzen Körper an und blickte auf die tätowierten Finger herab, die auf ihrem Couchteppich lagen. Daneben lagen zwei Polaroidfotos. Eines zeigte ihre beiden Kinder, wie sie im Garten spielten. Das zweite Foto zeigte Roland. Zumindest war sie überzeugt davon, dass es Roland war. Das Bild war verschwommen, sein Gesicht so verletzt, so zerschnitten, dass es schwer wiederzuerkennen war. Die aufgeschlitzten Wangen gaben seine Zähne preis. Nur schwarze Löcher waren zwischen den Lidern ihres Freundes zu finden, wo sonst seine blauen Augen hätten sein müssen. Sein Kopf war zurückgerissen, der Mund zu einer schrecklichen Grimasse verzogen. Eine tiefe Wunde klaffte unter seinem Kehlkopf, aus der dickes Blut auf Rolands Brust und eine Stuhllehne herabfloss und sein weißes Unterhemd dunkel färbte.

Hanna konnte es nicht fassen. Ihr bester Freund war tot. Ermordet von dem Mann, der ihr nachstieg. Sie legte ihren schwer gewordenen Kopf auf der Couchlehne ab. Alles an ihr wirkte schwer und unbeweglich. Sie war gefangen in einem Albtraum. Bittere Tränen rannen über ihr Gesicht. Dieser Mann war kein Stalker, sondern ein Mörder, ein Monster. Ihr Wimmern klang leise durch die Wohnung. Hanna war allein. Niemand würde ihr helfen. Niemand konnte ihr helfen.

»Was habe ich nur getan?!«, stieß sie verzweifelt hervor und krümmte sich auf der Couch zusammen.

Wie sollte sie sich alleine gegen jemanden stellen, der ihr bereits alles genommen hatte? Sie hatte ihren Job verloren, ihre Familie und nun ihren besten Freund.

So einsam hatte Hanna sich noch nie gefühlt.

So verloren.

Die Hilflosigkeit lähmte sie, während sie den Boden anstarrte. Unter ihr klaffte ein riesiges schwarzes Loch und sie war im Begriff hineinzufallen. Oder war sie schon darin gefangen?

Vielleicht fiel sie nur weiter und weiter und merkte es nicht. Im Augenwinkel erahnte Hanna die Finger ihres Freundes. Sie schluchzte laut und hieb auf die Couch ein.

Paralysiert und versunken in sich selbst hörte sie das leise Ticken der Wanduhr. Dann fiel ihr Blick auf das Foto ihrer Kinder.

»Steh auf«, flüsterte Hanna sich zu und krallte sich in die Couch.

Sie regte sich nicht.

»Steh auf!«

Mit großer Anstrengung begab sie sich in eine aufrechte Position. Bedächtig beugte sie sich vor und räumte die Fotos und die Finger mit bloßen Händen in das Paket und schob es unter den Tisch. Sie wollte es nicht mehr sehen müssen. Hanna betrachtete ihren Wein und sah in dem spiegelnden Glas eine eigenartige Version von sich selbst.

Wenn ich aufgebe, ist es vorbei. Dann bin ich tot.

Sie packte die Weinflasche und das Glas, richtete sich auf und humpelte in die Küche. Ein letzter Blick fiel auf den Wein, der sie so viele Jahre begleitet hatte. Sie hörte die gedämpften Klänge der befahrenen Straße. Das Schreien eines Babys klang aus der Wohnung über ihr und verstummte nach wenigen Minuten.

Ich werde nicht aufgeben.

Sie überlegte ein letztes Mal. Dann drehte sie die Flasche um und ließ den Wein abfließen. Er lief gurgelnd in den Abfluss. Aus dem Eckschrank über der Spüle nahm Hanna ihre Schnapsflaschen und leerte auch diese. Weitere Behältnisse sammelten sich neben dem Waschbecken, bis sich kein Tropfen Alkohol mehr in ihrer Nähe befand. Ekel stieg in ihr auf, als sie das aneinandergereihte Ergebnis betrachtete. Hanna blickte auf gut und gerne zwei Dutzend leere Flaschen, drehte sich resigniert um und spürte, wie ihre Knie weich wurden. Der Gestank der verschütteten Spirituosen erfüllte die Luft. Sie rutschte an ihrer Küchenzeile herab auf den kalten Fliesenboden.

Es war genug.

Sie würde ihn aufhalten. Sie *musste* es tun. Für ihre Kinder und sich selbst würde sie diesen Horror beenden.

Hanna sah erschöpft aus dem Fenster. Es wurde bereits dunkel und die Lichter der Stadt strahlten in Neonfarben durch die dünnen Vorhänge. Dann versenkte sie ihr Gesicht in ihren Händen. Die Polizei konnte sie nicht einschalten. Minuten verstrichen, in denen ihre Gedanken sich überschlugen. Der Schock saß zwar tief, doch so klar hatte sie sich lange nicht mehr gefühlt. Sie wusste, was sie tun würde. Heute Nacht würde es enden.

24

Ole Harling saß in seinem Büro der Polizeistelle und scrollte durch die digitale Ermittlungsakte. Schon seit Stunden grübelte er über den gleichen Einträgen und versuchte, sie in eine passende Reihenfolge zu bringen. Sein Rücken schmerzte. Die vielen Jahre auf den alten Bürostühlen hatten ihren Tribut gefordert. Er reckte sich. Früher war er einer der sportlichsten Kollegen seines Reviers gewesen. Heute erinnerte nur noch das Bild an seiner Wand an die Zeiten, in denen er für Olympia trainiert hatte.

Er lehnte sich zurück und rieb sich die Augen. Wie hatte er nur so unförmig werden können? In der Spiegelung seines Bildschirms sah er in ein müdes Gesicht. Krähenfüße hatten sich um seine Augen gebildet und wurden leider von ebenso tiefen Augenringen begleitet. Graues Haar durchzog seinen Vollbart und sein langes, zu einem Zopf gebundenes Haar. Nicht nur das Alter, auch die letzten zehn Jahre bei der Kripo hatten bei Ole Spuren hinterlassen. Als er mit 38 Jahren in die Abteilung befördert wurde, hatte er bereits vieles erlebt. Doch die Arbeit hier stand noch einmal auf einem anderen Blatt. Nachdem sich gezeigt hatte, dass Ole im Aufklären von Gewaltverbrechen durch seine gute Kombinationsgabe hervorstach, wurden ihm immer häufiger besondere Fälle zugewiesen. Sein alter Partner ging in dieser Zeit in Rente, was dazu führte, dass ihm drei Jahre nach Start bei der Kriminalpolizei eine neue Partnerin zugewiesen wurde.

Mareike Sannau war ungewöhnlich jung in die Kripo befördert worden und hatte mit diversen Rollenbildern zu kämpfen. Ein Umstand, der Ole gehörig auf die Nerven ging. Er schätzte es nicht, wenn Kollegen, egal wer sie waren oder warum sie ihre Position erreicht hatten, nicht entsprechender Respekt entgegengebracht wurde. Klar war es nicht mehr so schlimm wie in den 80er Jahren, doch waren bestimmte Muster noch immer in der Gesellschaft verwurzelt. Auch bei der Polizei.

Etwa einen Monat nachdem Mareike eingestellt worden war, wurde Ole wegen Handgreiflichkeiten gegenüber einem Kollegen für eine Woche beurlaubt. Es hatte gutgetan, diesem sexistischen Arschloch die Nase plattzuhauen, dachte Ole grinsend, während er aufstand und zum Aktenschrank ging. Leider war Mareike mindestens genauso sauer auf ihn gewesen wie Hauptkommissar Kappler. Heute verstand er, dass sie für sich selbst hatte einstehen wollen und es auch hätte tun können. Mindestens hätte sie diese Sache auf ihre Art klären wollen und nicht mit einem unprofessionellen Ausbruch ihres neuen Kollegen. Monate lang hatte Eiszeit zwischen den beiden geherrscht und die Arbeit behindert, bis sie dafür eine saftige Ansprache von Kappler kassiert hatten.

Als sie sich zu einem gemeinsamen Bier in eine Kneipe gesetzt hatten, konnten sie das Eis zum Schmelzen bringen. Damals hatten sie viele Ähnlichkeiten zueinander festgestellt und einen ziemlich betrunkenen Abend miteinander verlebt. Er endete damit, dass sie am nächsten Tag nebeneinander aufgewacht waren. Ein Umstand, den sie seit fast sieben Jahren immer noch beide unter den Teppich kehrten. Trotz allem lief die Arbeit zwischen ihnen hervorragend. Seit dieser Eiszeit waren sie feste Partner.

Im letzten Jahr hatten in der Stadt 35 Mord- und Totschlagversuche stattgefunden. Eine schlimme Zahl, selbst wenn er an die hohe Bevölkerungszahl dachte. Zum Glück waren sie nicht alleine dafür verantwortlich. Mit sieben gelösten Fällen waren sie als Team trotzdem weit vorne in der Aufklärungsquote. Mit Stolz blickte er auf die Uhr, die sie ihm vor zwei Jahren zu ihrem fünfjährigen *Partnergeburtstag* geschenkt hatte. Er war zwar gut darin, sich Daten zu merken, hatte aber nie einen Blick für solche Events. Seine Frau, die er vor zwei Jahren geheiratet hatte, sah das zum Glück recht locker.

Mit einer Akte lief Ole zurück zum Schreibtisch, setzte sich in den alten Bürostuhl und griff zu seinem Kaffee. Er war kalt. Nach kurzer Überlegung nahm er einen tiefen Schluck und verzog das Gesicht, als sich die Tür zum Büro öffnete und Mareike grinsend im Rahmen stand.

»Na, kalter Kaffee?« Sie lachte gönnerhaft und machte sich schnellen Schrittes auf den Weg zu ihrem Schreibtisch.

Sie setzte sich Ole gegenüber und sah ihn an.

»Du siehst scheiße aus, was ist da los?«, fragte sie mit breitem Grinsen.

»Wow, na vielen Dank für die morgendliche Begrüßung! Ach, ich habe schlecht geschlafen. Ich bin auch schon seit zwei Stunden hier, oder so.«

Es war mittlerweile sieben Uhr und die ersten Kollegen trudelten ein.

»Meine hochschwangere Verehrte hatte einen unruhigen Schlaf, so will ich das mal umschreiben. Ansonsten alles gut. Ich hätte gerne einen frischen Kaffee, dann würde es mir direkt viel besser gehen.«

Ein schalkhaftes Grinsen huschte durch seinen Bart.

Mareike zeigte zur Tür. »Dann musst du ihn dir wohl holen.«

Seitdem die eigens mitgebrachte Kaffeekapsel-Maschine ausgefallen war, war Ole dauergenervt. Kaffee war für seinen Alltag unabdingbar und die Filtermaschine in der allgemeinen Küche, die in einer Nische schräg gegenüber seinem Büro zu finden war, brühte den wohl schlechtesten Kaffee überhaupt. Ole hatte vorher gar nicht gewusst, dass eine Kaffeemaschine das durchlaufende Wasser so malträtieren konnte, dass das Ergebnis eine bittere Mischung aus Mord und Totschlag für seinen Geschmacksnerv war.

Mit leisem Grummeln erhob er sich und füllte seinen Becher. Er trank ihn am liebsten schwarz, ohne irgendeinen Zusatz. Diesen hier mixte er jedoch so energisch mit Milch und Zucker, dass der ursprüngliche Geschmack dem Produkt daraus weichen musste.

»Haben wir etwas Neues? Ansonsten schau mal hier. Wurde mir gerade von Marie aufgeschwatzt.« Sie warf eine Papierakte auf den Tisch.

»Echt jetzt? Als Papierakte?«

»Nimm einfach das Aktenzeichen und schau ins System. Ich habe die Akte nur für uns angelegt.« Mareike kaute beim Sprechen auf einem Stück Apfel.

Ole schob die Akte von der Tastatur und gab das Aktenzeichen ein. Wenige Sekunden später hatte er einen groben Überblick auf dem Bildschirm. Er klickte sich vom Bericht eines Opfers zum Gutachten des Gerichtsmediziners durch.

»Wann ist das passiert?«, fragte er stirnrunzelnd.

»Vor sechs Jahren. Paulina Stravik, eine junge Studentin. Die Ähnlichkeit zu unserem Fall ist enorm. Vor allem die Muster der Wunden. Diese lassen zwar auf fehlende Impulskontrolle schließen, wirken aber zu strukturiert, um es einer Zufallsbegegnung zuzuschieben. Die damals ermittelnden Beamten waren der gleichen Meinung. Der Täter ist bisher nicht gefasst.«

Ole ließ den Blick über den Bildschirm huschen. Die Fotos vor ihm waren entsetzlich. Sein Magen rebellierte und er verzog das Gesicht. Man stumpfte über die Jahre sicher etwas ab. Trotzdem gab es Bilder, die ihn erschüttern konnten. Die junge Frau auf den Fotos war an diversen Stellen aufgeschnitten worden. Als man sie fand, hatte sie am Rand einer Straße gelegen. Der Mörder hatte sie nackt in einen Busch geworfen. Die Verletzungen ließen auf ein methodisches, auf ein langsames Vorgehen schließen, das die Tat nur bestialischer erscheinen ließ. Die Ähnlichkeit des fremden Falls zu den Ergebnissen des Opfers aus dem Park waren erschütternd.

»Nach dem Befund des Gerichtsmediziners sollen ihr die Wunden nach und nach zugefügt worden sein«, sagte Mareike leise. »Es deutet alles auf eine längere Folter hin. Wahrscheinlich lief der gewaltsame Exzess über Stunden. Wie bei Frau Vasquez. Die Spuren an Handgelenken und Knöcheln weisen bei beiden Frauen darauf hin, dass die Opfer gefesselt wurden. Beide waren brünett und schlank. Haut, Haare und Nägel zeigten auf, dass sie gut gepflegt waren und sich qualitativ hochwertige Beauty-Produkte leisten konnten. Beide Frauen waren in der Mittel- bis Oberschicht anzusiedeln.«

»Das ist wirklich übel.«

Ole blätterte durch die Bilder und flog über den Befund hinweg. Ein Schauer lief bei der Vorstellung über seinen Rücken, dass ein Mensch eine solche Folter über Stunden ertragen haben soll.

»Gab es Fremdspuren? Wissen wir etwas über die Tatwaffen?«

Mareike schüttelte den Kopf. »Irgendjemand geht da sehr vorsichtig vor.«

Der Blick, den die beiden austauschten, reichte aus, damit sie sich verstanden. Es ging nicht um eine impulsive Hasstat, sondern um einen vorbereiteten Mord. Auch hinterließen die meisten Menschen bei ihrem ersten Mord viele Spuren, die sich durch einen Gerichtsmediziner und Experten feststellen ließen. Wenn kaum Spuren zu finden waren, ließ dies häufig auf einen vorbereiteten und leider auch, bis zu einem gewissen Grad, intelligenten oder erfahrenen Mörder schließen, was für die Kripo die denkbar schlechteste Version darstellte. Ihre Aufklärungsrate war hoch, doch konnten sie bei einem solchen Vorgehen damit rechnen, dass der Fall erst spät aufgeklärt werden konnte.

»Zeugen?«

Mareike zuckte mit den Schultern.

»Bisher keine in unserem Fall. Als würde ich dir darüber nicht sofort Bescheid geben.« Sie zog die Augenbrauen zusammen.

»Entschuldige, dumme Frage. Ich bin wohl doch etwas müde.«

Ole stand auf und fuhr sich mit einer Hand durch den Bart. Eine Geste des Nachdenkens, die er sich angewöhnt hatte, seitdem er diesen Vollbart im Gesicht trug. Er fand ja, der Bart stand ihm. Seine Frau war weniger begeistert. Seitdem er im Internet ein Video über die Rasur gesehen und sich damit beschäftigt hatte, fand er das Ritual, mit dem er sich Zeit für die Gesichtsbehaarung nahm, beruhigend. Fast meditativ. Es dauerte nicht mehr lange, dann würde er Vater sein. Er würde solche kleinen Momente gut gebrauchen können.

Seine Gedanken wandten sich wieder der gefundenen Frau zu. Wie alle Opfer war sie das Kind von jemandem. Seitdem er wusste, dass er bald ein Baby haben würde, war Ole empfindlicher geworden, wenn er an die Opfer dachte. Das half nicht unbedingt, wenn er objektiv bleiben wollte.

Er rieb sich den Nasenrücken.

»Alles gut?«, fragte seine Partnerin sanft. »Ist dir schlecht? Brauchst du etwas?«

»Nein, alles gut. Sorry. Ich bin in letzter Zeit etwas mitgenommen. Und sowas haben wir auch sehr lange nicht mehr gesehen, oder? Das haut jedes Mal wieder rein. Ich glaub, ich könnte ein Päuschen gebrauchen.«

Er atmete durch und tippte mit dem Finger auf die Papierakte.

»Ein Serienkiller wäre heftig. Vielleicht ist es nur ein Trittbrettfahrer oder Zufall. Lass uns prüfen, ob es an weiteren Orten ähnliche Opfer gab. Vielleicht finden wir eine Spur.«

Mareike nickte und sah immer noch besorgt zu ihm herüber. Vorsichtig nahm sie einen Teebeutel aus ihrer Tasse und legte ihn in einer kleinen, dafür bereitgelegten Schale ab.

»Okay, wir machen einen Deal.«

Sie machte eine kurze Pause, nahm einen dramatischen Schluck Tee und stellte ihn langsam ab.

Ole wartete amüsiert.

»Wir gehen jetzt erstmal etwas essen und machen eine kleine Pause. Der neue Bäcker um die Ecke soll doch ganz gut sein? Wir gehen da jetzt hin, nehmen etwas Abstand, entspannen uns und gehen dann weiter ans Werk. Vielleicht machst du nach dem Essen noch einen Powernap im Ruheraum. Klingt das nach einer Idee? Ich hätte dich hier gerne ausgeruht vor mir sitzen und nicht wie ein Schluck Wasser in der Kurve«

Ole nickte. »Na dann los.«

Mareike sperrte ihren Computer und stand auf.

»Das wird ein langer Tag werden.«

25

Die nächtlichen Straßen lagen im schimmernden Licht zahlloser Laternen. Unweit von Hannas Wohnung erhoben sich sechsstöckige Reihenhäuser, die von kleinen Gassen und Höfen getrennt wurden. Die alten Gebäude hatten schon bessere Tage gesehen. Rostige Gerüste und Feuerwehrtreppen lehnten sich an verwitterte Wände. Farbe und Putz waren an unzähligen Stellen abgeplatzt und nur wenig war spärlich repariert worden.

Regen fiel auf die von Pfützen gespickten Straßen, von denen die Neonschilder der Eckkneipen widerspiegelten. Blinkende Einladungen und verheißungsvolle Silhouetten lockten die Gäste ins Trockene. Die meisten Fenster auf Straßenhöhe waren mit Eisengittern gesichert, die entweder bemalt oder beklebt waren. Alte Graffitis an den Wänden wirkten verwaschen zwischen den neueren. Ausländerfeindliche Parolen besudelten die Mauern, teilweise übersprüht, beklebt oder abgerieben.

Nur wenige Menschen liefen kurz vor Mitternacht durch das nasskalte Unwetter. Das Kreischen einer bremsenden S-Bahn erfüllte die Straßen. Hanna spazierte an einer Gruppe Obdachloser vorbei, die unter einem Baugerüst Schutz suchten. Eine Pfeife wurde herumgereicht. Ein chemischer Geruch drang in ihre Nase, was sie dazu bewegte, so schnell wie möglich an der Gruppe vorbeizuziehen. Sie hatte sich einen langen, dunkelblauen Mantel angezogen und die Kapuze über den Kopf gezogen, um sich vor der Nässe zu schützen. Ein Regenschirm wäre gut gewesen, doch sie würde ihre Hände brauchen.

Ihr Fuß schmerzte noch immer und sendete bei jedem Schritt ein stechendes Pochen aus. Hanna hatte Schmerztabletten zu sich genommen, um sich zu betäuben und sich nicht mit jedem Schritt in ihrer persönlichen Schmerzhölle wiederzufinden. Sie hatte ein paar lockere Turnschuhe angezogen und ein Kühlpaket um ihren Knöchel gebunden. Hanna war sich unsicher, ob ihr das wirklich Erleichterung verschaffte, doch half alles nichts. Sie durfte keine Zeit mehr verlieren, verletzter Fuß hin oder her. Sie spürte hinter sich die Anwesenheit ihres Peinigers und ging schneller.

Nach einigen Stunden des Beobachtens hatte Hanna den Mann, den sie vor ihrem Haus gestellt hatte, durch einen Spalt in ihren Vorhängen gefunden. Er hatte sich in einer entfernten Auffahrt postiert und stundenlang, mit Cap und Sonnenbrille bekleidet, zu ihrem Fenster aufgesehen. Sie hatte sich ein kleines Fernglas von ihrem französischen Nachbarn Hugo geliehen. Er produzierte Tierdokumentationen und war regelmäßig in der freien Natur unterwegs. Wie Hanna sich gedacht hatte, hatte er diverses Equipment in seiner Bude. Auf die Frage hin, ob *alles cool* sei, hatte sie ihm eine kleine Geschichte über einen Haushaltsunfall erzählt.

Sie hatte nicht daran geglaubt, dass sie den Mörder ihres besten Freundes so schnell entdecken würde, noch, dass er direkt wieder auftauchen würde. Er schien sich darauf zu verlassen, dass sie seiner Drohung nachkam und die Polizei nicht einschaltete. Er behielt Recht. Auch hatte er ein hohes Maß an Ausdauer. Er hatte sich an die Seite eines geschlossenen Ladens gestellt, die in eine enge Auffahrt führte, die wiederum fast einen Wohnblock von Hannas Hauseingang entfernt lag.

Sein Erscheinungsbild ähnelte zwar dem der Begegnung am Nachmittag, Hanna war sich aber erst nach drei Stunden voller prüfender Blicke sicher gewesen, dass es nur ihr Beobachter sein konnte. Wer würde sonst so lange an einer Stelle herumstehen, ohne mit jemandem zu reden oder unauffällig seine Drogen zu verticken?

Zwischendurch hatte er telefoniert. Hanna fragte sich, mit wem ein solcher Mensch wohl sprach. Vielleicht mit jemandem, der genau so krank war wie er oder seiner Frau, um zu besprechen, welche Kleinigkeiten er aus dem Supermarkt mitbringen sollte. Man weiß ja nie, wer sich hinter einer solchen Maskerade verbarg. Hanna konnte ihn nicht gut genug sehen, um sich darüber klar zu werden, ob sie ihn erkannte. Durchschnittlich groß, normal gebaut und in einen unförmigen Parka gekleidet, hätte es jeder sein können.

Bei diesem Gedanken ließ Hanna das Fernglas sinken und grübelte. Könnte es Martin sein? Was, wenn er nicht nur Brötchen holen war? Was, wenn sie deshalb so verkatert war, weil er ihr etwas in den Wein geschüttet hatte? Die Idee hinter Martins morgendlicher Abwesenheit beunruhigte Hanna zutiefst. Schon der bloße Gedanke, sie könnte mit Rolands Mörder und ihrem Stalker geschlafen haben, stieg ihr wie giftige Galle empor. Doch warum hätte er sie dann gehen lassen? Eine Antwort auf diese Frage, wenn man die offensichtlichste ausschloss, hatte sie bisher nicht gefunden. Sie würde ihm das Handwerk legen. Egal, wer es war.

Nach einer weiteren Stunde des Beobachtens hatte Hanna die Wohnung verlassen, war an dem geschlossenen Laden vorbeigegangen und hatte sich auf den Weg in das südliche Ende ihres Viertels gemacht. Es war allgemein bekannt, dass die Gegend nicht sonderlich sicher war. Als sie absichtlich an der verhüllten Gestalt vorbeigeschlendert war, hatte sie registriert, dass sie ihr tatsächlich nachsetzte. Ihr Puls trommelte laut in ihren Ohren.

Einfach weitergehen.

Nun lief sie an den letzten Metern des Baugerüstes vorbei und steuerte auf die S-Bahn-Brücke zu. Autos fuhren mit grellem Licht unter dem Bauwerk hindurch. Ein Vorhang aus herabfließendem Regenwasser verschleierte die Sicht auf den Gehweg unter der Brücke. Hanna trat hindurch. Etwa ein Dutzend Obdachlose hatten sich hier ihre Schlafstätten eingerichtet. Ihre Einkaufswagen standen beladen an der Backsteinmauer. Ein Schäferhund reckte mit fragendem Blick den Kopf.

Hanna hatte keine Augen für ihn. Sie hatte alle ihre Sinne auf ihren Verfolger gerichtet. Ein Griff in ihre Manteltasche verriet ihr, dass das scharfe Küchenmesser noch genau so verstaut war, wie sie es vorbereitet hatte. In der anderen Tasche fand sie ihr Pfefferspray. Sie hatte nie einen Menschen verletzt, aber hier ging es um ihr Leben und das ihrer Kinder. Hanna würde alles tun, um sie zu beschützen.

Du hast dich mit der Falschen angelegt.

Ihr Atem ging schneller.

Keine Panik jetzt.

Das Handy vibrierte. Hanna zog das Gerät aus der Innentasche. Martin.

Keine Zeit jetzt. Oder war es ein Ablenkungsmanöver?

Sie steckte das Handy zurück. Ein kurzer Blick über die Schulter verriet ihr, dass ihr Verfolger nicht mehr weit hinter ihr war. Als sie fast den zweiten Wasserschleier am Ende der Brücke erreicht hatte, war er bereits im Trockenen angekommen und beschleunigte seine Schritte. Sie beeilte sich, wieder ins Freie zu treten, und sah sich um. Auch hier erstreckten sich die Blocks aus baufälligen Reihenhäusern. In der Ferne entdeckte sie ihren

Zielort. Eine Tankstelle beleuchtete den nassen Gehweg. In dem lichten Schein würde sie ihren Peiniger gut sehen können. Ihn endlich erkennen.

Ein paar Dutzend Meter hatte sie hinter sich gebracht, als der Fremde wieder hinter ihr auftauchte. Hanna fragte sich, ob er ihr schon öfter so gefolgt war. Jetzt, wo sie davon wusste, erschien es ihr so offensichtlich und zugleich unheimlich. So plump. Aber wie sollte sie etwas wahrnehmen, wenn sie keine Ahnung hatte, dass es überhaupt passierte? Dabei war sie mittlerweile so vorsichtig, wenn sie draußen unterwegs war. Die Schritte hinter ihr wurden lauter. Wenn sie ihn hören konnte, war er bereits zu nah.

Sie näherte sich der Tankstelle und beschleunigte. Ihr verletzter Fuß ließ sie das direkt bereuen. Hanna biss die Zähne zusammen. Das Timing musste passen. Angst griff nach ihren Gedanken. Sie würde sich sofort in seine Richtung stürzen, wenn sie die Gelegenheit dafür bekäme. Ihre Finger zitterten in den Manteltaschen. Sie schloss die Hand fest um den warmen Plastikgriff des Küchenmessers. Sie wusste, dass ihr Plan für einen Fall des Scheiterns sehr gefährlich war, wenn nicht sogar tödlich.

»Bitte lass es funktionieren«, flüsterte sie.

Sie überquerte die Pfützen vor der Tankstelle.

Nur noch wenige Meter.

Die Müll- und Glascontainer fest im Blick versuchte Hanna keine ruckartigen oder verdächtigen Bewegungen zu machen. Sie bog in den matschigen Pfad hinter den Containern ein, den sie oft im Vorbeifahren gesehen hatte. Ortskundige benutzten ihn, um eine Abkürzung zur S-Bahn-Station einzuschlagen. Sie blieb stehen und lugte vorsichtig zwischen den Containern hindurch, um ihren Verfolger zu erhaschen.

Er war weg. Hanna sah sich panisch um. Sie zog sich weiter

hinter die Tankstelle zurück und versuchte, einen neuen Blickwinkel auf den Gehweg zu bekommen. An den Zapfsäulen war nichts zu sehen. Hektisch suchte sie die nähere Umgebung ab. Ihr Herz schlug so laut, dass sie das Rauschen ihres Blutes hörte.

Quietschende Reifen und die Hupe eines Autos zerrissen die Luft. Hannas Blick ruckte zur Straße. Er rannte direkt auf sie zu. Und er war schnell. Kein Cap. Keine Kapuze. Nur eine glänzende Lackmaske. Hanna riss das Messer und das Pfefferspray aus ihren Manteltaschen.

Jetzt!

Sie zögerte. Blanke Angst fesselte ihre Hände. Intuitiv riss sie die Waffen vor und schrie, sprühte mit dem Pfefferspray in Richtung ihres Verfolgers.

Kurz dachte Hanna, sie hätte zu früh abgedrückt. Es lagen sicher vier oder fünf Meter zwischen ihnen. Dann fasste der Maskierte sich mit unterdrückten Schmerzenslauten ins Gesicht und taumelte mehr auf sie zu, als er lief. Hanna sprang auf ihn zu und hob das Messer.

Doch sie verharrte. Die schmale Klinge erhoben, verkrampften sich ihre kalten Finger um den Griff. Sie gehorchten ihr nicht. Hanna keuchte und starrte auf das Monster, das ihren Freund getötet und ihr Kinder bedroht hatte. Sie konnte es nicht.

Zitternd ließ sie die Klinge auf den matschigen Boden fallen, schrie wütend auf und rannte los. Sie musste hier weg. Sie musste fliehen.

Sie jagte den schlammigen Pfad entlang. Das Adrenalin ließ sie nur kurz den Schmerz vergessen, den ihr Knöchel mit viel Protest von sich gab. Nach dem Sprint holte sie keuchend Luft. Mit einem schnellen Blick über die Schulter sah sie den Maskierten. Er rannte hinter ihr her. Und er holte auf.

Sie sprintete unter Schmerzen an den steinernen Wänden der S-Bahn-Strecke entlang, an denen geschlossene Buden und

Shops abgedunkelt an ihr vorbeizogen. Ihr Fuß pochte unerbittlich und Hanna wurde immer langsamer. Verzweifelt suchte sie nach einem Kiosk, der offen sein könnte, doch schien ihre Hoffnung vergebens zu sein. Sie bog um eine Ecke, lief noch einige Meter und blieb auf einem schlammbedeckten Platz stehen.

»Nein, nein, nein…«, fluchte Hanna mit zitternder Stimme.

Vor ihr trennte eine hohe Mauer die Rückseite der Tankstelle und die Hinterhöfe der Bahnhofsläden. Weder war hier eine offene Tür, noch ein Weg in den rettenden Bahnhof.

»Was soll die Scheiße?«, krächzte eine trunkene Stimme aus der Dunkelheit. Hanna sah nichts. Sie drehte sich um. Ihr Verfolger müsste jeden Moment in ihre Sackgasse einbiegen. Hektisch zuckte ihr Blick umher. Sie entdeckte einen großen, von Flaschenresten flankierten Müllcontainer, sprang dahinter und duckte sich. Eine Schmerzexplosion in ihrem verstauchten Knöchel machte ihr einen Strich durch die Rechnung. Sie verzog ihr Gesicht und geriet aus dem Gleichgewicht, griff nach einer Aussparung des Containers und fasste ins Leere. Hanna riss ihre rechte Hand unter sich und stützte sich ab, um nicht laut scheppernd ins Glas zu fallen. Das schlimmste, was jetzt passieren konnte, war zerberstendes Glas unter ihrem Rücken, dachte sie, als wahnsinniger Schmerz ihre Hand durchzuckte. Etwas stach in ihre Handfläche.

Den Mund zu einem Schrei aufgerissen, erahnte sie den nahenden Mörder. Sie blieb still und spannte ihren Körper an, um in der Position zu verharren, in die sie sich unfreiwillig begeben hatte. Sie durfte nicht fallen.

Schweres Atmen drang durch den Regen und die Lackmaske ihres Verfolgers.

Kein Laut jetzt.

Bedächtige Schritte näherten sich über den schlammig gewordenen Weg. Dann lag nur noch das sanfte Prasseln des Regens in der Luft.

Sekunden verstrichen.

Tränen des Schmerzes rannen neben den Regentropfen an Hannas Wangen herab. Die scharfkantigen Scherben, die sich in ihre Hand schnitten, steigerten ihre Qualen ins Unerträgliche.

Hanna hielt den Atem an.

Du darfst nicht schreien.

Die Schritte näherten sich. Langsam. Bedächtig. Wie ein Raubtier auf der Pirsch.

»Ey du Wichser, verpiss dich, hab ich gesagt!«, brüllte es wie ein Fausthieb durch die Sackgasse.

Unter aufgestapelten Pappen kroch eine breite Gestalt hervor

Hanna nutzte den Moment, um wieder Luft zu holen. Ein kräftiger, älterer Mann, ausstaffiert mit löchrigen Schuhen und grauem, ungepflegtem Bart stolperte aus seinem Versteck hervor. Voller Panik sah Hanna in seine Richtung.

Bleib weg. Hau ab.

Er torkelte unbeholfen an ihr vorbei und blieb stehen. Knapp auf ihrer Höhe! Stand der Mann, der ihren besten Freund ermordet hatte, unweit von ihm entfernt und damit auch nur wenige Schritt entfernt von ihr?

»Was bist du für'n Freak?«, brüllte der Obdachlose mit vibrierender Whiskystimme durch die Nacht. »Verpiss dich!«

Keine Antwort. Hannas Körper war kurz davor, nachzugeben.

»Du willst nicht? Ich kill dich, du Psycho! Komm doch her!«

Reißen an Stoff. Dumpfe Schläge. Geräusche einer Rauferei. Lautes Aufstöhnen, dann ein Schrei. Die Stimme des Obdachlosen.

Hanna zuckte zusammen, als der alte Mann vor ihr über den aufgebrochenen Asphalt torkelte, in den Dreck fiel und gekrümmt liegenblieb. Er keuchte. Ein dünner Blutfaden rann aus seinem Mund.

Hanna zuckte und trieb sich die Scherben tiefer in die Hand. Sie versuchte, ihr Gewicht zu verlagern. Ihre Kraft war erschöpft. Ihre Augen rollten sich nach oben. Gleich war es vorbei. Sie würde hier sterben.

Ein lautes Klatschen. Nur wenige Meter von ihr entfernt war etwas zu Boden gefallen. Platschende Schritte wurden schnell leiser.

Er rennt weg!

Was auch immer ihn dazu bewogen hatte, Hanna konnte es nicht fassen. Nach wenigen Sekunden ließ sie sich auf Boden und Glasflaschen sinken. Es knirschte unter ihrem Rücken. Sie hob die verletzte Hand, die ihren Körper gehalten hatte. Kleine Scherben hatten sich durch ihre Haut gebohrt. Blut tropfte von ihren Fingern und rann ihren Unterarm hinab. Mit schmerzverzerrtem Gesicht hielt sie sich am Container fest, richtete sich ächzend auf und humpelte zu dem Obdachlosen.

»Hey«, hauchte sie ihm zu. »Hey!«

Sie betastete den zusammengekauerten, alten Mann. Seine Brust war blutig. Es sah so aus, als ob er mit etwas gestochen worden war und Hanna befürchtete bereits das Schlimmste. Dann entfuhr ihm ein leises Raunen. Ein blutiges Husten.

Sie lehnte sich gegen den Container. Blutend und durchnässt versuchte sie, ihr Gleichgewicht zu halten. Mit der unverletzten Hand zog sie mühsam das Handy aus der Innentasche ihres Mantels und aktivierte das Display. Dieses Schwein hatte einen Fehler gemacht. Trotz aller Schmerzen huschte ein Lächeln über Hannas Gesicht. Ihr Blick fiel auf eine Pfütze. Eine Klinge reflektierte das grelle Licht der entfernten Neonlampen.

Jetzt hab ich dich.

Dann wählte sie den Notruf.

26

Es ruckelte und Hanna wurde an die geweißte Blechwand gedrückt. Sie hielt sich am Griff eines Versorgungsschränkchens fest, während der Krankenwagen mit hohem Tempo und angeschalteter Sirene um die Kurve raste. Aus dem Fenster in der hinteren Tür sah sie die beiden Polizeiwagen, die sie begleiteten. Der Notarzt kämpfte zeitgleich um das Überleben des alten Obdachlosen, der ihr, ohne es zu wissen, das Leben gerettet hatte. Sie hatten ihm eine Atemmaske übergestülpt und einen Tropf angelegt. Behände versorgte der Arzt mit zwei seiner Sanitäter den gefährlich verletzten Mann.

Sie hatten Hanna grob versorgt, um ihre Blutung zu stillen. Auch sie hing an einem Tropf und fühlte sich wie auf Wolken, seitdem die darin befindlichen Schmerzmittel durch ihren Körper pumpten. Als sie das Krankenhaus erreicht hatten, nahmen Helfer die Trage mit dem verletzten Obdachlosen entgegen.

Ein Arzt nahm Hanna mit in einen Behandlungsraum, wo er sie kleinlich untersuchte. Dr. Kerling, so hatte er sich vorgestellt, saß mit müden Augen vor ihr und fragte sie freundlich nach dem Vorfall aus, während er ihre Hand bis zum Unterarm lokal betäubte. Ein Assistenzarzt wuselte im Raum herum und unterstützte den Doktor mit dem Anreichen verschiedener Schalen und Instrumente, während er Hanna von den Scherben befreite.

»Ich sag mal, Sie haben wohl Glück im Unglück gehabt. Es scheinen keine Sehnen beschädigt zu sein. Im schlimmsten Fall hätte es passieren können«, er stockte und sah zu Hanna auf, »dass sie gewisse motorische Fähigkeiten ihrer Hand verloren hätten, wenn Sie diese dort«, er deutete auf eine Scherbe in der nierenförmigen Schale und lächelte, »weiter in ihre Hand getrieben hätten. Also klopfen wir beide mal tüchtig auf Holz, okay?«

Als Antwort erhielt er ein Nicken. Hanna war immer noch benommen von den Ereignissen, die sie nur bedingt mit den Mitarbeitern des Krankenhauses teilen konnte. Bisher hatte sie von einem Überfall erzählt, der durch einen Unbekannten an ihr verübt worden war. Große Sorgen machte sie sich allerdings gerade nicht um sich selbst, sondern um das Leben des Mannes, der ihrem Verfolger in die Quere gekommen war. Wenn er sterben würde, dachte Hanna, wäre sie dafür verantwortlich. Der Gedanke nagte an ihr.

Ihr Blick fiel auf die Tür. Ihre Medikamente, der Tropf und die örtliche Betäubung an Hand und Bein hatten sie in einen nahezu schmerzfreien Zustand versetzt. Auch ihr Fuß pochte nur noch vor sich hin, ließ sie aber nicht mehr bei jedem Schritt vor Schmerz stöhnen.

Erstaunlich, was dieses Zeug mit einem Gehirn anrichtet.

»Den Fuß müssen wir röntgen«, sagte der Arzt und desinfizierte die Hand. »Ich gehe zum aktuellen Zeitpunkt von einer Stauchung aus. Da sie sagten, dass sie umgeknickt sind, sollten wir jedoch dringend einen Bruch ausschließen. Ich würde Sie, nach den Geschehnissen der letzten Stunden und bis wir wissen, was mit Ihrem Fuß ist, gerne hierbehalten. Morgen sollten wir zumindest mehr wissen. Ist das okay?«

Er sah Hanna in die Augen und es schien ihr, als wollte er ihre geistige Verfassung überprüfen.

Sie nickte stumm. Dann kamen die Worte bei ihr an. Hanna blinzelte und nickte noch einmal.

»Ja. Alles klar. Hab ich verstanden. Meinen Sie nicht, das mit dem Fuß ginge eventuell etwas schneller?«

»Prinzipiell schon. Ich würde Sie, ich sage mal, aber gerne im Auge behalten. Sie haben starke Schmerzmittel erhalten und haben da draußen Schlimmes erlebt. Wenn ich Sie einfach gehen lassen würde, würde ich mich damit nicht sonderlich wohl fühlen, vielleicht sogar meinem ärztlichen Eid zuwiderhandeln. Einigen wir uns zumindest auf morgen früh, wäre das für Sie in Ordnung?

Unten im Foyer steht außerdem ein Polizistenpaar von der Kripo, das mit ihnen sprechen möchte. Ich werde Ihnen jedoch vorerst ein Zimmer zuweisen. Die ersten Informationen hatten Sie für eine Suche bereits mit den Beamten der Streife geteilt, oder?«

Hanna dachte nach und nickte erneut. »Ja, das sollte geklärt sein.«

Je weniger sie sagte, desto weniger lief sie Gefahr, sich zu verplappern. Ein Hoffnungsschimmer keimte in ihr auf, als sie hörte, dass zwei Gesetzeshüter mit ihr reden wollten. Es musste öffentlich passieren. Also bestmöglich nicht in ihrem Zimmer.

»Gut! Sehr gut. Dann informiere ich die Beiden, dass sie Sie morgen Vormittag sprechen können. Sie sollten sich erst einmal ausruhen.«

»Wird er überleben?«

Der Doktor verzog den Mund und legte ihr einen Verband um Hand und Handgelenk.

»Sie meinen den Herren, der mit Ihnen hier angekommen ist? Das kann ich Ihnen nicht sagen. Vielleicht werden wir es sehr schnell oder erst in den nächsten Stunden wissen. Abwarten, sag ich mal. Er ist noch im OP.«

Er wendete sich seiner Hilfe zu.

»Herr Wilkens, bringen Sie Frau Rüpert bitte in ihr Zimmer.«

Ein letztes Mal drehte er sich Hanna zu.

»Ruhen Sie sich gut aus. Wir werden Ihnen für diese Nacht ein Beruhigungsmittel geben. Das wird Sie nicht wegdämmern lassen oder solche Späße, es sollte Ihnen aber hoffentlich helfen, ich sage mal, die Aufregung zu senken.«

Hanna wurde von dem jungen Assistenzarzt einer Krankenschwester übergeben, die sie voller Mitleid ansah.

»Sie wollen jetzt nicht noch in dem Zustand eine Aussage machen, oder? Es ist immerhin drei Uhr nachts und Sie müssen ja ganz erledigt sein, Sie Arme.« Gerüchte und Informationen machten hier schnell die Runde.

»Nein, alles gut, ich habe schon mit dem Arzt besprochen, dass wir das lieber auf morgen Vormittag verlegen.«

Die Schwester erinnerte sie an ihre Mutter. Das beinhaltete auch das Gefühl, ihr nicht gut widersprechen zu können. Sie führte Hanna zu einem Raum mit nur einem Bett. Eine weitere Schwester kam ihnen mit einem Lächeln entgegen, während sie alte Wäsche herausbrachte und offensichtlich das Zimmer vorbereitet hatte.

Kurze Zeit später lag Hanna auf dem frisch bezogenen Bett und sah erschöpft aus dem vergitterten Fenster. Immer noch regnete es gegen die Scheibe. Nicht mehr lange und das erste Licht über den Häusern der Stadt würde den Anbruch des Tages ankündigen.

Was für eine Nacht.

Sie hatte gewusst, dass die Begegnung mit *ihm* heftig werden würde. Trotzdem hatte sie es sich anders vorgestellt. Langsam merkte sie die Wirkung des Beruhigungsmittels. Die Begegnung in der Gasse erschien ihr unendlich weit weg. Beschweren würde sie sich nicht. Sie lebte.

Schon mehrere Jahre hatte Hanna nicht mehr gebetet, doch nun flüsterte sie in Gedanken ein paar Sätze für das Überleben des alten Mannes. Zum Glück wussten ihre Eltern nichts davon. Seit einigen Tagen hatte Hanna sich nicht bei ihnen gemeldet, hatte ihnen aber erzählt, dass alles in Ordnung sei und sie alles hatte klären können, nachdem sie so abrupt und panisch aufgebrochen war.

Hanna lächelte. Sie hatte den ersten richtigen Schritt unternehmen können und hoffte, dass die Gesetzeshüter ihr halfen, den nächsten zu tun. Zumindest so, wie sie es plante. In ihrer Hand lag ein Wachsmalstift. Er war kurz, fast verbraucht und würde unauffällig sein. Sie hatte ihn von einem Kindertisch im Zimmer des Doktors mitgehen lassen.

Das Handy vibrierte neben ihrem Kopfkissen.

David rief an. Was wollte er um diese Uhrzeit? War er weiterhin als Notfallkontakt eingetragen? Nach kurzer Zeit zeigte ihr Display einen verpassten Anruf an. Sie wollte nicht mit ihm reden. Sie konnte kein Gespräch über diese Nacht führen. Nicht jetzt.

Müdigkeit überschwemmte ihren ganzen Körper. Hanna schrieb eine kurze Nachricht und wartete darauf, dass eine Antwort auf dem Display erschien, während sie ihren Kopf auf dem Kissen niederlegte und die dicke Decke bis unter die Nase zog. Eine Weile lang hörte sie dem Prasseln des Regens zu. Dann schlossen sich ihre Augen.

Ein Mann und eine Frau erhoben sich von den Stühlen im Wartebereich und richteten ihre Kleidung. Sie hatten augenscheinlich eine Weile gewartet. Sobald Hanna den Raum betrat, nickten sie ihr mit besorgtem Lächeln zu.

»Guten Morgen, Frau Rüpert!«

Der Beamte mit dem leicht angegrauten Haar und dem Vollbart reichte Hanna die Hand, zog sie ob ihrer Verletzung wieder zurück und winkte ab.

»Entschuldigen Sie. Ich bin Kommissar Harling und das hier ist Kommissarin Sannau. Wir hätten ein paar Fragen, wenn es für Sie okay wäre.«

Beide zeigten in einer routinierten Bewegung ihre Dienstausweise vor.

»Guten Morgen, geht es Ihnen den Umständen entsprechend gut?«, fragte die junge Kollegin vorsichtig.

Hanna sah die beiden misstrauisch an. Sie war heute aufgewacht und hatte sich seit langem nicht mehr so sicher gefühlt wie in diesem Gebäude, selbst wenn sie von heftigen Schmerzen geplagt war. Sie glaubte nicht, dass jemand in ein überwachtes Krankenhaus eindringen und ihr schaden würde, aber die jahrelange Vorsicht ließ sich nicht so leicht abschütteln.

Nervosität stieg in Hanna auf. Sie musste vorsichtig sein. Vor dem offenen Warteraum, in dem dutzende Menschen auf ihre Behandlung warteten, blieb sie sichtbar stehen. Wenn ihr Verfolger ihr zusah, musste er das richtige sehen.

Die vor ihr stehende Kommissarin sah sportlich aus, der Kommissar trug einen lockeren Pullover über einer Jeans mit sichtbarem Bauchansatz und strahlte Entspannung aus. Im Gegensatz zu ihrem Erscheinungsbild kommunizierten die beiden eher umgekehrt. Während Harling recht direkt sprach, wirkte Kommissarin Sannau in ihrer Art zu sprechen sehr empathisch.

»Ehrlich gesagt, geht es mir nicht allzu prächtig.«

Hanna befreite sich aus ihren Gedanken und lehnte sich an den Stehtisch, auf dem Zeitschriften für die Wartenden bereitlagen. Ihr Blick flog durch den offenen, angrenzenden Raum. Langsam war es an der Zeit, davon auszugehen, dass ihr Stalker sah, was sie tat. Zumindest sollte sie auf Nummer sicher gehen.

»Das meiste habe ich Ihren Kollegen schon gesagt und eigentlich ist nichts Besonderes passiert. Es war halt ein Überfall.«

Heimlich zog sie den Wachsmalstift.

Den beiden Polizisten war die Verwirrung in den Gesichtern anzusehen. Kommissarin Sannau hob verteidigend die Hand.

»Wir verstehen, dass sie aufgebracht sind und das vielleicht abtun. Wir würden den Ablauf nur gerne noch einmal von Ihnen hören. Ginge das heute noch? Aktuell sind Ihre Erinnerungen noch frisch. Ein Mann liegt schwer verletzt auf der Intensivstation und wir sollten alles tun, was uns möglich ist. Bitte denken Sie kurz darüber nach, ob sie uns nicht doch noch mehr erzählen können, als Sie es vielleicht dem Kollegen schon kundgetan haben.«, drang die Polizistin freundlich, aber bestimmt auf Hanna ein und legte die Stirn in Falten.

Hanna legte die Hand auf eine der Zeitschriften und glitt mit der Spitze des kleinen Wachsstiftes zwischen den Fingern über das Cover hinweg, während sie sprach. Mit links die Buchstaben auf das beschichtete Papier zu bringen, war so schon herausfordernd für sie. Zu sprechen und zu schreiben gleichzeitig machte es nicht einfacher.

»Hören Sie,«, sprach sie langsam »ich habe ziemlich heftiges Zeug nehmen dürfen. Ich fühle mich nicht gut und möchte einfach nach Hause. Wie ich schon sagte. Die Verletzung des alten Herren tut mir sehr leid. Ich hoffe inständig auf seine Genesung. Wirklich. Nur helfen kann ich Ihnen nicht.«

Hanna brauchte eine Pause. Die Kommissarin, die auf ihr Treiben aufmerksam geworden war, stellte sich näher an den Tisch heran, um ihre Bewegungen zu verdecken. Sie konnte gar nicht erahnen, wie dankbar Hanna war, dass die Beamtin die Situation so einschätzte. Sie hoffte, dass sie es schaffte, den kurzen Wachsmalstift auf dem hohen Stehtisch so zu führen, dass niemand im Raum ausmachen konnte, dass sie schrieb.

Auch Kommissar Harling bemerkte nun, was geschah, schnappte sich ein anderes Magazin und lehnte sich mit einem Ellenbogen an den Tisch. Scheinbar gelangweilt durchblätterte er die Zeitschrift.

Die Polizistin unterbrach die entstandene Pause: »Okay, Sie sind gerade wohl nicht in der Lage, uns mehr zu erzählen. Das verstehe ich. Vielleicht denken Sie noch etwas darüber nach?«

Sie versuchte, Zeit zu schinden. Hanna beendete ihren Schreibversuch und ließ den kleinen Wachsmalstift verschwinden. Sie tat so, als würde sie unangenehm berührt und mit hochgezogenen Schultern ihre gesunde Hand in der Hosentasche versenken.

»Tut mir leid, Frau Kommissarin, Herr Kommissar«, sagte sie entschuldigend, »mehr habe ich nicht für Sie. Wenn mir aber noch etwas einfällt, gebe ich Ihnen Bescheid. Ich bin selbst noch ziemlich durch mit den Nerven und würde gerne nach Hause.«

Hanna zeigte über ihre Schultern hinweg zu den gläsernen Haupttüren des Krankenhauses. Ein Taxi sollte sie dort in wenigen Augenblicken abholen.

Die Beamten nickten.

»Entschuldigen Sie bitte die Störung. Ihre Kontaktdaten haben wir ja. Vielen Dank und gute Besserung«, sagte die blonde Polizistin und wendete sich ärgerlich dreinschauend ab.

Kommissar Harling legte seine Zeitung ab, griff zu dem oben liegenden Magazin und drehte es mit der Schrift nach innen zusammen. Zum Abschied hob er die freie Hand und wandte sich ab, um seiner Kollegin zu folgen.

Hanna hielt den Atem an. Sie nickte und humpelte in die Eingangshalle. Sie hatte nicht viel schreiben können. Auch war sie nicht sicher, ob es lesbar war, was sie hatte hinterlassen wollen.

Sie konnte nur hoffen.

27

Mit einem schnellen Blick über die Schulter sah Ole aus dem Fenster.

»Hier rechts.«

»Nochmal. Ich habe ein Navi. Ich sehe, wo wir hinfahren müssen. Wir sind gleich da.«

Mareike deutete auf das Handy, das mit einer Vorrichtung an der Frontscheibe befestigt war.

»Wären wir gefahren, wie ich gesagt habe, dann wären wir sicher schon da.«

»Wenn du weiter meckerst, gehst du zu Fuß. Dann gehe garantiert nur ich da rein und du holst dir irgendwo einen Kaffee, bis ich dich aus dem Bälleparadies abhole.«

Ole starrte weiter aus dem Fenster. Er lehnte sich mit einem Ellenbogen auf den Fensterrahmen und brummte in seine Hand. Seine Fußspitze tippte ungeduldig im Bodenraum des Mercedes. Mit der Linken zog er die Zeitung hervor und wiederholte die Worte, die sie beide seit der Begegnung im Krankenhaus mehrmals gelesen hatten.

»*Hilfe, Roland Röll, USB.* Ich hoffe inständig, dass sie uns nicht verarscht, aber die Sache wirkt ernst. Und ich hoffe, dass wir das hier richtig entziffern konnten. Wer weiß, in was Frau Rüpert da hineingeraten ist.«

Mit Schwung fuhren sie um eine Kurve. Ole wurde leicht an die Tür gedrückt und schwang wieder zurück, als Mareike den Wagen stabilisierte. Ein Blaulicht auf dem Dach kündigte stumm leuchtend ihre Ankunft an und die Kommissarin bretterte mit enormem Tempo durch die Straßen der Großstadt, die aufgrund der Uhrzeit leider nicht sonderlich leer waren. In wenigen Augenblicken würden sie bei der Adresse ankommen. Ole kannte die Gegend: Hier wohnte die High Society der Stadt und genoss die Ruhe sowie die Nähe zum Zentrum. Ernste Straftaten kamen in diesem Viertel selten vor.

»Aber das heißt ja nichts …«, murmelte er in Gedanken.

»Wie bitte?« Seine Kollegin drückte das Gaspedal durch.

»Ich glaube, es wird heftig. Hab ein mieses Gefühl.«

Eine Minute verging. Mareike bog um die Ecke und bremste scharf. Der Wagen näherte sich langsam rollend der heruntergelassenen Schranke vor dem Wohnkomplex. Ein junger Mann sprang in dem Wachhäuschen auf und starrte sie unschlüssig an.

Beide stiegen aus dem Auto und überbrückten die letzten Meter zu dem gläsernen Kasten, in dem der Wachmann auf sie wartete.

»Moin!«

Ole zeigte seine Marke vor. Derweil warf seine Kollegin einen Blick auf die Gärten und das moderne Gebäude, das hinter den hohen Hecken aufragte. Sie zückte ihr klingelndes Telefon, während Ole sich mit dem Pförtner hinter der Scheibe beschäftigte.

»Kripo. Wir müssen zu einem Herrn Roland Röll. Können Sie uns bitte sagen, in welcher Wohnung er hier lebt und wie wir dort hinkommen?«

Der junge Mann nickte verdattert und wühlte in Papieren, stockte dann und sah von den Unterlagen auf.

»Darf ich Ihnen das denn sagen?«

»Ja, das dürfen Sie. Haben Sie einen Hausmeister, der vor Ort tätig ist oder jemanden, der uns notfalls Zugang zu der

Wohnung verschaffen kann? Es liegt eine direkte Gefahr vor und wir müssen zu Herrn Röll.«, sagte Ole so eindringlich, wie es ihm möglich war.

»Ich würde nur kurz einige Anrufe tätigen, warten Sie bitte?«, ertönte die Stimme blechern durch die Sprechlöcher im Glas.

»Ja, machen Sie mal. Aber bitte, beeilen Sie sich.«

Ole drehte sich zu Mareike um, die den Telefonhörer vom Ohr nahm und auflegte.

»Die Zentrale. Roland Röll ist heute nicht an seinem Arbeitsplatz erschienen, was merkwürdig ist. Es ist nämlich seine Firma und er fehlt wohl, nach Aussage eines Mitarbeiters, nie, ohne sich abzumelden.«

»Scheiße.« Ole drehte sich wieder dem Aufseher zu. »Hören Sie, wir müssen da jetzt rein. Nach Artikel 13 des Grundgesetzes besteht *Gefahr im Verzug*. Das gibt uns das entsprechende Recht, die Wohnung zu betreten. Ansonsten steht in wenigen Minuten ein Mannschaftswagen vor ihrer Tür und wir machen uns selbst einen Weg rein. Wollen sie das Ihrem Arbeitgeber erklären?«

Der Security sah kurz auf, sprach etwas in den Hörer und legte auf.

»Gut, ich rufe den Hausmeister. Er hat einen Zentralschlüssel für Notfälle.«

Wenig später waren sie auf dem Weg durch die Gärten. An Türen und Hecken standen schon jetzt Schaulustige, die versuchten, einen Blick auf sie zu erhaschen. Das Blaulicht schien seinen Dienst getan zu haben. Ole konnte den Bewohnern des Komplexes nicht verdenken, dass sie mitbekommen wollten, was bei ihnen los war.

Sie folgten dem Hausmeister auf eine schwere, eiserne Haustür zu. Die führte in einen verglasten Flur, der von außen aussah, als hätte man ihn aus einem modernen Museum importiert.

»Welche Tür ist es, Herr Pasovsky?«

Der Hausmeister zeigte mit seinen schwieligen Händen auf eine rote Tür, die grob zehn Meter von der Haustür entfernt war, und öffnete den schweren Zugang.

»Hat der Punk irgendwelche Probleme?«

Mit einem Stirnrunzeln winkte Mareike ab und machte als erste einen Schritt in den Flur: »Wir müssen dringend in seine Wohnung.«

Der Hausmeister verengte die Augen, blickte sich um Flur um und verzog die Nase. Die beiden Kommissare rochen den aggressiven Reiniger, der hier in rauen Mengen verwendet worden sein musste, um einen solchen Gestank zu hinterlassen.

»Ziemlich heftiges Zeug benutzen Sie da. Wird Ihnen bei der Arbeit nicht schwindelig?«, fragte Mareike argwöhnisch, während Ole sich langsam zur Wohnungstür vortastete. Sein Blick wanderte über den Boden des Flures.

»Das ist nicht von mir. So ein Zeug dürfen wir hier überhaupt nicht benutzen.«

Mareike sah aufs Namensschild und betätigte die Klingel. Nichts passierte. Noch einmal. Sie warteten etwa zwei Minuten.

»Okay«, sagte Ole.

Er nickte dem Hausmeister zu und streckte die Hand aus, um sich den Zentralschlüssel aushändigen zu lassen. Mit Unbehagen im Gesicht übergab dieser das Bündel. Ole steckte leise den Schlüssel ins Schloss. Fast geräuschlos klickte es einmal. Ein kaum merkliches Brummen durchfuhr die Tür. Sie vibrierte, als ob ein mechanischer Riegel zur Seite fuhr, dann öffnete sie sich einen Spalt breit. Mit der Schuhspitze drückte Ole sachte die Tür auf und riskierte einen Blick durch den entstehenden Spalt. Er riss die Augen auf.

»Mist. Sie, weg!«, raunte er dem Hausmeister zu, der erschrocken einen Schritt zurückmachte, als Ole seine Waffe aus dem Halfter zog. Seine Kollegin tat es ihm gleich.

»Das ist übel, richtig übel«, raunte er ihr zu.

Die beiden kommunizierten über Augen und Handzeichen, Ole stieß die Tür auf und Mareike fluchte, als sie hinter ihm die Waffe in den Anschlag nahm. Sie ließ die Tür hinter sich ins Schloss fallen.

Der steinerne Boden war voller Blut. Über einem riesigen Fleck saß eine nackte Gestalt rittlings auf einem Küchenstuhl. Die Hände waren angekettet, der Kopf lag vornübergebeugt auf der Rückenlehne.

Ole ging in die Hocke und versuchte von der Tür aus mit einer krampfhaften Kopfneigung einen Blick auf den schwierig einzusehenden Kopfbereich zu werfen. Die Blutspur über Brust und Rückenlehne des Küchenstuhls wies darauf hin, dass dem Toten der Hals aufgeschnitten worden war. Aus dem schwierigen Winkel heraus sah es aus, als wäre das Gesicht ebenso entstellt worden wie der Rest des nackten Körpers.

Spritzer verschiedener Form und Größe waren um den Stuhl herum verteilt und hatten Spuren an den Möbeln und Wänden hinterlassen. Zügig drangen die beiden bis ins Wohnzimmer vor und sicherten in jede Richtung ab.

Roland Röll war der Hals geöffnet worden, nachdem er in seinem eigenen Wohnzimmer eine höllische Tortur hatte erleben müssen. Ein unglaublicher Akt der Brutalität. Ole riss sich zusammen, atmete tief durch und deutete in Richtung des Flurs, während Mareike sich umsichtig zu der offenen Wohnküche bewegte. Eine der beiden Türen des kurzen Korridors lag nicht im Schloss.

Behutsam schlich er zu ihr und hielt seine Waffe bereit. Seit Ewigkeiten hatte er sie nicht mehr abfeuern müssen und er hoffte, dass es so blieb. Seine Hand drückte gegen das hochwertige Holz. Geräuschlos schwang die Tür auf. Ole schob sich an die Wand, hielt die Luft an und starrte in die Dunkelheit.

Dann betätigte er den Lichtschalter und schwenkte seine Pistole herum. Niemand. Kurz durchstreifte er den schwarzweiß gefliesten Raum und prüfte die mit milchigem Glas verbaute Regendusche, bevor er sich wieder dem Flur zuwandte.

Mit wenigen Schritten war er an der Tür angekommen, die ins Schlafzimmer führen könnte. Mareike stand bereits davor und hielt die Waffe im Anschlag. Sanft legte sie die Hand auf die Klinke. Die Partner nickten sich zu. Dann riss sie die Tür auf.

Mit einer behänden Bewegung und einem großen Schritt sicherten sie den Raum. Er war leer. Und minimalistisch eingerichtet. Ein Futonbett stand unter dem Fenster, eine breite, weiße Kommode zog sich über eine komplette Wandseite und eine offen angebrachte Kleiderstange beherbergte dutzende Jacken aus Jeans und Leder, sowie ein paar wenige Anzüge, die in Plastikhüllen daran hingen. Ole prüfte die Ecken und sah aus dem Fenster. In den Gärten beobachtete er Kinder und Bewohner des Komplexes. Keiner von ihnen bewegte sich auffällig. Er prüfte das Fenster. Es war fest verschlossen.

»Das ist heftig.« Er atmete auf. »Rufen wir die Jungs.«

Ole zog sein Handy und wusste, dass hier in wenigen Momenten ein geordnetes Chaos ausbrechen würde.

Er sollte Recht behalten. Es brauchte nur Minuten. Zwei Mannschaftswagen sowie einige Dienstfahrzeuge waren angerückt und diverse Beamte durchkämmten die Gegend nach Spuren.

Den Blutspuren nach war das Verbrechen bereits einen vollen Tag her.

Mareike und Ole saßen auf einer hölzernen Bank vor dem gläsernen Gebäude und tranken Kaffee aus Pappbechern. Den Anblick musste Ole erst einmal verdauen.

Eine Stunde nach Fund des Opfers hatten sie der Spurensicherung und dem Hauptkommissar alles geschildert. Ausgelassen hatten sie vorerst nur, wie sie auf diese Spur gekommen waren. Diese Geschichte würden sie dem Hauptkommissar lieber später auf andere Art und Weise stecken.

Ole schlürfte an seinem kalten Kaffee und sah Mareike erwartungsvoll an.

»Die Wunden waren denen von Frau Vasquez nicht unähnlich«, presste sie zwischen den Zähnen hervor. »Je nachdem, was die Spurensicherung und der Gerichtsmediziner herausfinden können, würde ich jetzt einfach mal behaupten, das war derselbe gestörte Typ.«

»Okay, gehen wir mal davon aus, dass das stimmt«, sagte Ole leise und wendete sein Gesicht der Mittagssonne zu. »Dann weiß die Rüpert auf jeden Fall etwas über den Täter, die Situation oder das Opfer. Sie hat uns nicht umsonst hergeführt.«

Aus der Haustür trat eine Kollegin im weißen Overall und legte ihre Gesichtsmaske ab. Beim Herunterziehen der Plastikkapuze sah sie sich kurz um und wandte sich der Bank zu.

»Hi Mareike, moin Ole. Das ist ein ziemlich grausiges Bild in der Wohnung. Dem Opfer wurden die Finger entfernt, die wir bisher auch nirgends finden konnten. Die Todesursache ist wahrscheinlich der tiefe Schnitt durch den Hals.« Sie deutete in Richtung des Apartments, das durch die Glasfronten von hier aus zu sehen war. Die bewachte Tür war angelehnt und gelbes Absperrband markierte den Tatort.

»Die vielen Schnitte am Körper waren nicht tödlich, wären es aber über kurz oder lang definitiv gewesen. Das Opfer war angekettet. Auf den ersten Blick wirken die Spuren an Fuß- und Handgelenken, als wäre dieses Opfer bei vollem Bewusstsein gefoltert worden. Vielleicht sogar mehrere Stunden lang. Schlimm, oder?«

Sie drehte den Kopf wieder zu Mareike und verzog das Gesicht zu einer gequälten Grimasse, bevor sie in trockenem Tonfall fortfuhr: »Den Zeitpunkt des Todes kann ich nicht exakt bestimmen, doch wird das Opfer wahrscheinlich in den letzten 24 bis 48 Stunden verstorben sein. Für exakte Bestimmungen brauchen wir definitiv den Befund des Gerichtsmediziners.«

Ole nickte. »Und habt ihr gefunden, was wir angedeutet haben? Irgendeine Art von Datenspeicher oder sowas? Und die wichtigste Frage: meinst du …«, er unterbrach und hob seine Hände in einer beschwichtigenden Geste, »nur aus dem Bauch heraus okay? Meinst du, es besteht eine Ähnlichkeit zu unserem Parkopfer?«

Mareike stieß ihm den Ellenbogen in die Seite und die Kollegin der Spurensicherung verzog erneut den Mund. Diesmal sah sie ihn mit einer Mischung aus Tadel und Unschlüssigkeit an.

»Es wäre wirklich zu früh, das zu sagen, Ole, das weißt du doch.«

Sie sah zwischen den beiden Kommissaren hin und her und seufzte ergeben.

»Die Ähnlichkeit der Wunden ist frappierend und das lasse ich mal so im Raum stehen. Nur ist dies, im Gegensatz zum Tathergang beim letzten Opfer, mit annähernder Sicherheit auch der Ort des Todes. Zu den Wunden sei gesagt, dass sie mir nicht so erscheinen, als hätte der Täter eine medizinische Ausbildung genossen. Die Wunden sehen trotzdem nach Skalpellen oder ähnlich scharfen Werkzeugen aus.«

Sie kramte in der Tasche ihres Overalls, zog zwei USB-Sticks hervor, die getrennt voneinander in kleinen Plastiktütchen verwahrt waren, und hielt sie präsentierend in die Höhe.

»Diese beiden haben wir zusammen mit einer externen Festplatte in seinem Rucksack gefunden und diesen in der Küche. Im Schreibtisch des Opfers finden sich noch viele andere Datenträger in der Schublade.«

Ole nahm die Tüten entgegen und nickte der Beamtin zu.

»Wir müssen die USB-Sticks wegen Gefahr in Verzug beschlagnahmen. Es könnten dringende Informationen drauf sein. Wir fahren zur Sichtung in die Dienststelle, nehmen sie auf und geben sie wie immer in der Asservatenkammer ab, sobald das erledigt ist. Vielen Dank für die schnelle Info, auf euch ist immer Verlass.«

»Kein Problem, ich hoffe, ihr findet etwas.«

Die Polizistin machte kehrt und begab sich wieder ins Gebäude.

Ole und Mareike erhoben sich und marschierten durch den Garten zu ihrem Dienstwagen. Mittlerweile standen ein halbes Dutzend Autos vor der geöffneten Schranke, in der der junge Wächter gerade einem Beamten Rede und Antwort stand. Mareike öffnete die Fahrertür, setzte sich hinein und atmete tief durch, als Ole sich auf der Beifahrerseite zu ihr gesellte.

»Ich schicke eine Streife zu der Wohnung von Frau Rüpert. Wir müssen sie auf jeden Fall befragen. Und wir müssen die USB-Sticks durchgehen. Das wird wieder ein langer Tag.«

Sie seufzte leise und ließ den Motor an.

»Ja, das gemütliche Abendessen können wir dann wohl streichen. Was ist mit dir, hattest du ein Date?«

Mareike schüttelte den Kopf, wendete den Wagen und fuhr los.

»Ich will einfach nur mal wieder einen Abend für mich haben. Irgendwie kommt das in letzter Zeit zu kurz.«

»Zu Frau Rüpert. Wir dürfen sie nicht gefährden. Oder den auf sie hetzen, vor dem sie offensichtlich Angst hat. Sie hat sich nicht umsonst so benommen. Meinst du, der Typ saß im Krankenhaus bei uns im Wartezimmer? Wie heftig wäre das.«

Er blähte die Wangen auf und pustete die Luft aus.

»Schicken wir eine Streife hin. Sie sollen einfach die Wohnung von ihr im Auge behalten. Außerdem sollte sie ihre Wohnung nicht mehr verlassen. Nachdem wir die Daten gesichtet haben, schauen wir, was wir mit ihr besprechen werden und welche Schritte wir als nächstes unternehmen.«

Mareike blieb still und starrte verbissen auf einen PKW, der die Kreuzung, ihrer Meinung nach, viel zu langsam überquerte. Die Hand zuckte zur Hupe.

Ole fuhr fort. Er hatte seine Partnerin lange nicht so angespannt erlebt.

»Wenn der Täter bei dem Tempo bleibt, haben wir nicht viel Zeit. Deswegen geht die Sichtung vor, okay? Das letzte, was wir gebrauchen können, ist ein Serienkiller, der durch die Stadt zieht. Auch wenn ich mir diesen Wunsch wohl schon abschminken kann.«

Ein sachtes Nicken stellte Mareikes Antwort dar, als sie den Mercedes um eine Kurve lenkte.

Ole sah wieder aus dem Fenster. Er spürte Nervosität in sich aufsteigen.

»Alles wird gut, Mareike. Wir kriegen dieses Arschloch.« Er klopfte auf die Datenträger in seiner Jackentasche. »Und das vielleicht schneller, als wir bisher hätten erwarten können.«

28

Hanna schloss ihre Wohnungstür auf und sah sich auf dem langen Flur, der sich bis zum Fahrstuhl erstreckte, um. Sie wartete einige Sekunden. Dann atmete sie durch, betrat humpelnd die Wohnung und legte den alten Lichtschalter um, den der Hausmeister schon längst hatte wechseln wollen. Die kühlen Deckenlichter ließen ihren Flur erstrahlen. Noch immer hatte sie einen betäubten Kopf. Sie würde wohl auch weiterhin auf Wolke Sieben schweben, wenn sie das Teufelszeug nahm, das der Arzt ihr mitgegeben hatte. Wie immer wartete sie einen Moment und horchte in die Wohnung. Langsam schob sie die Wohnungstür zu.

Stille. Nur das kaum vernehmbare Summen der Deckenstrahler und das leise Knacken der alten Heizungsrohre.

Hanna atmete auf, hinkte in ihre Küche und warf ihrem Kühlschrank einen verängstigten Blick zu. Den Inhalt des Pakets, das sie vor ihrer Tür gefunden hatte, bewahrte sie in einer Dose im Eisfach auf.

Ihr Plan hatte bis hierhin funktioniert. Zumindest die alternative Version dessen, was sie für einen solchen gehalten hatte. Sie hatte ihren Verfolger selbst überwältigen wollen, doch sie hatte es nicht gekonnt. Sie hatte noch nie einen Menschen absichtlich verletzt. Und jetzt, selbst in einer solchen Situation, mit einem Messer auf jemanden einzustechen, erschien ihr absolut unwirklich, geradezu abwegig. Sie hatte sich nicht dazu überwinden können. Ein fades Gefühl blieb ihr als Erinnerung daran.

Auf der einen Seite war Hanna froh. Sie wusste nicht, ob sie ihn am Ende richtig getroffen hätte und ob sie dann nicht mehr in Lebensgefahr gesteckt hätte, als es sowieso schon der Fall war. Außerdem hatte sie ihren eigenen Prinzipien nicht widersprochen. Auf der anderen Seite spürte sie eine tiefsitzende Wut in ihrem Bauch, die sich wie eine doppelschneidige Klinge auf sie selbst richtete. War sie nicht mutig genug, ihre Kinder zu beschützen, wenn es wirklich darauf ankam? Hatte sie es sogar verdient, allein zu sein, wenn sie sich nicht einmal einer solchen Gefahr für sie stellen konnte?

Mit einem lauten Knall schlug Hanna ihre Hand auf die Arbeitsfläche und brüllte auf. Hätte sie dieses Monster doch einfach abgestochen, dann wäre der ganze Spuk jetzt vorbei. Sie schaute zu der Ecke, in der sie ihren Schnaps aufbewahrt hatte. Leer. Der Weg zum Kiosk war nicht weit.

Eine Flasche Wein wird nicht schaden.

Hannas Augen wanderten zur Tür, wendeten sich dann jedoch wieder ab. Sie würde nicht schwach werden. Nicht dieses Mal. Sie würde durchhalten. Sie *musste* durchhalten.

Langsam ließ sie sich im Wohnzimmer auf die weichen Polster ihrer Couch sinken. Das eigentlich gemütliche Halbdunkel des Raumes lag wie ein beengender Schatten über ihr. Sie fühlte regelrecht, wie er in sie hineinkroch und die Furcht in ihr weckte, die nagend unter ihre Haut fuhr.

Hanna schloss die Augen und atmete durch.

»Konzentrier dich.«

Langsam hob und senkte sich ihr Brustkorb. Die Luft entfuhr ihrem Mund mit einem sanften Hauchen, als sie die Augen wieder öffnete. Sie griff nach ihrem Handy und wählte Davids Nummer. Nach wenigen Sekunden nahm er den Hörer ab.

»Hanna! Wie geht es dir? Ist alles in Ordnung?« Er beruhigte sich, bevor er weitersprach. »Du hast dich seit Tagen nicht gemeldet. Ich hatte schon Angst, dir wäre etwas passiert. Was ist bei dir los?«.

»Alles okay, David. Zumindest jetzt. Ich habe etwas Probleme, mehr ist es aber nicht.«, log sie leise.

Wenn sie das Ausmaß der gegenwärtigen Ereignisse mit ihrem Ex-Mann teilte, würde er ihr Schwierigkeiten machen, egal wie freundlich und besorgt er sich gab. Hanna würde nicht riskieren, ihre Kinder endgültig zu verlieren. Ganz im Gegenteil. Sie war fest entschlossen, sie öfter zu sehen, als David es ihr aktuell zugestand. Zumindest, sobald die Situation geklärt war. Wieder hoffte sie inständig, dass ihr heimlicher Tipp an die Polizei irgendetwas in Bewegung gebracht hatte.

»Du klingst für mich nicht so, als hättest du *etwas* Probleme«, peitschte seine Stimme durch den Hörer. »Wir haben gemeinsame Kinder, Hanna, und ich möchte gerne wissen, was los ist. Du bereitest mir ernsthafte Sorgen.«

Sie atmete einmal durch, schloss erneut die Augen und lehnte den Kopf an das weiche Polster. Er hatte Recht. Auch sie würde wissen wollen, was bei David los wäre, wenn er in Probleme geriete. Am Ende drehte sich alles um Emil und Sara. Nichts auf der Welt war wichtiger.

Doch wie konnte sie ihm die Situation verständlich machen? Er würde sie analysieren, wie er es als Psychologe schon immer getan hatte. Vielleicht würde er ihr die Schuld an der ganzen Situation geben und alles schlimmer machen, als es eh schon war. Einen erneuten Tiefschlag würde Hanna nicht aushalten. Sie versuchte doch längst, nicht komplett durchzudrehen. Was ihr angesichts ihrer aktuellen Lage kaum noch möglich war. Sie sah regelrecht, wie sie vor dem tiefen Abgrund stand, der sie vor nur wenigen Stunden in seinen Schlund hatte ziehen wollen.

Nur ein kleiner Ruck und sie würde in die Tiefe stürzen. Es würde nicht viel von ihr übrigbleiben.

»Okay, ich erkläre es dir«, erwiderte Hanna und wollte gerade ansetzen, als David sie unterbrach.

»Es wäre vielleicht besser, wenn wir uns treffen. Dann kannst du mir alles in Ruhe erklären. Du musst dich nicht hetzen und wir können planen, wie wir zukünftig damit umgehen, okay?« Er seufzte. »Ich mache mir einfach Gedanken um dich. Ich weiß, dass nicht alles so lief, wie wir uns das vorgestellt haben, aber wir bekommen das sicher hin, Hanna, okay? Mach dir keine Sorgen. Wollen wir uns vielleicht bei unserem Lieblingscafé treffen?«

Sie schwieg und dachte über das Gesagte nach. Es war eine Untertreibung, zu sagen, dass ihre gemeinsame Vergangenheit *nicht so gut* gelaufen war.

Die Scheidung hatte sich zu einer Schlammschlacht entwickelt. Hanna erinnerte sich daran, welche Unwahrheiten David über sie erzählt hatte. Wie er übertrieben hatte, um ihr die Kinder streitig zu machen und als guter Ehemann zu erstrahlen, der unter seiner wütenden, betrunkenen Frau zu leiden hatte. Der seinen Nachwuchs vor ihr hatte schützen müssen.

Hanna spürte noch immer die emotionalen Hiebe, die sie getroffen hatten, als ihre Freunde seltener anriefen, nachdem sie mit David gesprochen hatten, bis sie sich letztlich gar nicht mehr bei ihr meldeten.

Er war manipulativ, das war ihr bewusst. Doch war er sich darüber im Klaren, dass ihre Kinder ihre Mutter brauchten und sie ihre Kinder liebte. Vielleicht spürte er Reue über seinen Umgang mit ihr. Oder hatte ein schlechtes Gewissen und eine neue Frau in seinem Leben, die er problemlos an die beiden heranführen wollte, und zeigte deshalb Verständnis.

Hanna war es egal. Sie wollte tun, was in ihren Augen das

Richtige war. In diesem Fall war dies die Ehrlichkeit gegenüber dem Mann, der ihre Kinder erzog. Sie musste ihn treffen.

Sara und Emil sollten ein oder zwei Wochen wegfahren. Vielleicht zu seinen Eltern, auch wenn Hanna wusste, dass David nicht das beste Verhältnis zu ihnen hatte. Alternativen, die sie aber gemeinsam besprechen und planen sollten. Ein anderes Vorgehen wäre nicht *richtig* und Hanna hoffte innig, dass sich alles zum Besseren wandeln würde, wenn sie nur weiterhin das tat, was sie für das Richtige hielt. Bisher war ihr das Karma nicht gerade wohlgesonnen. Früher oder später musste es eine Wende geben, dachte sie sich. Und selbst wenn nicht. Sie würde nicht aufhören, dafür zu kämpfen.

»Alles klar, wir treffen uns dort.«

»Kannst du jetzt? Ich bin recht eingebunden, würde das aber spontan hinbekommen.«

Hanna nickte und sprach ins Telefon: »Ja, ich bin etwas langsam, weil ich mir einen Fuß verknackst habe, aber ich fahre gleich los.«

»Sehr gut, dann sehen wir uns in 30 Minuten dort. Und Hanna …« Er pausierte und sprach mit überraschend sanfter Stimme weiter: »Ich freue mich auf dich. Zusammen schaffen wir das schon. Mach dir keine Sorgen und fahr vorsichtig. Bis gleich!«

Dann legte er auf. Hanna schob das Handy zurück in die Jacke, die sie gar nicht erst ausgezogen hatte. Sie fühlte sich gehetzt. Ihr ganzer Körper schrie nach Ruhe. Nur noch dieses Treffen und dann würde sie in ihrem Bett versacken. Ihre Kuscheldecke, ein Tee und etwas Fernsehen hörten sich nach einer guten Abendplanung an.

Ihre Lippen formten ein dünnes Lächeln, als sie an seine letzten Worte dachte. Mit dieser Stimme hatte er sie früher morgens geweckt und ihr einen Kaffee ans Bett gestellt. Wenn sie an die Jahre mit ihm zurückdachte, spürte sie einen Anflug von Glück in sich aufsteigen. Sie hatten gute Jahre erlebt. Nicht immer war alles perfekt gewesen, das gab sie zu, aber sie hatten zwei wunderbare Kinder in die Welt gesetzt und würden auch in Zukunft alles meistern, was sie sich vornahmen. Auch wenn sie dies nun auf andere Weise bewältigten.

Mit einem Stöhnen raffte Hanna sich auf und schob die Schultern nach hinten.

Jetzt musst du durchhalten. Bald ist alles vorbei und dann geht es bergauf.

Ihre Mutter hatte ihr oft gepredigt, dass es vor dem Sonnenaufgang immer am dunkelsten ist. Sie wusste nicht, ob dies wissenschaftlichen Tatsachen entsprach, aber der Gedanke half ihr.

Die letzten Tage waren schlimm gewesen. Wenn sie nicht nur ihre Sicherheit, sondern auch die ihrer Kinder und der familiären Zukunft wieder herstellen konnte, dann wäre sie mehr als nur zufrieden. Jedes Risiko hätte sich für sie gelohnt. Mit ein paar Handgriffen zog Hanna sich vorsichtig ihre weißen Turnschuhe an, die sie wieder extra breit schnürte. Sie nahm zwei Schmerztabletten, spülte sie mit einem Glas Wasser hinunter und begab sich ins Badezimmer.

Rundherum sah Hanna nicht nach einem Treffen aus. Ihre Augen waren blutunterlaufen und ihre Haut aschfahl. Als hätte sie tagelang nicht geschlafen. Vielleicht hatte sie das auch nicht. Zumindest nicht wirklich. Der Stress und die Angst hatten an Hanna gezehrt und sie hasste es, dass sie es ihrem Gesicht ansah.

Mit geübten Handgriffen bändigte sie ihr Haar und legte eine gesündere Farbe auf ihr Gesicht auf.

Keine Schwäche zeigen.

Zumindest nicht mehr, als sie bereit war, ihrem Ex-Mann zu offenbaren. Hanna zog sich einen dunkelblauen Wollmantel über und steckte ihre Autoschlüssel in ihre Handtasche. Sie warf einen schnellen Blick in den Flurspiegel, bevor sie sich wieder in den Hausflur begab. Sie fühlte sich gewappnet.

Nur einen Augenblick später lief sie durch die Kellerflure, bis sie die schwere Tür aufzog. Jedes Mal, wenn sie zu ihrem Auto wollte, musste sie mit ihrem ganzen Körpergewicht an dieser Tür ziehen, um die Garage zu erreichen. Die Sicherheitstüren im Haus entsprachen alle dieser Art, auch diejenigen, die in das Treppenhaus führten, an das Hanna nun eine schmerzliche Erinnerung pflegte. Sie fragte sich, was wohl eine ältere, gebrechlichere Person tun würde.

Hanna drückte die Tür gegen die Wand – und fuhr herum. Ein Geräusch wie das Kratzen eines Kiesels, der zwischen Betonboden und Schuhsohle rieb.

»Hallo?«, hallte ihre Stimme durch den Korridor.

Der schwer eingestellte Mechanismus ließ die Tür hinter ihr mit einem aufdringlichen Krachen zufallen. Wenn jemand durch diese Tür gehen würde, würde Hanna das mitbekommen, dessen war sie sich sicher. Ihre Hand wischte über den Schalter an der rau verputzten Wand der Garage, der das Areal in flackerndes Licht tauchte. Öliger Geruch erfüllte die Luft. Sie erreichte ihr Auto und zog ihren Schlüsselbund aus der Handtasche.

»Hanna?«

Sie drehte sich um.

Die Faust schlug unvermittelt in ihr Gesicht. Hanna taumelte zurück und fasste sich an ihre Wange, durch die ein brennender Schmerz schoss. Blut benetzte ihre Hand. Sie griff zu ihrer Tasche. Der Maskierte packte sie am Schopf und riss sie herum. Ein Schrei entfuhr ihrer Kehle. Sie schlug um sich, trat nach hinten aus und erwischte sein Bein knapp unter dem Knie.

»Schlampe!«, entfuhr es ihm zischend, als er leicht einknickte.

Mit roher Gewalt riss er Hanna herum und rammte ihre Stirn auf die Motorhaube des gegenüberstehenden Autos. Ihr Beine gaben nach, als ihr Gesicht vor Schmerz explodierte.

»Mir reichts!«, zischte er erneut.

Hanna wurde schwarz vor Augen. Sie fiel auf den kalten Betonboden. Blut rann in Fäden aus ihrer Nase.

»Nein, bitte.« Ihre Stimme bebte.

Sie zog sich vor, versuchte sich aufzurichten. Sie musste aufstehen. Ihre aufgeplatzten Lippen brannten wie die Hölle. Plötzlich stülpte sich etwas über ihr Gesicht. Panisch versuchte Hanna zu atmen. Nur der chemische Geschmack der Folie drang auf ihre Zunge. Sie brüllte. Der unterdrückte Klang erzeugte kaum einen Hall in der Tiefgarage.

»Endlich«, wisperte die Stimme hörbar erregt durch die Maske in ihr Ohr.

Hanna riss den Kopf mit aller Kraft nach hinten. Mit Wucht erwischte ihr Hinterkopf den Maskierten. Er brüllte, während sie versuchte, irgendeine Form von Halt zu finden. Tritte prasselten auf sie ein. Der Druck auf ihrem Gesicht erhöhte sich erneut und Plastik schnürte ihr die Luft ab, als ihr Peiniger wütend die Tüte zurückriss. Hanna konnte sich nicht regen. Nach hinten gekrümmt und auf dem Bauch liegend, das Knie ihres Angreifers in ihrem Rücken.

Sie wedelte mit einem Arm, fuhr mit der Hand über den Boden und kratzte durch den Lack des Autos, als sie versuchte, sich daran festzuhalten. Jeder Atemzug, den ihr Körper von ihr abverlangte, verschlimmerte das Feuer, dass in ihren Lungen brannte.

Ihre blutigen Finger rutschten von dem Radkasten ab. Ihr eigenes Körpergewicht presste Hanna der Tüte entgegen, die sie mit letzten, verzweifelten Handbewegungen versuchte, aus ihrem Gesicht zu lösen. Ein Keuchen entfuhr ihrem Mund, als der schwammig zu erkennende Betonboden sich näherte. Die Kraft verließ sie. Nur entfernt nahm sie wahr, wie das Plastik sich mit einem leisen Schmatzen von ihrer blutigen Haut schälte. Dann wurde es dunkel.

29

Modriger Geruch lag in der Luft. Hanna öffnete ihre Augen in einem kargen Raum. Stahlbetonsäulen füllten die leere Fläche und bildeten ein großes Schachbrettmuster, das die obere Etage davor abhielt, in die Tiefe zu rauschen. Riesige Löcher gaben einen Blick auf das über ihr liegende Stockwerk frei. Ein nasser Knebel presste sich schmerzhaft in ihre eingerissenen Mundwinkel, dessen Geschmack nach Dreck sich auf ihre Zunge drängte. Hanna biss fest auf den eingedrehten Stoff und fühlte erleichtert, wie die Feuchtigkeit in dem schmutzigen Tuch ihre staubige Kehle herabrann. Trockenes Blut verklebte ihre Augen.

Nichts regte sich. Das Licht, das durch die kleinen Rillen der abgeklebten Fenster hereinschien, verfärbte sich rot. Hannas Hände waren um einen Balken auf den Rücken gefesselt worden. Ihren Mantel hatte sie nicht mehr an. Ihre Beine waren mit einer rostigen Kette und einem Vorhängeschloss gesichert, das an einem Gürtel befestigt war. Die wenig erfolgreichen Befreiungsversuche endeten nur im Knirschen des Paketklebebandes, das ihre Handgelenke umschlossen hielt und sich unangenehm in ihre Haut schnitt.

Hanna war allein gewesen, als sie aufgewacht war. Jetzt hörte sie das Rütteln einer Tür, das hinter ihr die düstere Stille durchbrach. Sie sammelte Kraft und rief in den Knebel hinein, dem sanft aufkeimenden Hoffnungsschimmer folgend, dass es nicht ihr Entführer war, der das Gebäude betrat. Die Ketten rasselten und schabten über den harten Boden. Sie schnappte das quietschende Geräusch von Scharnieren auf.

»Ruhe jetzt, ich bin da.« hörte Hanna die Stimme des Maskierten. »Keine Sorge, niemand stört uns hier.«

Seine Stimme war die gleiche wie in der Tiefgarage. Sie würde den Klang nicht vergessen. Und auch nicht die Angst, die sie empfunden hatte. Doch nun war diese anders. Nicht so intuitiv. Nicht so elementar.

Hannas Gedanken drängte sich eine Gewissheit auf, die sie weder im Geiste formen noch aussprechen wollte. Eine kalte Erkenntnis, die in einer umfänglichen Zerstörungswut in ihren Geist vordrang und sich, ob sie wollte oder nicht, nicht verdrängen ließ.

Ich werde hier sterben.

Doch was würde bis dahin Grauenvolles mit ihr geschehen? Sie hatte Angst. Panik durchstieß ihre Gliedmaßen. Sie zappelte. Bäumte sich gegen die Fesseln auf. Ihr Brustkorb hob und senkte sich stoßweise mit ihrem Atem. Ihre Bemühungen, das Spiel zu bestimmen, waren gescheitert. Wie hätte es anders kommen sollen? Warum das Ganze? Wenn sie hier starb und es keinen Grund dafür gab oder er sich ihr vorher nicht mehr erschließen würde, würde sie wahnsinnig werden. Dabei war es dann eh egal, oder? Sie konnte nur hoffen, dass es schnell ging. Alles wäre vorbei. Auch der Schmerz.

Hanna schrie in ihren Knebel.

„Ruhe! Das nervt."

Ein Stechen trieb durch ihre Schultern, als Hannas Arme in unnatürlichem Winkel in die Höhe gezogen wurden. Dann schnitt der Maskierte das Klebeband durch.

Sie atmete hörbar auf, zog ihre Gliedmaße vor der Brust zusammen und schluchzte. Dreck und Blut zeichneten sich auf ihr ab. Die aufgeriebene weiße Hose war bedeckt von gräulichem

Baustaub, der sich brennend in ihre aufgeschürfte Haut gesetzt hatte.

Mit festem Griff wurde sie in die Höhe gezogen. Ihre Beine wollten sie kaum halten.

»Los! Geh. Und kleine Schritte, bitte.«

Der Maskierte hielt sie fest im Nacken und führte sie durch das baufällige Geschoss auf eine Kellertreppe zu. Die Ketten an ihren Beinen klirrten. Hier würde es niemand hören. Zittrig setzte sie einen Fuß vor den anderen und stieg die staubige Betontreppe hinab. Die behandschuhte Hand in ihrem Nacken packte fester zu und hielt sie zurück, als ihr Oberkörper Anstalten machte, sich nach vorne zu verlagern.

»Na, na, wir wollen jetzt nicht unvorsichtig werden.«

Er richtete sie auf und fuhr in fast zärtlichem Tonfall fort: »Ich pass auf dich auf, mach dir keine Sorgen.«

Ekel stieg in Hanna auf. Wütend fluchte sie eine Beleidigung in den Knebel, deren Antwort nur als leises Lachen in ihr Ohr drang. War es Martin? Die Größe würde passen. Mehr hatte sie von dem widerlichen Irren nicht mitbekommen und die Stimme war hinter der Maske schwierig einzuordnen.

Sie riss den Kopf herum, erhaschte einen Blick. Fast wäre sie nun wirklich gestürzt, doch ihr Entführer hielt sie. Er packte Hanna und fluchte, bevor er sie weiter die Treppe hinuntertrieb.

Die Augen. Sie waren dunkel. Kaum eine Regung. Seine Stimmfarbe war jünger, als sie erwartet hatte. Dann sah sie es klar und deutlich vor sich. Es fiel ihr wie Schuppen von den Augen. Sie hatte den gleichen Blick schon einmal gesehen. Nicht bei Martin oder sonst jemandem, den sie kannte, sondern bei der Gestalt in der Lounge des Clubs, die sie aus der Ecke heraus angestarrt hatte. Bei dessen Ausdruck sich bereits damals alles bei ihr gedreht hatte.

Sie erreichten ein Kellergewölbe, das mit überwucherten Haufen aus Erde und Backsteinen gefüllt war. Ein intensiver modriger Geruch erfüllte die Luft und begleitete die Fragen in Hannas Kopf mit feuchtkaltem Schauer. War sie völlig willkürlich in den Fokus eines Psychopathen geraten?

Nach dem Besuch des Clubs war die Abwärtsspirale in Bewegung geraten. Aber woher hatte er gewusst, wer sie war? Wo Hanna lebte? Wo sie arbeitete? Und wie konnte er wissen, wo ihre Kinder zur Schule gingen? Hatte er sie schon vor dem Abend beobachtet? Hatte er ihr Handy geknackt, als sie auf der Toilette zusammengesackt war? Wie hätte er dann das Foto schießen und es wieder ordentlich zurücklegen können?

Ihr Entführer erhöhte den Druck auf ihren Nacken. Die Spitze eines Messers drang gegen ihren Rücken. Hanna ächzte. Sie stolperte in kleinen Schritten über den unebenen Boden.

»Du bekommst jetzt eine Augenbinde, es wird dir nichts passieren. Das ist nur zu deiner Sicherheit, ja?«

»Fick dich.«

Die Worte bildeten unfreiwillig verzogene Laute. Durch den Knebel wurden Hannas Lippen unnatürlich nach hinten gezogen. Der Stoff des Tuchs drängte sich gegen ihre Zunge. Trotzdem schien er verstanden zu haben, lachte einen kehligen Ton und legte ihr sachte eine Augenbinde um. Achtete sogar darauf, kein Haar auszureißen.

Ein lähmendes Gefühl der Ohnmacht überkam Hanna. Gefangen in der Dunkelheit. Peiniger und der Hilflosigkeit ausgeliefert. Sie wimmerte. Tränen und Schminke liefen in die Augenbinde und ihre Wangen herab.

»Bitte nicht«, beschwor sie unverständlich durch den Knebel. »Du musst das nicht tun. Bitte.«

Er reagierte nicht, doch löste er sich von ihr. Hanna hörte ein kreischendes Quietschen. Eisen rastete ein. Ein dumpfer, krächzender Klang dröhnte in ihr Ohr, als wäre eine metallene Luke geöffnet worden.

Merk dir, was du hörst.

Hannas Überlebensinstinkt meldete sich leise zu Wort.

Schritte näherten sich. »Komm jetzt.«

Er packte sie am Oberarm und zog sie mit.

»Ducken und dann da durch. Los. Füße anheben. Kopf runter.«

Mit geduckter Haltung, langsam einen Fuß vor den anderen schiebend, erreichte Hanna mit den Zehen einen metallenen Widerstand. Sie hob die Füße und schob sie nacheinander über das Hindernis. Ihr Entführer drückte dabei ihren Kopf nach unten. Führte er sie durch etwas durch? Eine Luke? Die Ketten klirrten.

Er kletterte hinter ihr her. Es klickte. Schwacher Schein drang durch den dicken Stoff. Eine Taschenlampe. In ihrem Rücken hörte Hanna die gleichen Geräusche, die sie vorher vernommen hatte. Sie war durch eine Eisenluke geführt worden.

»Du kannst den Kopf wieder hochnehmen. Los jetzt. Weiter.«

Ungeduld schwang in seiner Stimme mit.

Fauliger Geruch stieg in Hannas wunde Nase. Regelmäßiges Tropfen hallte in ihr Ohr. Ihre schwer gewordenen Füße schoben sich über den unregelmäßigen, von einem feuchten Film bedeckten Steinboden. Schutt kratzte unter ihren Sohlen. Ihr Knöchel brannte.

Wieder wurde sie weitergeschoben. Hanna verlor die Orientierung. Ihre Atmung ging schnell und ihr Herz pochte so stark, dass sie das Rauschen ihres Blutes hörte.

Nach und nach drängte der Unbekannte sie durch ein Labyrinth aus Dunkelheit. Das Einzige, was jetzt für sie zu hören war, war das hallende Geräusch der Ketten an ihren Beinen, das Atmen hinter ihr und ihr eigenes, angestrengtes

Keuchen. Sie hatte Angst, zu stürzen. Regelmäßig blieb sie verunsichert stehen, was durch drängendes Schieben beantwortet wurde. Vorsichtig führte er sie weitere Stufen herab und gab ihr letztlich mit der Hand auf ihrer Schulter das Zeichen zum Anhalten. Hanna vernahm ein Klimpern und das Öffnen eines Schlosses. Wieder hörte sie, wie eine schwere Kette durch Metall gezogen wurde.

Sie versuchte zu sprechen. Nicht mehr als unbeholfenes Gestammel. Speichel lief ihren Mundwinkel herab. Sie klang wie ein verletztes Tier und brach in Tränen aus, als sie gepackt und vorgestoßen wurde. Ihre Seite prallte gegen eine eiserne Kante. Schwer atmend versuchte sie den Schmerz, der sich in ihrer Schulter ausbreitete, zu unterdrücken.

Nach nur wenigen Metern wurde sie erneut zum Anhalten gezwungen. Der Klang des Raumes hatte sich verändert. Er war nicht mehr hallend. Die Geräusche schienen verschluckt zu werden. Sie wurde rückwärts geschoben und stolperte, fiel mit dem Rücken gegen eine harte Wand. Der Fremde griff nach ihrem Unterarm. Intuitiv versuchte sie, ihn wegzuziehen, doch wurde sie mit einem wütenden Zischen gepackt und erneut gegen die Mauer gestoßen. Der Aufprall raubte ihr die Luft.

»Hör auf!«, zischte er zornig, »so wird's noch mehr weh tun.« Die Worte drangen wie Gift in Hannas Ohren. Um sich schlagende Panik erfüllte ihren Körper. Sie knickte ein, fiel auf die Knie, lehnte sich gegen die Wand und schluchzte.

Ihre Arme wurden hochgerissen. Sie wehrte sich nicht, als ihr Peiniger etwas Drahtiges um ihren Unterarm legte. Scharfe Spitzen drängten gegen ihre Haut. Hanna schloss die Augen unter dem Tuch. Versuchte, den Atem zu beruhigen, sich nicht zu bewegen. Sie würde nicht in Panik abtreten.

Mit einem Ruck wurde der geknotete Stoff von ihrem Kopf gerissen. Sie blinzelte geblendet und sah sich um. Ihre Augen waren feucht und verkrustet, trotzdem erkannte sie genug von ihrer Umgebung. Angelaufene, rötliche Backsteine bildeten diesen Raum, dessen Boden aus unebenem, gehauenem Stein zu bestehen schien. Es gab keine Fenster und eine alte, rostige Tür schloss die kleine Kammer ab, die maximal ein paar Schritt in jede Richtung maß. Eine Laterne erhellte den Raum und warf die Schatten des Mannes an die Mauer, der zu einem metallenen Tisch lief und Hanna den Rücken zugewandt hatte. Ein Emaille-Eimer stand in der Ecke. Eine Pinnwand, die an einem alten Eisenhaken an der Wand hing, zeigte Fotos und Artikel, die sie von ihrer Position aus nicht deuten konnte. Sie konnte nur erahnen, was für grauenerregende Bilder die Zeitungsseiten zeigten.

Ein Stechen zuckte durch ihren Unterarm. Sie zog angestrengt die Luft ein. Weitere Schreie wollte sie diesem Schwein nicht gönnen. Ihr Blick folgte ihren nach oben fixierten Armen. Der Maskierte hatte sie in Stacheldraht gewickelt. Dieser war etwa zwei Meter über ihr an einem alten Holzbalken montiert, der eine Handlänge aus der Wand herausragte. Er sah wackelig aus.

»Wir werden hier vieles zusammen erleben«, hauchte die Gestalt mit einer Kälte in der Stimme, die einen Schauer über Hannas Rücken jagte. »Weißt du, ich wünsche mir diesen Moment schon lange herbei. Ich kann es kaum erwarten, zu sehen, wie deine Augen mir einen Blick auf deine Seele gewähren.«

Auf dem Tisch vor ihm lagen diverse Schnittwerkzeuge, unterschiedliche Messer und Skalpelle in verschiedenen Größen. Übelkeit überkam Hannah. Sie kämpfte gegen die sich ankündigende Ohnmacht an, als die pulsierende Panik in ihrem Körper sie am liebsten aus dieser Realität befreit hätte.

Der Verursacher ihrer Angst drehte sich zu ihr um und griff sich in den Nacken. Langsam öffnete er den Reißverschluss und zog sich die Maske vom Kopf. Genüsslich und voller Inbrunst vollzog er einen großen Atemzug, bevor seine schwarzen, unergründlichen Augen über sein Opfer hinwegglitten. Ein breites, unecht wirkendes Grinsen entfaltete sich in seinem Gesicht. Die dunklen, kurzen Haare klebten an seiner glänzenden Stirn. Hanna schenkte ihm einen ungläubigen Blick. Er hatte das Gesicht eines jungen Mannes, eines Studenten vielleicht.

»Ich habe dieses Ding zu schätzen gelernt, es ist aber anstrengend darin zu atmen.«

Mit einer fließenden Bewegung streifte er Finger um Finger seiner Lederhandschuhe von den Händen und legte sie neben das OP-Tablett.

»Wer bist du? Was soll das alles?«, versuchte Hanna durch den Knebel zu pressen.

Wütend drängte sie nach vorne. Metallene Stacheln trieben in ihre Unterarme. Sie schrie, prallte zurück und blieb an der Wand sitzen. Warm lief es ihre Arme hinab.

»Wirklich?«, säuselte er. »Ich dachte, dass du dich vielleicht erinnerst. Du solltest nachdenken, Hanna.«

Sekunden verstrichen, in denen Schweiß, Blut und Tränen auf ihrer Haut brannten. Ihr Atem beruhigte sich. Dann entstand ein Bild vor ihrem geistigen Auge. Sie hatte ihn schon einmal gesehen.

30

»Edgar Mierhoff, achtundzwanzig Jahre alt«, erzählte Mareike. »Er ist als Kind unter dem Geburtsnamen Jonathan Kunz im Waisenhaus aufgewachsen, nachdem seine Eltern bei einem Autounfall ums Leben gekommen sind. Die Behörden gehen von Doppelselbstmord aus, da der Junge ausgesetzt worden ist. Die Beiden waren vorher bereits auffällig, mit übermäßigem Drogenkonsum und Handel mit allmöglichem Dreck.« Mareike legte die ausgedruckte Akte auf den Tisch. Sie hatten sie angefordert, nachdem Mierhoff beim Abgleich der Fingerabdrücke auf dem Messer identifiziert worden war.

Mit erhobenem Finger sprach Mareike weiter.

»Der biologische Vater ist unbekannt. Der Stiefvater soll unter Einfluss von Drogen und Alkohol regelmäßig gewalttätiges Verhalten an den Tag gelegt haben. Man könnte also auch spekulieren, ob die Mutter den Wagen in den Abgrund gelenkt hat.«

Ole hörte angespannt zu. Vor ihm flimmerten die qualitativ minderwertigen Bilder der Überwachungskameras, die im illegalen Club *Das Ding* die kleinsten Schritte der Gäste erfasst hatten. Er war sich sicher, dass keiner von ihnen darüber Bescheid wusste, dass sie bei ihren *besonderen* Aktivitäten rund um die Uhr aufgenommen wurden.

»Das ist nur der Anfang. Herr Mierhoff hat bereits als Kind an zwei Tötungen mitgewirkt. Ein Opfer war Timo Würz, sein Zimmernachbar. Während das noch als Unfall deklariert wurde, hat er zwei Wochen später ein Mädchen mit einem Stein erschlagen. Er war neun Jahre alt.«

Nach einem erschütterten Blick zu Ole fuhr Mareike fort.

»Er hatte sie in einen Raum gelockt, die Tür abgeschlossen und dann die Tat begangen. Das Schreien des Mädchens hat die Mitarbeiter alarmiert, so die Zeugenaussagen. Als die Sozialarbeiter die Tür aufgetreten hatten, konnte der eintreffende Arzt nichts mehr für die Kleine tun.«

Ole hob die Hand: »Lass mich raten. Psychologische Betreuung? Klinik? Irgendwann umbenannt, um Abstand zum alten Ich zu gewinnen?«

»Warum er sich umbenannt hat, wissen wir natürlich nicht«, erwiderte Mareike mit zusammengezogenen Augenbrauen. »Aber an sich nicht schlecht zusammengefasst. Alles andere wäre Spekulation.«

Sie stand auf und wanderte um die Schreibtischplatte herum zu der Pinnwand, an der sie die bisherigen Informationen zusammengetragen hatten. Grübelnd kaute sie auf ihrem Daumennagel.

»Wir müssen die Akte genauer sichten. Ich hoffe, dass das Foto ausreicht, um einen Vergleich anzustellen.«

Sie öffnete die Unterlagen und schob ein ausgedrucktes Bild sowie ein Tabellenblatt mit Abdrücken in die Mitte der Arbeitsfläche.

»Wir haben die Fingerabdrücke von Mierhoff, weil er mit sechzehn bei einer Schlägerei festgenommen wurde. Vielleicht hat der Überfall nur zufällig im Zeitraum der Drohungen und der Morde stattgefunden, aber für mich ergibt das wenig Sinn.«

»Wohl kaum. Ein Messerangriff auf Frau Rüpert, bevor ihr Freund mit Messern gefoltert und ermordet wird? Dem gegenüber steht, dass die Vorgehensweise nicht zu der bei Frau

Vasquez und Herrn Röll passt. Doch ein Zufall oder ist er durchgedreht?«

Ole lehnte sich zurück und grübelte, während er mit seiner Maus über den Bildschirm fuhr. Er schloss das Video und öffnete die nächste Datei auf dem Stick. Er hatte Dutzende abgespult, die die Umstände im *Ding* festhielten, und konnte gar nicht glauben, was alles hinter dem Club stecken musste, damit er bisher noch nicht im Fokus diverser Behörden stand. Etwas, mit dem sich andere Kollegen auseinandersetzen durften.

Er wusste nicht genau, was er zu finden hoffte. Hanna hatte ihnen klargemacht, dass die Daten eine Relevanz hatten. Hoffentlich hatten sie den richtigen USB-Stick. Auf dem zweiten hatte Ole nur Textdateien voller Code gefunden, mit der sich die IT-Abteilung beschäftigen würde, die für solche Zwecke nur aus einer Person bestand.

Zwei weitere Stunden gingen ins Land. Die beiden Kommissare rieben sich die Augen, die vom Tag und der Arbeit am Bildschirm immer schwerer wurden. Ole hatte sich mittlerweile eine Brille aufgesetzt. Seit er sich die Gläser mit Blaufilter zugelegt hatte, fühlte er sich längst nicht mehr so ermattet, wie es vorher der Fall gewesen war. Gerade wenn er bis zu acht Stunden vor der Flimmerkiste saß. Sehschwäche. Eine moderne Krankheitserscheinung, dachte er.

Wer weiß, was für Folgen entstanden, wenn jemand unentwegt Akten und Karteikarten schrieb, suchte und katalogisierte. Wahrscheinlich war eine Sehnenscheidenentzündung und ein Hauch von Wahnsinn zu erwarten. Gänzlich losgelöst hatten sie sich bisher nicht vom Papiersystem. Noch immer warteten viele Akten darauf, digitalisiert zu werden. Ganze Schränke voller Unterlagen waren bisher nicht eingegeben worden. Die Mischung aus digitalen und händischen Materialien erschwerte die Arbeit erheblich und Ole fragte sich, wann sie Zeit und Geld dafür bekommen würden, diesen Missstand auszubügeln.

Er schob die rutschende Brille mit dem Zeigefinger zurück auf den Nasenrücken und öffnete das nächste Video.

»Ich hab was!«, rief Mareike über den Tisch und winkte ihn aufgeregt rüber. »Los, komm her. Das glaubst du nicht!«

Sie zeigte auf eine Szene in der Lounge. Die Discobeleuchtung des Clubs tauchte die Gestalten hektisch wechselnd in hell und dunkel.

»Da ist sie, schau genau hin! Das da ist Frau Rüpert.«

Mareike tippte mit dem Finger gegen den Bildschirm.

»Sie unterhält sich mit dem Mann auf der Couch dort, siehst du? Und jetzt pass auf.«

Ole beugte sich vor, bis sein Gesicht nur wenige Zentimeter von der Scheibe entfernt war. Er kniff die Augen zusammen. Dann nickte er, ließ sich etwas zurückfallen und starrte auf die bewegten Bilder.

Hanna stand abrupt auf und hob die Hand in einer beruhigenden Geste. Sie lief geradezu gehetzt auf die Kamera zu und verschwand dann aus dem Ausschnitt.

»Mist«, fluchte Ole.

»Warts ab, sie kommt gleich wieder.«

Mareike klickte ins Programm und spulte das Video wenige Minuten vor. Der Mann, mit dem sich Hanna unterhalten hatte, griff zu ihrer Handtasche. Ole sog die Luft zwischen den Zähnen ein, doch schloss die Gestalt die Tasche und stellte sie so auf den Couchsessel, dass sie nicht von der Lehne zu fallen drohte. Ohne hineinzugreifen. Dann erhob er sich, sah Hanna nach und verließ die Lounge und damit das Sichtfeld des elektronischen Auges.

»Okay, sah so aus, als würde der Typ nur die Tasche schließen. Wer weiß. Die Qualität ist nicht der Kracher. Kennen wir ihn?«

»Nicht so ungeduldig, du kannst es aus dem Winkel noch nicht sehen. Gleich kommts.«

Wenige Augenblicke später tauchte eine Gestalt am Rand auf, kreuzte das Bild und verschwand in die Richtung, in die Hanna gegangen war. Mareike stoppte die Aufnahme. Ole starrte wie gebannt auf den Mann mit der Maske.

»Ist das …?«

»Ja. Pass auf. Er geht gleich ziemlich eilig davon. Sieht so aus, als würde er die Lounge verlassen. Wie der Kerl, der vorher mit Frau Rüpert gesprochen hat.«

Nur wenige Sekunden später zischte der Maskierte durch das Bild und verschwand. Hanna stürmte hinterher und packte ihre Tasche, bevor auch sie wieder aus dem Bild verschwand.

»Drecksmaske«, flüsterte Ole. »Wir brauchen die Aufnahmen dieser Zeit aus anderen Perspektiven. Dann bekommen wir vielleicht ein Bild. Wenn der Typ wirklich derjenige ist, der Frau Rüpert angegriffen hat, dann finden wir hoffentlich Hinweise auf seine Identität.«

Mareike nickte und klickte sich durch die nächsten Videos. Ausgestattet mit dieser Spur war es ein leichtes für die beiden, die Videoaufnahmen mit dem entsprechenden Zeitstempel zu finden. Nur zehn Minuten später saßen sie zusammen und begutachteten die Videodateien, die alle Winkel des gleichen Zeitraums erfasst hatten. Der Besitzer des Clubs hatte die Sicherheit betreffend ordentliche Arbeit geleistet.

Wer weiß, wofür sie diese Videos verwenden, dachte sich Ole.

Der erste Mann, mit dem Frau Rüpert sich unterhalten hatte, war an die Bar gegangen. Der Maskierte schob sich zwischen der tanzenden Menge hindurch und schien den Club zu verlassen. Durch die Qualität der Aufnahmen war es schwer, ihm zu folgen.

»Er holt offenbar Getränke für Frau Rüpert und sich«, stellte Mareike fest.

Die erste Gestalt quetschte sich nach dem Besuch am Tresen mit zwei Drinks die Glastreppe hinauf, nicht merkend, dass Hanna nur wenige Meter hinter ihm den Club verlassen hatte.

»Da!«, rief Ole.

Mareike zuckte zusammen und schaute ihn ermahnend an.

»Schrei doch nicht so! Wo, wie, was hast du gesehen?«

Ole schloss die Datei, die den großen Tanzbereich des Clubs zeigte, und vergrößerte jenen Kamerawinkel, der den Flur des Eingangsbereichs einfing. Er war dunkel. Ole hielt den Film an und öffnete die Bilddateien, die den Eingangsflur zeigten. Konzentriert durchsuchte er den Ordner nach der richtigen Zeit.

»Warte.«

Ein Doppelklick. Dann öffnete sich ein neues Video. Kaum erkennbar flimmerten die Gestalten in dem dunklen Flur. Wenige Lichtkegel und Stroboskoplichter erschwerten die Sicht auf die verpixelten Gäste. Ole stoppte. Er spulte wie in einem Daumenkino Bild um Bild vor.

»Schwer zu erkennen, aber da haben wir ihn. Moment.«

Der Maskierte betrat den Flur. Er griff in seinen Nacken und befreite sich quälend langsam von der Latexmaske, deren Glanz trotz des verpixelten Bildes zu erkennen war. Sein Antlitz war verschwommen. Die Qualität nicht gut genug. Bis ein Lichtkegel sein Gesicht traf.

Ole spulte zurück und betrachtete die markanten Züge. Die kurzen, schwarzen Haare. Selbst auf dem schlechten Bild war er gut zu erkennen.

Mareike öffnete die vor ihr liegende Mappe und zog das auf A5 gedruckte Bild von Edgar aka Jonathan Mierhoff zwischen den zusammengelegten Papieren hervor. Abwechselnd beäugten die beiden Kommissare den Bildschirm und die Akte. Dann trafen sich ihre Blicke.

»Heilige Scheiße, Mareike.«

»Damit habe ich nicht mehr gerechnet.«

Ole griff das Dossier und blätterte es durch. Seine Augen flogen über die Papiere. Er versuchte, brauchbare Informationen in dem dünnen Ordner zu finden. Irgendetwas, das ihnen half, diesem Fall einen Sinn zu geben. Willkür war für ihn schon immer der größte Feind der Ermittlung gewesen.

Keine Motive im Umfeld des Opfers ausmachen zu können.

Doch diese Situation erzeugte ein Grummeln in seiner Magengegend. Ein Gefühl, das ihn aufhorchen ließ. Etwas stimmte hier nicht. War der Täter ein beliebig vorgehender Verrückter? Er mochte es, solchen Fragen auf den Grund zu gehen. Für diese Momente war er hier angetreten. Auch wenn die Schattenseiten einer fehlgeschlagenen Ermittlung ihn in graue, unbekannte Tiefen ziehen konnten.

Ole meditierte bereits einige Jahre. Er war nicht der beste darin, besonders achtsam zu sein, gab sich aber Mühe. Von Mareike wusste er, dass sie ihre Energie beim Kampfsport kanalisierte. Sie hatte früh ihren schwarzen Gürtel in Karate absolviert und hatte sich seit der Ausbildung bei der Polizei zu härteren Kampfsportarten umorientiert.

Sie griff zum Hörer und wählte eine Nummer.

»Kommissarin Mareike Sannau hier. Staatsanwältin Breuker bitte. Es ist dringend.«

»Okay, jetzt kommts«, wisperte Ole ungläubig, während seine Kollegin wartete. »Das ist heftig.« Er zeigte auf eine Zeile in einer Liste der Akte und schob die Seite über den Tisch. Mareike riss die Augen auf und sah ihn mit ähnlich verwirrtem, dann alarmiertem Gesichtsausdruck an.

»Oh, verflucht. Das kann doch nicht wahr sein!«

Ihr Telefonat wurde entgegengenommen. Mareike feuerte ein Wortstakkato durch das Telefon und lief dabei aufgeregt durch das Büro. Zeitgleich vibrierte die alte Tischplatte.

Ole griff zu seinem Handy: »Kommissar Harling?«

Er erkannte die Stimme des Streifenpolizisten, der zu Hanna hatte fahren sollen, und stellte das Telefonat laut.

»Kommissar Harling, wir haben hier einen Notfall«, berichtete der junge Polizist mit aufgeregter Stimme. »Frau Rüpert ist nicht zu finden. Weder macht sie ihre Wohnungstür auf, noch steht ihr Auto in der Tiefgarage. Wir haben neben ihrem Stellplatz und auf der Motorhaube des danebenstehenden Fahrzeugs Blutflecken entdeckt.«

»Wie alt sind sie?«

»Die Blutflecken?«

»Ja, na klar die Blutflecken, wie alt sind die?«

»Keine Ahnung, Herr Kommissar. Ich würde raten, vielleicht ein paar Stunden?«

»Alles klar. Prüfen Sie die Adressen der Verwandtschaft, ich sende Ihnen gleich die zu, die uns bekannt sind. Und lassen Sie sich von jemandem die Tür zur Wohnung aufschließen.«

»Der Hausmeister hat uns bereits in die Tiefgarage gelassen. Wir gehen jetzt in die Wohnung. Einen Moment.«

Sekunden verstrichen, in denen Mareike und Ole vielsagende Blicke wechselten. Auf der anderen Seite hörten sie erst Geräusche, dann Gemurmel.

»Sie ist nicht da, Herr Harling.«

»Alles klar.«

Ole zog die Augenbrauen zusammen, legte Daumen und Zeigefinger an seinen Nasenrücken und sammelte sich. Mareike berichtete der Staatsanwältin. Sie nickte ihm zu und bestätigte mit einer Geste.

»Durchsuchen Sie die Wohnung«, gab er seine Befehle durch. »Suchen Sie Hinweise auf einen Aufenthaltsort. Schauen Sie nach allem, was wichtig sein könnte und halten Sie mich auf dem Laufenden. Wir suchen nach möglichen Orten, zu denen sie gebracht worden sein könnte, sollten Sie sie nicht finden.«

Er starrte aus dem Fenster und atmete durch. Dann stand er auf und packte seine Jacke.

»Wir haben keine Zeit.«

31

Ein markerschütternder Schrei drang durch den dunklen Backsteinkeller, der einzig von dem dröhnenden Widerklang der Eisentür zurückgeworfen wurde. Blut rann an Hannas Arm hinab und tropfte zu Boden. Ihr Entführer sah ihr tief in die Augen und drückte sie gegen die steinerne Wand. Kalter Stahl glitt an ihr herab, ohne sie zu schneiden.

Seinem Gesicht war kein Vergnügen anzusehen.

Hanna hatte es erkannt. Sie konnte es nur nicht zuordnen. Gerade war das auch egal. Sie wollte hier raus. Aber wie?

Seine kalten, gefühllosen Augen fixierten die ihren aus einer Armeslänge Entfernung. Ungerührt starrte er sie an. Hanna versuchte, seinen Blick zu erwidern. Sie musste auf ihn eingehen. Ihn davon abhalten, was er mit ihr vorhatte. Ihr zitternder Atem verriet die Angst, die durch all ihre Poren drang und glänzende Schweißflecken auf ihrer Stirn hinterließ. Ihre Bluse klebte dreckig und nassgeschwitzt an ihrem Körper. Ihren Mantel hatte ihr Entführer fein säuberlich über einen Stuhl drapiert, der in einer Ecke des kleinen Kellerraumes stand. Der ganze Raum zeugte von einer verquer perversen Ordnung.

»Gefällt es dir hier?«, fragte er grinsend, als er Hannas Blick registrierte.

Nichts an seiner Mimik drang bis in seine Augen vor. Was war es, was ihn antrieb? Hanna versuchte gar nicht erst, eine Antwort auf diese Frage zu finden. Ihre aufgeplatzten Lippen pulsierten vor Schmerz unter dem festgezurrten Knebel. Eisenhaltiges Blut durchdrang ihre Geschmacksnerven und der Staub des Kellers, der allgegenwärtig in der Luft zu hängen schien, erschwerte das Atmen durch die Nase erheblich. Hanna schnaufte.

»Mach dir keine Sorgen. Du wirst noch eine Weile bleiben.«

Er kam so nahe, dass sie seinen Atem roch. Dann riss er wahnhaft die Augen auf.

»Ich möchte es endlich sehen. Zeig es mir.«

Im Einklang mit dem letzten Wort zog er langsam die Klinge des Fleischmessers über ihr Brustbein. Hanna schrie. Der Schnitt brannte wie die Hölle. Blut breitete sich auf ihr aus. Stechen und blutige Striemen erinnerten sie schmerzhaft daran, dass ihre Arme mit Stacheldraht umwickelt nach oben gebunden waren.

Der junge Mann mit den schwarzen Augen lachte leer und widerhallend über Hannas Bemühungen.

»Bleib ruhig. Ich möchte nicht ausrutschen.«

Hanna brüllte und fluchte in den Knebel. Anderes blieb ihr nicht übrig. Langsam veränderte sie ihre Sitzposition und schob sich auf die Knie. Sie spannte ihre Beinmuskeln an und gab ihren Armen etwas Erleichterung. Das wahnsinnige Gesicht glotzte unverhohlen an ihr herab.

»Du glaubst, das hier wäre schlimm, oder? Du glaubst, du wärest hier in einer Art Todesfalle. Aber weißt du«, er sah sich um, als müsste er das Gespräch geheim halten und beugte sich erneut zu ihr herab, »dein Leben ist bereits eine Todesfalle, Hanna. Am Ende jeden Lebens ist der Tod. Wenn du das wahrhaftig erkannt hast, fühlst du dich sehr viel freier.«

Hanna biss auf den Knebel. Versuchte Pein, Angst und Wut darin zu versenken.

»Und mal im Ernst«, sagte er in süffisantem Ton. »Deine Kinder sind weg. Dein Job ist scheiße und dein Mann hasst dich. Er hat dich nie geliebt, weißt du.«

Hanna starrte ihn überrascht an. Wie lange hatte er sie beobachtet? Sie wollte sich gar nicht ausmalen, an wie vielen Orten sie ihrem Tagewerk nachgegangen war, ohne den Schatten in ihrem Nacken zu bemerken. Wie oft er ihr vielleicht zugesehen hatte, wenn sie Einkaufen war oder mit ihrer Familie Zeit auf Ausflügen verbracht hatte. Sie atmete schwer durch die Nase und ließ den Kopf auf die Brust sinken.

»Alles, was du heute erlebst, solltest du als intensiven und erhellenden Moment wahrnehmen. Es werden deine letzten Minuten sein, weißt du?«

Als wäre er ihr eine Erklärung schuldig, setzte er erneut an: »Durch dich werde ich in die Tiefen des Himmels blicken. Aber das verstehst du nicht.«

Er drehte sich um, schlenderte zu dem kleinen Holztisch mit dem Aluminiumtablett hinüber und warf das Fleischermesser mit einem lauten Platschen in den mit Wasser gefüllten Eimer.

»Du kannst es nicht verstehen. Dein Leben ist oberflächlich.«

Die schwarzen Augen wanderten über seine blutigen Finger. Dann rieb er sich mit einem Handtuch die Hände ab.

»Manche schneiden sich mit den eigenen Messern, weißt du? Man unterschätzt völlig, wie schnell das geht. Es ist nicht wie Wasser. Blut ist viel rutschiger.«

Hanna röchelte und hustete, versuchte, sich auf den Knien zu halten. Über ihr polterte es leise.

Ihr Entführer summte ein Lied und begutachtete seine Werkzeuge. Hanna drehte mühsam den Kopf nach oben und starrte zu dem Balken, an dem der Stacheldraht befestigt war. Sie biss in den Knebel, packte den Draht mit den Fingern und zog.

Der kurze Holzbalken, der knapp eine Hand breit aus der Wand ragte, wackelte und erzeugte ein dumpfes Knirschen. Eine Spur aus Steinchen und Staub rieselte auf Hanna herab. Sie stöhnte. Eiserne Stachel bohrten sich in ihr Fleisch. Übelkeit stieg in ihr auf, als sie von der beißenden Welle, die ihren Kopf erreichte, davongespült wurde.

Ihr Folterer drehte sich erbost um.

Unfreiwillig verdrehte sie die Augen. Erbrochenes schoss hervor, quetschte sich zwischen Lippen und Knebel hindurch, füllte ihre Mundhöhle, ihre Nase und machte ihr das Atmen unmöglich.

Er sprang fluchend auf sie zu und packte ihren Haarschopf.

»Was machst du da?«

Wütend riss er ihren Kopf nach vorne, drückte ihn hinunter und wartete. Ihr Körper bebte. Dann löste er den Knebel. Das Geschirrtuch fiel Hanna in den Schoß. Ihr Mageninhalt schoss aus dem gefüllten Mund hervor und klatschte auf Beine und Boden.

Sie keuchte und sog die rettende Luft ein. Ein langes, kratziges Husten bestrafte ihren Bemühungen. Dann drehte sie ihre Handgelenke um den Stacheldraht und versuchte, die Spitzen des Drahts zwischen ihren Fingern zu halten. Ihre Schultern schrien auf, doch zog sie sich in eine stabilere Haltung. Ewig würde sie so nicht bleiben können.

»Setz dich ordentlich hin, dann schmerzt es nicht so.«

Seine Worte hatten einen merkwürdig sorgenden Unterton. Hanna spürte den unnahbaren Blick auf sich ruhen. Ihre Augen verweilten auf ihrem besudelten Schoß.

»Mein Name ist Jonathan. Du weißt wirklich nicht, wer ich bin, oder?«,

Er schlurfte zurück zum Tisch.

»Dabei sind wir uns begegnet!«

Er ging die Messer durch. Begutachtete die Klingen, wechselte sie, wog sie in seinen Händen und schien sich nicht entscheiden zu können.

»Du widerliches Schwein«, fluchte Hanna erschöpft und spuckte den Rest Galle zu Boden. »Was hast du mit Roland gemacht?«

Ihre Worte glichen einem Krächzen. Ihr Hals war trocken und die Stimme rau.

»Mein Name ist Jonathan. Noch einmal. Nicht Schwein.«

Er griff in den Wassereimer, in den er das Fleischermesser geworfen hatte, und holte eine tropfende Wasserflasche daraus hervor.

Langsam schraubte er sie auf und ging auf Hanna zu.

»Trink.«

Sie schleuderte ihm einen hasserfüllten Blick entgegen. Er zuckte zurück. Nach kurzem Zögern verzogen sich seine Lippen zu einem Lächeln. Dann stellte er die Flasche auf den Boden.

»Du bist angriffslustig«, sagte er leise. »Das mag ich.«

»Was hast du mit meinem Freund gemacht?«

»Na das, was ich auch mit dir machen werde. Ich habe mir viel Zeit für ihn genommen.« Er seufzte theatralisch. »Aber es war langweilig. Ich musste ihm Pillen geben.«

Tränen rollten Hanna über das geschundene Gesicht. Ihre Lippen vibrierten. Er war tot. Er hatte ihren besten Freund umgebracht. Ihren Einzigen. Sie schluchzte und ließ weinend den Kopf hängen, als sich der Gedanke langsam zu einer Tatsache manifestierte.

»Lass mich gehen«, flehte sie. »Bitte.«

Jonathan knirschte mit den Zähnen und wippte ungeduldig auf den Füßen.

»Doch wie die anderen«, wisperte er enttäuscht.

Diesmal griff er voller Selbstbewusstsein nach einem Rasiermesser, klappte es auf und lächelte zufrieden. Hanna sah sein Gesicht durch den Tränenschleier und wusste, dass er sie nicht ziehen lassen würde.

Es war nicht so, als wäre ihr diese Tatsache nicht schon vorher bewusst gewesen. Die Einsicht traf sie trotzdem wie ein Schlag in die Magengrube. Egal, was passieren würde. Er würde sie nicht entkommen lassen. Gleichgültig, was er vorhatte. Am Ende würde er sie töten. Sie würde ihre Kinder nicht wieder sehen. Nicht mitbekommen, wie sie alt wurden.

Sie wand sich in ihrem Gefängnis. Der Draht knirschte und riss an Hannas Haut. Die Ketten an ihren Beinen rasselten über den Boden. Sie schrie nach Hilfe, bis ihre Kraft nachließ und nur ein wimmernder Haufen von ihr übrig war.

Lächelnd sah Jonathan auf sie herab.

»Hast du dich beruhigt?«, fragte er leise.

Er ging wenige Zentimeter vor ihr in die Hocke. Hanna hätte ihm das unechte Lächeln gerne eigenhändig aus dem Gesicht geprügelt. Dann zog Jonathan das Rasiermesser an ihren Rippen entlang. Haut und Fleisch öffneten sich. Ihre Seite tränkte sich mit ihrem Blut. Schock und Schmerz ließen sie jeglichen Stolz vergessen. Sie schrie vor Qual.

»Hör auf«, brüllte Hanna. »Was soll ich tun?«

Die Worte schossen nur so aus ihr hervor. Jonathan senkte die Klinge herab und schnitt über ihren Oberschenkel. Die Wunde war nicht tief, aber ausreichend. Hanna sehnte sich das Ende der Tortur herbei. Egal welches.

Berauscht sprang ihr Entführer auf und warf das Messer in den Wassereimer. Er war fanatisch. In einer anderen Welt. Mit brutaler Härte packte er Hannas Kopf mit seinen Händen, presste seine Finger fest gegen ihren Schädel und starrte sie mit unbändigem Feuer im Blick an. Er sah ihr tief in die vor Schmerzen zuckenden Augen.

»Du siehst es schon, oder?«, brüllte er und leckte sich über seine Lippen. »Verstehst du es? Hast du das schon einmal gefühlt? Fühlst du das?«

Seine Stimme überschlug sich. Dann lachte er sein hohles Lachen, ließ Hannas Kopf los und wendete sich seiner Pinnwand zu.

Starr vor Entsetzen folgte sie ihm mit ihren Augen.

Aufgeregt packte Jonathan ein Skalpell und starrte es ehrfürchtig an. Der Schweiß auf seiner Stirn glänzte im flackernden Licht der Laterne.

»Bitte«, brachte Hanna leise hervor und hob ihren Blick. »Sag mir, wer du bist. Was willst du? Was kann ich dir geben?«

Ihr Versuch scheiterte, als eine zweite Stimme die Stille durchbrach.

»Das ist Edgar, zumindest hieß er früher so. Heute kennt man ihn unter dem Namen Jonathan.«

Hannas Blick schwang zu der Tür um, die sich einen Spalt breit geöffnet hatte.

Ist das?!

Jonathan legte das Skalpell beiseite und folgte Hannas Blick.

Durch den halbdunklen Schatten betrat ein schlanker, männlicher Schemen das Gewölbe.

Hanna kniff die Augen zusammen. Und keuchte ungläubig auf.

Sie japste nach Luft, als wäre sie erneut geschlagen worden. Sie hatte es nicht wahrhaben wollen, dabei kannte sie ihn besser als jeden anderen.

Die Gestalt trat ins Licht. »Hallo Hanna.«

Dann zog David die Tür hinter sich zu.

32

David hatte es sich auf der Terrasse gemütlich gemacht. Die Sonne wärmte sein Gesicht, während er seine Füße auf den gegenüberliegenden Gartenstuhl gelegt hatte. Auf seinem Schoß lag ein aufgeklappter Laptop, an dem er für eine Veröffentlichung schrieb. Er arbeitete seit über einem Jahr an dieser Abhandlung und freute sich, dass er sie bald würde abschließen können.

Er griff zu dem Kaffee, der warm und mit Milchschaum verziert auf dem hübsch dekorierten Gartentisch bereitstand. Mit einem genüsslichen Schluck und einem Seufzer der Wohltat sah er sich im Garten um. Er hatte viel Platz. Das Grundstück war nicht riesig, aber groß genug, um es sich angenehm zu machen und den Kindern eine tolle Atmosphäre zu bieten.

Sara und Emil spielten im Baumhaus und durch die geschlossene Umzäunung, die sein Grundstück von dem der Nachbarn abtrennte, drang kein Geräusch zu ihnen herüber. Die Anlieger dieser Gegend waren unauffällig, was David nur zugutekam. So konnte er Entspannung und Arbeit ins Gleichgewicht bringen.

Der Herbsttag fühlte sich an, als würde er sich im Frühsommer ansiedeln wollen. Weder war es zu heiß noch zu kalt und positive Gedanken machten sich in ihm breit.

Er war fast zufrieden mit dem, was er bisher erreicht hatte. Sein gesellschaftlicher Aufstieg, seine eigene Praxis und die Familie liefen in den Bahnen, die er sich für Ende dreißig gewünscht hatte. Die Scheidung war lange genug her, um ihn nicht mehr zu tangieren. Er konnte sich bald eine neue Frau zulegen, dachte er sich und kräuselte nachdenklich den Mund. Vielleicht würde er diesmal eine wählen, die etwas ruhiger und kalkulierter war als Hanna. Ihre emotionalen Seiten waren gut und einfach zu steuern gewesen, standen ihm am Ende aber leider viel mehr im Weg, als sie ihm von Nutzen hatten sein können. Letztendlich hätte sie ihm nur geschadet.

Alles war richtig gelaufen, entschied er zufrieden. Die *perfekten* Kinder waren ein Aushängeschild für den Erfolg, der ihn in der Zukunft erwartete. Er würde dafür sorgen.

Bei diesem Gedanken breitete sich ein Lächeln auf seinem Gesicht aus. Er tippte noch einige Worte in sein geöffnetes Dokument, stellte den Laptop ab, klappte ihn zu und machte sich auf den Weg ins Haus. Den modernen Bau hatte er mit Hanna erworben, um ihrer gemeinsamen Familie genug Wohnraum zu bieten.

Auch Leonie war jeden Tag im Haus und konnte bei Bedarf im Gästezimmer übernachten. David war dankbar für das Kindermädchen, das sich ausgesprochen gut um den Haushalt und die Bedürfnisse der Kinder kümmerte. Sara und Emil murrten hier und da, doch das erreichte ihn nicht. Warum auch? Sie liebten Leonie. Außerdem hatten die beiden alles, was sie sich wünschen konnten. Im Gegensatz zu ihm würden sie ihre Jugend nicht in einer lächerlichen Hütte der unteren Mittelschicht erleben.

David verachtete seine Eltern dafür, dass sie nicht mehr auf die Beine gestellt hatten als den unterdurchschnittlichen Mist, den sie ihm geboten hatten. Anstatt mit seinen Freunden Zeit zu verbringen, hatte er den Haushalt geschmissen, damit seine Eltern genug davon für ihre miserabel bezahlten Jobs hatten. Schon damals arbeitete er darauf hin, dass er sich ein anderes Leben aufbauen würde. Koste es, was es wolle.

Nachdem sein Vater an Blutkrebs verreckt war, hatte seine Mutter aufgegeben. Er hatte sie in eine psychiatrische Klinik einweisen lassen, in der sie bis heute vor sich hin moderte. So würde David sich niemals dem Leben ergeben. Seine Kinder würden nicht zu solchen Verlierern erzogen werden.

Er durchschritt die aufgeschobene Glastür und machte es sich in einem weißen Sessel gemütlich, den er sich vor wenigen Monaten geleistet hatte. Dann prüfte er seine Mitteilungen.

Wie jeden Tag war eine Nachricht von *ihm* auf dem Display. Er bezeichnete sich als sein *Lover*. David mochte diese Bezeichnung nicht. Es implizierte, dass man Gefühle für jemanden empfand. Das tat er nicht. Für ihn war diese Verbindung ein wichtiges Bauteil des Konstruktes, das er sich seit vielen Jahren mühevoll errichtet hatte.

Er tippte eine Antwort und begab sich in die Küche. Als er gerade dabei war, die Marmelade auf dem kantenlosen Toast zu verteilen, hallte die elektronische Türglocke durch das Haus. Er legte das Streichmesser beiseite. Es klingelte wieder an der Tür.

»Moment!«, rief David durch den Flur.

Er wusch sich die Hände und trocknete sie hastig ab. Wieder klingelte es.

Was soll das?!

Das letzte Klingeln fand so lange kein Ende, bis er die Tür erreicht hatte.

»Moment, habe ich gesagt!«

Zornig riss er die Tür auf. Durch das Milchglasfenster hatte er eine Silhouette erahnt. Hanna sah über die Stufen wütend zu ihm auf, nahm den Finger von der Klingel und richtete ihn auf David. Sofort bombardierte sie ihn mit Worten.

»Du willst mir also meine Kinder wegnehmen?«

Mit einem Blick an ihrem Ex-Mann vorbei senkte sie ihre Stimme.

»Hast du mir nicht schon genug angetan? Die Sachen, die sie sagen, wenn sie bei mir sind. Was soll das? Erklär es mir!«

David begutachtete Hanna von oben bis unten. Ihr Haar schien durcheinander, ihre Kleidung nicht so ordentlich, wie er es von ihr gewohnt war. Ihre Augen waren feucht von Tränen der Wut.

»Jetzt beruhigst du dich erst mal. Die Kinder müssen das nicht hören.«

Auch wenn die Ermahnung nicht notwendig war, versuchte er das Gespräch umzudrehen.

»Ich will sie dir nicht wegnehmen, aber dein Verhalten wirkt auf mich zurzeit sehr auffällig. Es ist nur natürlich, dass es dir mit der…«

»Sei jetzt ruhig und hör sofort auf, mich zu analysieren!«, zischte sie etwas lauter. »Halt einfach mal kurz die Klappe und halte dich an den Beschluss, der getroffen wurde! Du hast schon genug Lügen über mich verbreitet. Meine Freunde reden nicht einmal mehr mit mir. *Meine* Freunde!«

»Ich kann nichts dafür, dass sie die gleichen Merkmale an dir erkannt haben, wie ich, Hanna. Sie …«

»Einen Scheiß haben sie erkannt! Du hast ihnen das alles eingetrichtert, du Widerling, und jetzt versuchst du das gleiche mit den Kindern! Hör auf damit!«

Die letzten Worte kamen wie Peitschenhiebe aus ihrem Mund. Verzweiflung schwang in ihrer zitternden Stimme mit. Es fehlte nicht mehr viel und sie würde weinen. Er kannte Hanna.

»Beleidige mich ruhig weiter, es wird sicher unserem Verhältnis und damit dem zu unseren Kindern helfen.«

Sie waren ihr wunder Punkt. Wie wahrscheinlich bei jeder Mutter. Er hatte sie damit im Griff und würde diesen Vorteil nicht aus der Hand geben.

»David, ich sag's dir«, sie zeigte auf seine Brust, »wenn du mir die

Kinder nimmst, dann mache ich dich fertig. Ich habe immer den Mund gehalten, wenn du irgendein krummes Zeug abgezogen hast, aber damit wird Schluss sein. Was meinst du denn, wird das Finanzamt tun, wenn ich mal mit dem Finger auf dich zeige?«

Er wollte etwas erwidern, doch Hanna sprach weiter. Unbändiger Zorn kochte in seinen Adern. Seine Hände verkrampften sich zu Fäusten. Vor seinem geistigen Auge packte er ihren Kopf und rammte ihn bis zur Unkenntlichkeit gegen die Hauswand, um Hanna ihr dummes, unangebrachtes Selbstbewusstsein aus dem Gesicht zu schlagen. Niemand drohte ihm. Niemand.

»Oder wollen wir damit anfangen, dass ich oft genug ein paar Medikamente bei dir gefunden habe, die du garantiert nicht in deinem Keller hättest aufbewahren dürfen?«

Das überraschte David. Er hob die Hand und setzte ein Lächeln auf.

»Ich glaube nicht, dass du unseren Kindern so sehr schaden möchtest, Hanna.«

In seinem Rücken vernahm er das Knarren einer Diele. David erkannte dieses Geräusch. Das Kindermädchen hatte sich im oberen Stock genähert und war auf dem Treppenabsatz stehen geblieben. Er begrüßte ihre Neugier und freute sich über die Zuschauerin.

»Du kannst mir drohen, so viel du willst. Wenn du das nächste Mal herkommst, solltest du besser nüchtern sein, damit wir wie erwachsene Menschen miteinander sprechen können.«

»Ich bin nicht …«, versuchte sie, ihm ins Wort zu fallen.

Er unterbrach ihren Versuch mit einer abschneidenden Geste. Ihr Selbstbewusstsein schien vor seinen Augen zu bröckeln. Er war der Einzige, der dazu im Stande war, sie so aus dem Konzept zu bringen. Das wusste er. Sie war sein Spielball. David sprach leiser weiter, aber laut genug, um bis oben zu hören zu sein.

»Deine Aggression, die du hier an den Tag legst, und dein Konsumverhalten sind absolut inakzeptabel. Was passiert, wenn die Kinder dich so sehen?«

»Hör auf, mir sowas in den Mund zu legen, ich bin nicht betrunken! Du sollst einfach aufhören, meine Kinder von mir zu entfremden.«

Sie schluckte und machte einen Schritt zurück auf den Gehweg, der zum Eingang des Hauses führte.

»Dann werden wir das hinbekommen«, sagte sie kraftlos. »Aber wenn du so weiter machst, werde ich den Mund aufmachen, David. Dann ist Schluss.« Ihre Drohung war nicht mehr als ein Wispern.

»Nein, jetzt hörst du mir zu«, erwiderte er wieder lauter. »Du gehst jetzt und wir klären das später. Ich kann dieses Verhalten nicht vor den Kindern dulden.«

Er warf die Tür vor Hanna zu. Diese Chance würde er ihr nicht geben. Mit einem Seufzen lehnte er sich gegen die Tür und sah sich um. Es klingelte an der Tür. Er ignorierte es, setzte sich auf den danebenstehenden Schemel und legte das Gesicht in die Hände.

»Alles in Ordnung, Herr Kern?«, ertönte die Stimme des Kindermädchens von der obersten Stufe der Treppe. Zaghaft sah sie zu David herab, der einen erschrockenen Blick zu ihr hinaufwarf.

»Ja, alles ist okay. Meine Ex-Frau stand gerade vor der Tür. Total betrunken. Ich weiß langsam nicht mehr, was ich machen soll.«

Mit einem tiefen Seufzen stand er auf und ließ den Kopf hängen.

»Ich versuche alles, damit es ihr und den Kindern gut geht, verstehen Sie? Aber manchmal ist das halt nicht mehr genug. Ich glaube ernsthaft, dass sie Hilfe braucht«

Er baute eine Pause ein und wischte imaginäre Tränen weg.

»Sorry, ich wollte Sie damit nicht belästigen. Die Kinder sind im Garten.«

»Nein, schon gut, Sie belästigen mich damit ja nicht. Ich verstehe, dass sie das belastet.«

Sie kam die Treppe herunter und strich David sachte über den Oberarm. Er hatte Leonie direkt nach der Trennung eingestellt. Sie kam gut mit den Kindern und dem Haushalt zurecht und ließ eine professionelle Distanz walten. Er mochte sie. Das Kindermädchen war durchaus hübsch und es gab Momente, in denen er überlegt hatte, dem Klischee nachzugeben, und sie abends zu einem Wein einzuladen. Leider war sie verheiratet.

Er konnte keinen Ärger gebrauchen und verhielt sich ihr gegenüber ebenfalls freundlich, aber distanziert. Die kleine Berührung am Arm war für sie eine große Geste gewesen. David wusste ihre Bemühungen zu schätzen. Er freute sich, dass sie die Situation so aufnahm, wie er es beabsichtigt hatte.

»Nein, ehrlich, schon gut.« Er winkte ab. »Es ist nicht immer leicht mit der Scheidung und den Kindern, aber das muss ich ja nicht an Ihnen auslassen. Vielleicht sollte ich mal mit jemandem über Hanna reden. Meinen Sie, das würde helfen?«

»Ja, vielleicht sollten Sie wirklich etwas strenger vorgehen, Herr Kern. Sie sind immer so zuvorkommend. Am Ende geht es doch aber um das Wohl der Kinder. Ich gehe Ihnen einen Tee aufsetzen und dann in den Garten.«

Sie schenkte ihm ein aufmunterndes Lächeln.

Er nickte zaghaft. »Ich danke Ihnen, Sie sind wirklich ein Schatz! Ich denke darüber nach.«

Als Leonie sich durch den Flur in die Küche zurückzog, verschwand der leidige Ausdruck aus David Kerns Gesicht. Diese *Hure* hatte es gewagt, ihm zu drohen. Seine Existenz zu gefährden. Sie wusste doch, dass sie nie eine Chance gegen ihn hatte. Hass durchströmte seine Adern. Er begrüßte ihn wie einen alten Freund.

David wusste, was zu tun war. Die Frau, die viel zu lange an seiner Seite war, gefährdete seinen Status. Das hatte er ihr bereits einmal vergeben. Noch einmal würde er sie nicht damit durchkommen lassen.

Allen Frauen, die das gewagt hatten, hatte er nie eine zweite Chance eingeräumt. Nun hatte sie die ihre verspielt. Sie wollte ihn zerstören. Er spürte, dass es darauf hinauslaufen würde. In diesem Spiel jedoch war er besser als Hanna.

Er ging die Treppen hinauf, zog das Handy aus der Tasche, durchquerte den Flur und sein Schlafzimmer und setzte sich auf den kleinen Balkon, auf dem er einen guten Blick über den Garten hatte.

»Du hast mich dazu getrieben«, raunte David leise.

Er öffnete sein Handy.

»Ich mache dir ein Geschenk, mein Herz. Das persönlichste von ihnen. Freu dich drauf. Heute Abend 20:00 im Keller.«

Ein Daumen nach oben und ein *Herz*-Emoji beantworteten seine Nachricht. David steckte das Handy in die Hosentasche, lehnte sich auf das Geländer und sah zu Sara und Emil herab. Leonie hatte es sich auf der Terrasse gemütlich gemacht und spornte die Kinder bei ihrem Spiel an. Die beiden hatte viele glückliche Jahre erlebt und würden es verkraften, wenn sie ihre Mutter nicht mehr sehen würden. Ohne Frage würden sie traurig sein, aber niemand war daran schuld, wenn Hanna sich entschied, abzutauchen.

Der Stein war ins Rollen gebracht. David würde vorsichtig sein. Er war näher am Geschehen als sonst. Bei den anderen Frauen wäre niemals jemand auf die Idee gekommen, dass er etwas mit ihrem Verschwinden zu tun hatte. In diesem Fall würde er sein ganz persönliches Spiel spielen. Hanna würde das, was sie ihm antun wollte, am eigenen Leib erfahren. Und er durfte sich zurücklehnen und an der Show gütlich tun. Ein verächtliches Lächeln entstellte sein Gesicht zu einer kalten Grimasse. Er würde es genießen.

33

»Ich … verstehe nicht«, stotterte Hanna.

»Natürlich verstehst du es nicht. Du hast noch nie besonders viel verstanden«, sagte David amüsiert.

Es schien ihn nicht im Geringsten zu interessieren, dass die Frau, mit der er Jahre seines Lebens verbracht hatte, blutend vor ihm hing. Hanna wusste nicht, was sie sagen sollte. Apathisch folgte sie den Schritten ihres Ex-Mannes, der durch den kleinen Raum zu Jonathan schlenderte. Sachte hob er die Hand und legte sie seinem Partner auf die Wange.

»Wie geht es dir, mein Herz? Fühlst du dich wohl? Freust du dich über mein Geschenk?«

»Was?«, keuchte Hanna.

Die beiden Männer ignorierten sie.

»Es ist toll! Die Warterei hat mich aber etwas madig gemacht.«

David sah sich im Raum um, als wäre Hanna gar nicht da. Entsetzen fuhr wie eine Lawine durch ihre Adern. Eis wurde zu Feuer. Fassungslosigkeit wurde zu Wut, die so heftig in ihr brandete, wie das Meer, das versuchte, einen Leuchtturm zu verschlingen.

»Du widerlicher, kranker Mensch. Du ekelhaftes Stück Dreck!«, entfuhr es ihr.

David drehte seinen Kopf zu Hanna. Dann breiteten sich seine Lippen zu einem Grinsen aus.

»Warum denn so rüde? Findest du das nicht unangebracht dem Vater deiner Kinder gegenüber?«

»Ich bringe dich um«, sagte Hanna leise.

Ihre Stimme bebte.

»Du wirst was? Mich umbringen?«

Er lachte. Ein Lachen, so kalt, dass ein Schauer sich auf ihrem Rücken ausbreitete.

»Du bist in einer deutlich schlechten Lage, um solche Worte loszulassen, meine Liebe. Schau dich an.«

Er verschränkte die Arme, lehnte sich mit dem Rücken an das Gemäuer neben der Korkwand und sah belustigt zwischen dem Tisch, der Vorrichtung über ihr und Hanna hin und her.

»Es wird wohl nicht mehr lange dauern. Du scheinst Blut zu verlieren.« Er kam zu ihr. »Jetzt verstehe ich auch das Delirium, aus dem du sprichst«, witzelte er.

Jedes Wort, mit dem er Hanna bedachte, trieb ihre Wut an. Anstatt zu brüllen, wurde sie still.

Jonathan drehte sich um und zog Fleischer- und Rasiermesser aus dem Eimer. »Sie ist toll! Ich weiß es zu schätzen, dass du sie mir anvertraust.«

David hielt den Blick auf Hanna gerichtet und sah sie mit einem gewinnenden Grinsen an. Es unterschied sich nicht groß von dem Gesicht, das er aufsetzte, wenn er in einem Brettspiel über sie triumphiert hatte.

»Du bist ein Psychopath«, hauchte sie. »Ich werde dir nicht unsere Kinder überlassen.« Hanna sprach leise, auch wenn sie kurz davor war, zu explodieren. Was würde es ihr helfen? Als David den Raum betreten hatte, hatte das ihre Folter für einen Moment unterbrochen. Doch es brachte noch etwas mit sich. Die Wut erfüllte sie mit neuer Kraft.

»Es wird dir nichts anderes übrigbleiben. Jonathan wird es heute zu Ende bringen. Du hättest dir überlegen sollen, ob du mir drohst, Hanna. Das war nicht besonders klug.«

Er zeigte auf die Zeitungsartikel an der Pinnwand.

»Die letzten, die mir drohten, naja …«

Sie folgte dem Fingerzeig und richtete ihren Blick auf Jonathan. Er drehte sich zu ihr, wirkte konzentriert. Das Skalpell lag in seiner Hand. Schon der Anblick des scharfen Werkzeugs hätte Hanna in Panik versetzen müssen. Doch ihre Angst war verschwunden. Sie hatte etwas anderem Platz gemacht, von dem sie nicht gewusst hatte, dass sie es in sich trug. Sie biss die Zähne zusammen und betrachtete ihn in Ruhe.

»Du bist bei ihm in Behandlung. Du bist sein verfluchter Patient.«

Sie wandte sich ihrem Ex-Mann zu.

»Ich habe ihn gesehen, als ich dir dein Essen zur Arbeit gebracht habe. Und einmal habe ich dich abgeholt aus der Praxis. Ich hatte mich gewundert, dass dein Patient dich zur Verabschiedung umarmt. Du hast mir irgendeinen Mist erzählt.«

»Jetzt quatsch hier nicht so rum«, erwiderte er.

Sein Blick verwandelte sich in eine verächtliche Fratze.

Jonathan sah zwischen den beiden hin und her. Die Situation schien ihm Unbehagen zu bereiten.

»Edgar«, sie korrigierte sich, »Jonathan, er spielt nur mit dir. Er manipuliert Menschen. Das ist das, was ihn …«

»Halt deine verfluchte Fresse!«, brüllte David und stürzte mit drohendem Finger auf sie zu.

»Hör zu!«, rief sie.

Eine heftige Ohrfeige warf Hannas Kopf zur Seite.

David spuckte vor ihr auf den Boden.

»Du wirst keinen Keil zwischen uns treiben, du verdorbenes Weibsstück. Jonathan weiß, was das Beste für ihn ist. Ich habe ihn befreit.«

Vor Wut bebend, zeigte er mit dem Zeigefinger auf sich.

Sein Schlag hatte brennendes Feuer auf Hannas Wange hinterlassen. Ihr Ohr klingelte. Sie drehte den Kopf zu ihrem Ex-Mann.

Ihr Entführer stand hinter ihm. Mit dem Skalpell in der Hand. Er setzte an, etwas zu sagen, unterließ es dann jedoch.

»Dank mir kann er sich endlich dem widmen, was er sich wünscht. Die Gesellschaft verachtet ihn, hat ihn weggesperrt. Ich aber helfe ihm, seine wahres Ich zu finden und zu entfalten. Das gehört zum Heilungsprozess der Seele. Er wird glücklich sein.«

Während er leise wurde, wendete er sich seinem Patienten zu und legte ihm streichelnd die Hand auf die Schulter. Dann drehte er sich erneut seiner Ex-Frau zu.

»Du hast es zu weit getrieben. Ich habe mir alles alleine aufbauen müssen. Alleine! Durch wie viel Kram musste ich dich durchtragen, damit du ihn bewältigst? Ohne mich warst du nichts und jetzt bist du es wieder.«

Sein Gesicht war von Hass verzerrt.

»Glaube nicht, dass du mir drohen kannst. Oder dass eine deiner lächerlichen Drohungen hätte fruchten können. Ich bin dir in allem überlegen, was du versuchst. In allem!«

Er deutete auf den Raum.

»Du wolltest mir meinen Stolz und meine Karriere nehmen? Nun weißt du, wie das ist. Ich habe es genossen, dabei zuzusehen, du ekelhafte Säuferin.«

Ein spitzes Lachen.

»Es war so einfach. Du willst die Kinder? Jetzt hast du sie verloren. Sie werden nicht traurig sein, wenn ihre versoffene, gemeingefährliche Mutter abhaut und nicht mehr zurückkehrt.«

Langsam trat er zur Tür zurück.

Hanna erkannte ihn nicht wieder. Wo hatte er diese Seite versteckt? Ihr waren Momente aufgefallen, in denen er bedacht und kalkuliert vorgegangen war. Es mag sogar manipulativ gewesen sein, was zum Ende ihrer Ehe und während des Scheidungsprozesses deutlich hervorgetreten war. Aber das?

»Du widerst mich an«, sagte er leise und sah auf sie herab. »Schau dich an. Wie du da hängst! Dein Leben, deine Eltern, deine Kinder. Nichts von dem hast du verdient. Du bist wertlos. Du bist nichts.«

Die Worte prasselten wie Schläge auf sie ein.

Sie reagierte nicht und sah zu Jonathan.

»Schau mich gefälligst an, wenn ich mit dir rede!«, brüllte David.

Sie zuckte zusammen. Trotzig verweilte sie mit ihrem Blick auf dem gelenkten Psychopathen.

Der sah wie ein kleiner Junge drein und schluckte. Wie ein Kind, dessen Eltern stritten. Ein einsamer Bursche, der nicht wusste, was er tun sollte. Er stand hilflos in der Ecke, während die Erwachsenen ein Wortgefecht austrugen.

»Du willst nicht?«, fragte David mit drohendem Unterton. »Soll mir recht sein.«

Er wandte sich an Jonathan und nickte in Hannas Richtung. Seine Stimme war kalt und unnachgiebig.

»Bring die Hure um. Zieh dein Ding durch und danach geh vor, wie besprochen. Ich warte vorne auf dich.«

Er öffnete die ächzende Eisenluke. Modriger Geruch erfüllte erneut die Kammer. Hanna nutzte die Chance, um einen Blick durch die Tür zu werfen. Dahinter verlief ein enger Gang, der in Form und Bauweise dem Raum ähnelte, in dem sie sich befand. Er schien in einen weiteren Korridor zu münden, der wesentlich breiter aussah. Ein altes Kellersystem.

Ohne zurückzublicken, ließ David die Tür zufallen und war verschwunden. Ein Tropfen fiel von der Decke herab und landete neben Hanna auf dem kalten Steinboden.

»Soll ich dich Jonathan nennen? Oder Edgar?«

»Jonathan. Auch wenn das keine Rolle mehr spielt.«

Er schritt auf sie zu und hockte sich hin. In seiner Hand hielt er das Skalpell.

»Ist dir klar, dass er dich benutzt?«

Sie versuchte, so sanft wie möglich zu sprechen. Sie konnte David nur mit seinen eigenen Waffen schlagen.

Er schüttelte den Kopf.

»Er liebt mich. Er weiß, wer ich bin und nimmt mich an, wie ich bin. Niemand sonst würde das tun.«

»Er nimmt dich an und erzählt dir schöne Sachen, damit du seine Drecksarbeit machst. Das ist dir –«

Jonathan stieß die Skalpellspitze wütend in Hannas Seite.

Sie schrie gellend auf.

»Halt den Mund!«, brüllte er. »Es reicht!« Der Stich war nicht tief. Doch wieder lief Blut an ihr herab.

Er stach zu. Noch einmal.

Ein Dutzend Mal fuhr die Klinge durch Hannas Haut.

Sie schrie, konnte es nicht unterdrücken.

»So schnell stirbst du nicht. Also stell dich nicht so an.«

Schwer atmend hob er die Plastikflasche vom Boden auf, packte Hannas Gesicht und goss ihr das Wasser in den Rachen.

Sie trank hastig und keuchte, als er das Behältnis absetzte.

Der Stacheldraht hatte ihre Arme aufgerissen. Dunkles Blut rann in dünnen Fäden an ihr herab. Es blieb keine Zeit mehr.

»Du wolltest uns alles wegnehmen. Das ist der Grund, warum du hier bist. Das ist dir klar, oder? Ich bin nicht naiv. Ich verstehe, warum David mir dich als Geschenk macht. Doch lehne ich es deswegen ab?«

Er schüttelte den Kopf.

Hanna versuchte, die Augen offen zu halten. Sie besaß kaum die Kraft, auf den Knien zu bleiben, geschweige denn, ihre Arme nicht in den Stacheldraht sinken zu lassen.

»Jonathan.« Die Worte kamen ihr nur zitternd über die Lippen.

»Jonathan, er wird nichts mit dir teilen. David teilt nicht. Verstehst du es nicht? Schau, wo ich bin. Was meinst du, wird er mit dir machen, wenn er dich nicht mehr braucht?«

»Das wird nicht passieren«, erwiderte er kühl und hob das Skalpell. »David liebt mich.«

Hanna setzte ein Kopfschütteln an. »Du bist viel zu gefährlich für ihn. Du machst schlimme Dinge, Jonathan, wirklich schlimme Dinge.«

Sie versuchte, seinen Blick zu fangen, und deutete dann zu der Korkwand.

»Was, wenn jemand die Beweise findet? Es würde alles zerstören, was er sich aufgebaut hat.«

Mit geschlossenen Lidern holte Hanna Luft. Sie schlug sie wieder auf und sah zu ihrem Peiniger, dessen schwarze, unergründliche Augen sie fixierten.

»Du weißt, was mit Menschen passiert, die ihm im Weg stehen.«

Es wurde still. Jonathan hockte vor ihr.

»Komm, mach mich los«, sagte sie sanft.

Er schüttelte den Kopf und machte verwirrt einen Schritt zurück. Mit großer Anstrengung drückte Hanna sich zurück und schob sich in Zeitlupe an der Wand auf die Beine. Ihre zitternden Knie wollten nachgeben.

Atmen. Du musst atmen.

»Mach mich los«, sagte sie streng, in dem Versuch, den kleinen Jungen in ihm anzusprechen.

»Nein«, flüsterte er.

Hanna konnte sehen, wie er seine Fassung verlor.

»Nein!«, brüllte er erneut.

Dann sprang ihr Entführer auf sie zu und rammte ihr das Skalpell in die Seite.

Diesmal war es nicht oberflächlich. Sie schrie vor Schmerz,

als das schlanke Eisenwerkzeug unter ihren Rippen in ihren Körper vordrang.

Instinktiv riss Hanna ihren Kopf nach vorne und erwischte Jonathan mit all der Wucht, die sie aufbringen konnte. Direkt auf den Nasenrücken. Mit einem lauten Knirschen gab der Knochen unter ihrer Stirn nach. Jonathan brüllte auf, taumelte zurück, trat auf die Flasche und fiel krachend zu Boden. Hanna versuchte, ihn zu treten. Die rasselnde Kette an ihren Beinen verhinderte es. Sie hatte sie vergessen.

»Du blödes Miststück!«, kreischte Jonathan und krümmte sich. »Ich bringe dich um!«

Entsetzt biss sie die Zähne zusammen, drehte sich um und schob die gefesselten Beine nach vorne. Dann wickelte sie den Stacheldraht um ihre Hände und zog. Mit aller Kraft, die die Angst in ihr noch entfachen konnten, drückte sie sich mit den Füßen am Mauerwerk ab und zog an dem kurzen Balkenstück, das über ihr aus der Mauer herausragte. Die Stacheln trieben sich in ihre Hände. Hanna sah panisch zu der wackelnden Strebe, die sich Zentimeter um Zentimeter aus der Wand heraus bewegte. Staub rieselte aus dem Loch auf sie herab.

»Komm schon!«, brüllte sie.

»Nein!«

Jonathan sprang auf. Mit ihren letzten Reserven riss Hanna an der Vorrichtung. Dann verlor sie den Halt.

34

Das Holz schoss aus der Vertiefung im Backstein und flog über Hanna hinweg. Der Stacheldraht riss an ihren blutenden Armen. Überrascht stürzte sie rückwärts und krachte gegen ihren Entführer. Gemeinsam gingen sie zu Boden.

Jonathan keuchte auf, fasste sich an den Kopf und mühte sich benommen auf. Mit der Kraft der Verzweiflung befreite Hanna ihre Arme und riss die Drahtstacheln aus ihren Händen. Keuchend zog sie das Skalpell aus ihrer Seite.

Jonathan kam wieder zu sich und fuhr hoch.

Hanna reagierte. Sie sprang vor, griff zu dem großen Küchenmesser auf dem Tisch und brachte es so schnell vor seinen Hals, dass er erstarrte. Das herausgezogene Skalpell lag rot triefend in ihrer Linken.

»Schlüssel!«, fauchte sie.

Der Schock stand ihm ins Gesicht geschrieben. Zitternd wühlte er in seiner Tasche.

»Schlüssel!«, wiederholte sie wütend.

Er reichte ihr einen kleinen Bund. Hanna ließ das Skalpell fallen und griff nach den Schlüsseln. Sie behielt Jonathan im Blick, das Messer eng unterhalb seines Kehlkopfes. Blind und zittrig stocherte sie mit den Schlüsseln in dem Vorhängeschloss herum, bis sie den richtigen gefunden hatte. Das Schloss klickte. Die Ketten fielen rasselnd zu Boden.

Hanna sah ihn an. Er erwiderte ihren Blick.

»Du kommst hier nicht raus«, spuckte er ihr förmlich ins Gesicht.

Sie blinzelte. Und rammte Jonathan das Messer in den Oberschenkel. Er schrie vor Schmerz.

Hanna drückte sich mühevoll über ihm hoch. Sie warf den Schlüssel weg, hob das Skalpell auf und humpelte zu der Eisenluke, deren verrosteten Hebelmechanismus sie ächzend öffnete. Jonathans Schreie überschlugen sich zu einem wütenden Brüllen.

Hanna drohte mit dem erhobenen Seziermesser. »Bleib, wo du bist!«

Sie stieg durch die Luke, riss sie hinter sich zu und setzte einen Schritt vor den anderen. Staub lag in der Luft des alten Gewölbes.

Hanna merkte, wie ihre Gedanken langsamer wurden.

Nicht aufgeben.

Als sie den breiteren Gang erreichte, sah sie sich um. Zur rechten endete er in einer bröckeligen Wand, aus der Wurzeln und schwarze Erde herausschlugen. Auf der anderen Seite bog er in einen Korridor ab. Sie wendete sich nach links und humpelte los.

»Bleib stehen!«

Hanna zog die Luft zwischen den Zähnen ein. Ihr Körper ächzte. Lange würde sie nicht mehr durchhalten.

»Du sollst stehen bleiben!«, hallte es hinter ihr durch die Gänge.

Sie riss sich zusammen und erhöhte ihre Bemühungen, einen Schritt vor den anderen zu setzen. Sand knirschte unter ihren Sohlen. Feuchte Luft erschwerte das Atmen. Im Vorbeigehen packte Hanna einen faustgroßen Stein.

Wo bist du?

Der Gang bog in einen weiteren Raum ein. Die Natur hatte

einen Großteil des Kellers zurückerobert. Dicke, erdige Wurzeln schlugen zwischen Steinbrocken hervor. Ein hüfthoher Erdhügel hatte sich an der gegenüberliegenden Mauer angehäuft. Die Gewölbe mussten weiter reichen als das Gebäude. Unter herunterhängenden Ranken sah Hanna zwei enge Flure. Sie waren knapp hoch genug, um darin stehen zu können.

Sie hatte keine Zeit. Sie musste zurückfinden und bald würde er sie einholen. Mit dem Stein in der einen und dem Skalpell in der anderen Hand stützte sie sich an der Wand ab. Ein vergnügtes Pfeifen hallte hinter ihr. Erschrocken schaute sie über die Schulter. Jonathan war nicht in Sicht. Eine kleine Hoffnung stieg in Hanna auf. Vielleicht würde er den zweiten Weg benutzen.

Es wurde immer dunkler. Nach wenigen Metern und einer weiteren Abbiegung tastete sie sich mit einem Arm durch die Dunkelheit. Waren das Schritte? Ihr Atem rasselte. Stach in ihrer Brust. Sie konzentrierte sich, flach zu atmen. Hatte der Stich ihre Lunge verletzt? Sie kannte sich nicht aus. Aber ihr war bewusst, dass sie diesen Ort schnell hinter sich lassen oder verbluten würde.

Ihre Hand stieß gegen einen metallenen Widerstand. Etwas zu kräftig. Der Aufprall hatte die gleiche Auswirkung wie eine Trommel in stiller Nacht.

»Jonathan?«

Dumpf hörte sie Davids Stimme. Kurz zögerte sie, dann klopfte sie erneut gegen die Luke.

»Jonathan, komm doch einfach rein.«

Es quietschte. Wie in Zeitlupe öffnete sich der Einlass. Licht fiel in Hannas Augen.

»Nein!«, erklang das entfernte Brüllen ihres Verfolgers. »David, nein!«

David stand vor ihr, starrte ins Dunkel und erkannte zu spät, wem er geöffnet hatte. Hanna warf sich mit aller Kraft durch die Tür und riss den Stein in die Höhe.

Sie erwischte ihn direkt am Kopf.

Schwer getroffen torkelte er in den Raum zurück, hielt sich an einem Tisch fest, rutschte an dessen Kante ab und stürzte zu Boden. Seinen Augen war der Schock abzulesen.

»Hanna, ich … überlege, was du tust!«

Sie stieß die Tür zu. Jonathan konnte nicht mehr weit hinter ihr sein. Sie humpelte auf David zu, der zum Schutz beide Hände vor sein Gesicht hielt. Blut lief über die Stirn an seinem Ohr vorbei.

Hanna starrte wortlos auf ihn herab.

Was sollte sie sagen? Und was würde es bringen? Sollte sie ihn fragen, warum er, als ihr offensichtlich psychopathischer Ex-Mann, einen anderen Psychopathen beauftragt hatte, sie zu stalken, zu foltern und zu töten? Einen Psychopathen, den er behandelte, weil er ein *Psychologe mit eigener Praxis* war? Ihr Ex-Mann, der alle in ihrem Umfeld manipuliert hatte, damit sie sie hassen, der ihre Kinder von ihr fernhielt und ihre gesamte Beziehung als Machtspiel gesehen hatte? Was sollte sie jemandem sagen, der einen großen Teil ihres Lebens in eine unechte Lachnummer verwandelt hatte, sie schamlos ausgenutzt hatte und sie wie einen Spielball hatte beseitigen wollen? Gedanken fluteten ihren Kopf. Genau wie die blanke Wut, die in ihr explodierte. Sie hob den Arm.

»Nein, nein!«, brüllte er mit panisch aufgerissenen Augen.

Langsam senkte Hanna den Stein.

»Du Schwein.«, flüsterte sie.

Seine Lippen verwandelten sich in ein gewinnendes Lächeln.

»Hanna, du weißt doch, dass ich dich …«

Der Stein traf seine Schläfe. David krachte mit dem Kopf gegen eines der Tischbeine. Dann sackte er zusammen.

»Das wirst du bereuen.«

Hanna fuhr herum und wäre dabei beinahe selbst gestürzt. Ihre Knie bebten.

Jonathan schob die Tür auf und betrat den Raum. Sein Blick heftete sich auf den Mann, den er für seinen Beschützer hielt. Möglicherweise für seinen Geliebten.

Er fixierte Hanna und ging auf sie zu. Er zog das Bein hinter sich her. Die Stichwunde hatte ihre Spuren hinterlassen. Es klirrte. Hanna sah an sich herunter. Kraftlos hing ihr Arm herab. Blut tropfte aus dem vollgesogenen Stoff auf den Boden. Das Skalpell lag neben ihrem Fuß. Sie hob den Blick. Er wurde trüb.

Nicht jetzt.

Kaum hatte sie den Gedanken gefasst, erwischte Jonathan sie mit einem Fausthieb. Schwer getroffen krachte sie rücklings gegen den Tisch. Brüllend packte er sie, wuchtete sie wütend mit dem Rücken auf die ächzende Holzplatte und krallte seine Hände um ihren Hals.

Sie trat aus, versuchte, ihn zu schlagen. Kämpfte in dem verzweifelten Versuch, sich zu befreien und das irrsinnige Brennen aus ihrer Brust zu vertreiben. Kraftlos prallten ihre Hiebe ab. Die Welt verblasste.

Das flackernde Licht. Die Backsteinwände. Die zornige Fratze.

Es verlor an Bedeutung.

Ein Schleier legte sich auf ihren Blick. Ein schwerer Vorhang, der einen düsteren Schatten auf ihr Bewusstsein warf und allen Schmerz in samtenes Tuch hüllte. Hanna berührte die Hände an ihrem Hals. Ertastete die grobe Haut. Kleine Narben an den Händen. Der Duft des Leders seiner Handschuhe lag noch immer auf ihnen. Staub und Leder.

Sie atmete ein letztes Mal aus.

Dann ließ sie sich treiben.

Es war vorbei.

»Mama«, sagte Emil und zupfte an ihrer Bluse, »kommst du mit rein?«

Der blonde Junge schaute mit strahlend grünen Augen zu ihr auf und zeigte zu der *Rennenden Maus*, die er schon fünf Mal gefahren war. Er hatte schon immer Durst nach Abenteuern gehabt. Ein Wesenszug, den er garantiert von seiner Mutter geerbt hatte. Von seinem Vater hatte er das Aussehen und die Schläue. Hanna war stolz auf ihren Sohn.

»Heute nicht, mein Herz. Vielleicht beim nächsten Mal. Dann kommen wir vielleicht schon mit deiner kleinen Schwester hierher, was meinst du?«

Sie lächelte vergnügt und rieb sich den Bauch, der enorme Ausmaße angenommen hatte.

»Na gut, dann gehe ich nochmal mit Papa. Und das nächste Mal dann mit meiner Schwester.«

Er reckte seinen Zeigefinger in die Luft, als hätte er eine famose Idee geäußert. Frech lachend rannte er zum Ticketschalter und warf sich an das Bein seines Vaters, der sich erneut angestellt hatte. David grinste breit.

Sie winkte ihm zu. Emil hüpfte von einem Fuß auf den anderen, während er ungeduldig an der Hand seines Vaters zog. Hanna war glücklich. Sie war gesegnet mit Liebe und sie würde sie nicht mehr loslassen. Nie wieder.

Sengender Schmerz durchströmte Hannas Brust. Sie fühlte ihre zuckenden Gliedmaßen, die sich mit dem kläglichen Rest ihrer übrig gebliebenen Kraft gegen den anstehenden Erstickungstod zur Wehr setzten. Ihr Kopf wollte explodieren, die Augen aus ihren Höhlen treten. Ein dumpfes Flüstern kroch giftig in die Überreste ihres Bewusstseins. Hasserfüllte Worte arbeiteten sich zu ihr vor. Die Stimme wurde lauter. Kam näher. Näher?

Sie stieß die Finger nach oben. Ein gellender Schrei drang in ihre Ohren. Die Finsternis wurde von flackerndem Licht verdrängt. Schwarze Schlieren verzogen sich wie dunkle Wolken vor ihrem Blick. Hanna keuchte, hustete und holte rasselnd Luft.

Jonathan hielt sich die Stirn und brüllte. Blut lief aus seinem linken Auge. Rasend vor Zorn sprang er zu Hanna auf den Tisch. Er setzte sich auf sie und schlug mit seinen Fäusten auf sein Opfer ein, das schützend die Arme hochriss. Die Schläge krachten auf sie herab, trafen ihre Brust und ihr Gesicht. Dumpf knackend gab ihr Wangenknochen nach. Diesmal würde sie sich nicht ergeben. Wild entschlossen griff Hanna den Rand der Tischplatte über ihrem Kopf, riss die Hüfte hoch und damit Jonathan ein Stück in die Höhe. Er stöhnte irritiert. Sie stemmte sich hoch und schlug ihm ins Gesicht.

Eine Sekunde. Mehr Zeit hatte sie nicht. Hanna packte die seitliche Tischkante mit beiden Händen, verlagerte erneut ihr Gewicht und riss den Tisch um. Die dünnen Holzbeine knackten. Das Möbelstück brach scheppernd in sich zusammen. Der schwere Aufprall trieb Hanna die Luft aus den Lungen. Ihr Widersacher rappelte sich schon wieder auf und stürzte sich auf sie. Verbissen schlug er ihre Arme beiseite, packte sie an den Schultern und warf sie auf den Steinboden. Sie stöhnte und trat mit den Beinen aus. Jonathan nahm die Tritte hin und griff erneut nach ihrer Kehle, um sein Werk zu beenden. Hanna tastete wild umher, umschloss mit ihren zitternden Fingern kaltes Metall und stieß zu.

35

Dickes Blut quoll aus der Wunde und floss in einem Bach aus dem vornübergebeugten Jonathan auf Hannas Brust herab. Er röchelte. Riss die Augen auf. Ungläubig ließ er den Blick durch den Raum wandern. Seine Hände berührten zitternd das medizinische Schneidwerkzeug, das aus seinem Hals ragte. Er gurgelte. Versuchte, etwas zu sagen. Doch aus seinem Mund quoll nur Blut. Dann kippte er wie in Zeitlupe zur Seite.

Eine Pfütze breitete sich auf dem steinigen Boden aus.

Hanna lag keuchend zwischen dem sterbenden Jonathan und dem zerstörten Tisch, unter dem wahrscheinlich David begraben lag. Ihre Hände schoben sich bebend in ihr Blickfeld.

Sie waren voller Blut. Seines oder ihres?

Sie hob schwerfällig den Kopf und sah an sich herab. Die Stiche und Schnitte, ihre verwundeten Arme und der ausgedehnte Blutfleck auf ihrer linken Seite hatten ihre Kleidung in düsteres Rot gefärbt. Ihr Atem ging schwer. Jede Bewegung war eine Tortur.

Mühsam drückte sie sich hoch und kam schwankend auf die Beine. Ohne Augen für ihren sterbenden Entführer zog sie zitternd ihre Bluse aus, drehte sie zusammen und band sie um die Stelle ihres Bauches, aus dem langsam der rote Lebenssaft sickerte. Sie stöhnte auf, als sich der Stoff auf die offene Wunde presste. Kalter Schweiß bildete sich auf ihrer Stirn.

Hanna umrundete humpelnd den Tisch. David lag neben der angebrochenen Tischplatte. Er war verwundet, doch er atmete.

Dieses Monster, das ihr Leben zerstören und sie hatte töten wollen, war am Leben. Zorn kochte in ihr hoch. Sie war viel wütender auf ihn als auf seinen Patienten.

Ihr Ex-Mann war es gewesen, der ihn gelenkt hatte. Der eiskalt ihre Bloßstellung und Ermordung eingeleitet hatte. Zu diesem Zweck hatte er den psychisch gestörten Jungen, der nun wenige Meter entfernt verblutete, in seiner Behandlung fehlgeleitet. Wie konnte er so gestört sein?

Hanna spürte eine Spur Mitleid mit Jonathan aufkeimen. Wäre David nicht gewesen, wäre er dann ein Mörder geworden? Sie kannte weder ihn noch seinen Hintergrund. Vielleicht hätte eine richtige Behandlung sein Leben gerettet. Doch sie hatte keine Zeit für solche Gedankenspiele.

Sie musste eine andere Geschichte zu Ende bringen. Eine, die sich über viele Jahre gezogen hatte. Ächzend kniete Hanna nieder, packte den Stein, den sie hatte fallen lassen und hob ihn über ihren Kopf. Sie wollte Rache für die Jahre der Lügen und die Qualen, die sie hatte erleiden müssen.

»Du Ratte«, hauchte sie zittrig.

Tränen flossen über ihre Wangen. Hanna war wütend. Nicht nur auf David, sondern auch auf sich selbst. Darauf, dass sie sich hatte blenden lassen und so viele Jahre nichts davon geahnt hatte, mit einem solchen Menschen zusammengewohnt zu haben. Dafür, dass sie mit diesem Mann Kinder gezeugt und aufgezogen hatte. Schöne Erinnerungen teilte. So viele Gedanken schossen ihr durch den Kopf, dass sie kaum wusste, welchen davon sie würde greifen und festhalten können.

»Noch letzte Worte?« Ihre Stimme bebte durch den Raum.

Flacher Atem hob und senkte Davids Brust kaum erkennbar.

Mehr Tränen schossen aus Hannas Augen. Der salzige Geschmack vermengte sich mit dem des Blutes in ihrem Mund. Ihre aufgeplatzten Lippen pochten. Das leicht dämmerige Gefühl, das nach und nach die Oberhand gewann, linderte allmählich die Beschwerden.

Und es war genug.

Sie ließ den Stein sinken. Er glitt dumpf zu Boden. Wie könnte sie ihren Kindern je wieder in die Augen blicken? Ächzend durchwühlte sie Davids Jackentasche. In seiner Innentasche fand sie ihr Handy.

Sie hievte sich mühsam hoch.

»Ich kenne dich.«

Kein Empfang. Wie in Trance drehte sie sich um und überblickte den kalten, feuchten Raum des Gewölbes, das ihre Grabstätte hatte werden sollen. Eine zweite Eisentür eröffnete einen weiteren Weg in die Wirren dieses Labyrinths.

Sie ergriff die alte Laterne, die auf dem Tisch gestanden hatte und flackernd neben dem zusammengekauerten Jonathan lag. Sein Blut breitete sich unter ihm aus. Er war tot. Sie hatte nie einen Menschen verletzt, geschweige denn umgebracht. Betäubt wendete sie sich ab.

Ihre geschundenen Finger umgriffen den schmalen Drahthenkel der Laterne. Sie war ihre einzige Chance, hier lebend rauszukommen. Flach atmend humpelte sie auf die Luke zu und kletterte in einen weiteren Gang, dessen Dunkelheit von der zitternden Flamme der Öllaterne vertrieben wurde.

Einen Schritt vor den anderen.

Minuten verstrichen. Hanna lehnte sich mit der nackten Schulter gegen die raue Wand. Ihr Beine hielten sie kaum noch aufrecht. Die Laterne flackerte und sendete ihr Licht durch den Gang. Er war lang und die Dunkelheit wollte nicht enden.

Nicht aufgeben.

Sie hustete. Es waren sicher nur noch wenige Meter. Etwas trat aus ihrem Mund hervor und lief ihren Mundwinkel herab. Sie erkannte den Geschmack.

Durchatmen. Weiter gehen.

Sie atmete rasselnd ein und aus und ihre Augenlider wurden immer schwerer. Sie schüttelte das Gefühl ab und raffte sich auf.

Jeder Schritt war ein Kampf.

Nur das schleifende Geräusch ihrer Sohlen und ihr röchelnder Atem durchdrangen die Stille, als das Licht auf eine Kreuzung fiel. Ihr schwindender Verstand vermochte kaum auszumachen, aus welchem Gang sie gekommen war, geschweige denn im Ansatz zu erkennen, welchen Weg sie gehen musste. In jede Richtung öffnete sich ein düsterer Schlund.

»Nein …«

Sie hatte keine Ahnung, welcher Korridor der Richtige war. In Filmen war es einfach. Der Held konzentrierte sich und wusste genau, welchen Weg das Auto gefahren war, in dem er sich versteckt hatte. Er erfühlte die Richtung und rief es sich später ins Gedächtnis. Sie jedoch erinnerte sich an rein gar nichts.

Weil sie sich mit ihrer rechten Schulter an der Wand lehnte, entschied Hanna, dem Weg in diese Richtung zu folgen. Nach nur wenigen Metern fiel das Licht auf ein altes Gitter. Kein Durchkommen. Mühsam kämpfte sie sich an den Eisenstreben zu der gegenüberliegenden Wand vor und schleifte an ihr entlang, bis sie die Kreuzung erneut erreichte. Wieder wandte sie sich nach rechts.

»Also geradeaus«, murmelte sie.

Wieder ein Husten. Diesmal heftiger. Ihr Körper schüttelte sich. Hanna musste stehen bleiben. Ihre Lunge zog sich zusammen. Sie verkrampfte und presste die Hand auf die Wunde an ihrer Seite. Sie griff in den durchnässten Stoff ihrer Bluse, verdrehte die Augen, verzog den Mund zu einem verbitterten Lächeln und krächzte einen Fluch.

Dann sah sie es. Eine Reflexion auf kläglichen Resten einer metallenen Oberfläche, die nicht bereits durch matten Rost verdeckt war.

Hanna streckte den Arm vor, packte den Eisenhebel und versuchte, ihn umzulegen. Er ging schwer. Deutlich schwerer, als sie erwartet hatte. Sie drückte sich mit ihrer Schulter gegen das kalte Mauerwerk, packte den Hebel und schob. Mit lautem Stöhnen stemmte sie ihn aus seiner eingerasteten Position. Er gab ein gequältes Knacken von sich und löste sich. Die Tür schwang auf. Dann fiel sie.

Hanna stürzte über den alten Eisenrahmen und landete hart auf der verletzten Seite. Lautes Dröhnen hallte durch die Keller, als die eiserne Luke gegen die dahinter liegende Wand schlug. Rost bröckelte ab, Staub und Dreck legten sich auf Hannas brennende Lippen. Sie japste nach Luft. Versuchte, sich aufzustemmen.

Ohne Erfolg. Sie griff zum Handy. Ihre Hand bewegte sich langsam auf die Höhe ihres Kopfes. Dort blieb sie liegen. Durch den Schleier der verkrusteten, müden Augen sah Hanna nur das dunkle Display und ihre blutverschmierten Finger, auf deren Nägeln die Reste des bordeauxroten Nagellacks zu sehen waren. Sie lagen auf dem dreckigem Betonboden, waren aufgerissen und sie blieben regungslos. Sie war so kurz vor dem Ziel gewesen. Eine Träne lief langsam über ihr verklebtes Gesicht. Sie konnte nicht mehr.

Hanna erkannte die Betontreppe, doch sie war zu müde. In den letzten Wochen war das Leben schnell gewesen. Heftig. Und Laut. Wie ihre Gedanken. Jetzt war es endlich leise. Das ferne Tropfen eines Wasserrohres und das plötzliche Vibrieren ihres Handys strafte die Stille Lügen. Dutzende Anrufe in Abwesenheit. Eine Nachricht von Martin. Ihre Finger rührten sich nicht. Sie schloss langsam die Lider über ihren brennenden Augen. Ein Seufzen entfuhr ihren Lippen.

Es ist okay.

Dann atmete sie aus und ergab sich der Stille.

»Hey! Hey, Sie!«

Eine Hand packte Hanna an der Schulter. Ein sanftes Rütteln. Lichtkegel zuckten umher und durchbrachen die Dunkelheit. Ein Schatten hockte sich über sie. Schritte hallten von den kahlen Betonwänden wider. Die Silhouette wendete sich ab.

»Wir haben sie!«

36

Ein Klopfen durchbrach die Stille.

»Herein!«

Hanna fiel es noch schwer, deutlich zu sprechen. Die weiße Tür wurde behutsam aufgeschoben. Kommissar Harling steckte seinen Bart herein, lächelte und betrat auf leisen Sohlen das Krankenzimmer. Vor zwei Tagen hatte sie ihre Augen hier aufgeschlagen. Ein merkwürdiges Gefühl, nachdem sie den letzten Schritt bereits akzeptiert hatte.

Nach Aussage des Arztes, der Kommissar Harling über die Schulter sah und Kommissarin Sannau hereinwinkte, hatte sie zwei Tage auf der Intensivstation verbracht. Der Blutverlust hatte sie in Lebensgefahr gebracht und auch eine umfassende Operation hatte nicht garantieren können, dass Hanna die ersten Stunden überleben würde. Doch sie hatte es geschafft.

Nun war sie ans Bett gefesselt. Ihr Körper, eingewickelt in regelmäßig gewechselte Verbände, war übersät von genähten Verletzungen, die viele Narben hinterlassen würden. Hannas Gesicht war gezeichnet von Platz- und Schürfwunden, einem Bruch und diversen Schwellungen. Sie sah aus wie eine Mumie und ihr Körper fühlte sich trotz Tropf und verschiedener Medikamente an wie ein ausgedienter Boxsack. Nicht das schönste Bild. Das allgegenwärtige Jucken war noch eine ganz andere Tortur.

Aber das war okay. Die Verletzungen würden verheilen und

sie hatte es überstanden, auch wenn sie die Vorfälle, die die letzten Wochen beherrscht hatten, noch nicht verdauen konnte. Oder wollte.

Ihre Eltern hatten sie am heutigen Morgen besucht und Sara und Emil mitgebracht. Ihr Vater hatte ihre Hand gehalten und gleichzeitig versucht, seine aufgelöste Frau zu beruhigen. Hannas Mutter hatte gar nicht aufgehört, zu weinen. Beide hatten zu Recht schockiert auf die Ereignisse reagiert, die ihre Tochter nur noch schlecht hatte vor ihnen geheim halten können.

Die Kinder freuten sich, ihre Mutter zu sehen. In diesem Moment war es Hanna gewesen, die bitter geweint hatte und nicht mehr hatte aufhören können, ihre Kinder zu herzen und an sich zu drücken.

Frau Sannau nickte ihr lächelnd zu, durchquerte das Zimmer und lehnte sich an das gegenüberliegende, leerstehende Bett.

»Wir treffen Sie wohl nur in solchen«, sie sah sich um und schmunzelte, »Etablissements«.

Ein Grinsen huschte über ihr Gesicht, als ihr Partner an Hannas Bett trat.

»Irgendwie scheinen Sie es hier gemütlich zu finden.«

Hanna lachte leise und legte den Kopf zurück ins Kissen.

»Ich komme in letzter Zeit wohl nur hier zur Ruhe.«

Ihr Gesicht trug den Humor nicht mit.

Die Beamten reagierten mit einem um Verzeihung bittenden Blick.

»Entschuldigen Sie«, sagte Kommissar Harling. »Die letzte Zeit muss grauenvoll für Sie gewesen sein.«

»Alles gut. Mir war klar, dass Sie vorbeikommen würden.«

Mühsam reckte sie sich und drückte einen Knopf am Bettkasten. Die Rückenlehne des Bettes fuhr surrend hoch.

Kommissarin Sannau machte einen Schritt auf sie zu, doch Hanna hob abwehrend die eingegipste Hand.

»Geht schon, geht schon.«

Sie beugte sich zu dem Tablett neben dem Tisch und trank einen Schluck Wasser. Dann seufzte sie und wandte sich dem Kommissar zu.

Er sah ihr freundlich in die Augen. Er schien ein netter Mann zu sein. Hanna war sich aber nicht sicher, ob sie es schaffte, über *alles* mit ihnen zu reden. Dabei ging es eher um sie als um die Tatsache, dass Polizisten vor ihr standen.

Was, wenn die beiden detaillierte Beschreibungen forderten?

Das, woran Hanna sich erinnerte, lag in einem diffusen Nebel. Die Zwischenfälle in den Gewölben wirkten so verschwommen, als wäre sie aus einem Alptraum erwacht und müsste sich Mühe geben, die letzten Fetzen dessen zusammenzukratzen, was ihr noch in den Sinn kam.

»Keine Angst, wir wollen Ihnen heute keine Fragen stellen«, sagte Harling vorsichtig. »Dazu kommen wir später noch, wenn Sie wieder fit sind. Sie sollten sich erst einmal erholen. Mit jemandem reden. Es sei denn, es gibt etwas, das Sie uns sagen wollen, dann hören wir gerne zu.«

Hanna schüttelte den Kopf.

»Das Angebot nehme ich gerne an. Mein Kopf dröhnt und alles tut weh. Ich bin ganz ehrlich mit Ihnen. Wie das alles passiert ist. Ich verstehe es, glaube ich,« sie zeigte auf ihre Stirn und wanderte mit dem Finger zu ihrem Herzen, »aber es kommt noch nicht an.«

»Das ist nachvollziehbar, Sie haben viel zu verarbeiten. Schön zu sehen, dass es Ihnen schon«, er pausierte kurz, »besser geht.«

Hanna verzog einen Mundwinkel zu einem Lächeln. »Ich lebe, ja.«

»Wir konnten einiges herausfinden und sind hier, um Sie zu fragen, ob Sie diese Dinge wissen wollen.«

»In einem gewissen Maß, versteht sich«, ergänzte seine Kollegin. »Falls Sie einen groben Überblick wünschen.«

Nachdenklich senkte Hanna ihren Blick und betrachtete die Hände in ihrem Schoß. Sie war sich unschlüssig.

»Lebt David noch?«, flüsterte sie.

Tränen kämpften sich hervor.

»Ja.« Der Kommissar nickte. »Er ist in Haft und nicht so schwer verletzt, wie man hätte annehmen können. Seitdem wir ihn gefunden haben, hat er kein einziges Wort gesagt. Das muss er aber auch nicht mehr. Einige Sachlagen sind sehr eindeutig.«

Hanna wagte es nicht, nach Jonathan zu fragen. Sie sah zu dem Kommissar auf und blinzelte die letzten Tränen weg. Bereitete sich auf das vor, was da kommen könnte.

»Okay. Ich höre zu.«

Er nickte.

»Sagen Sie mir bitte, wenn ich aufhören soll oder Ihnen etwas zu viel ist. Unterbrechen Sie mich gerne einfach, sollten Sie Fragen haben.«

Kommissarin Sannau blieb mit verschränkten Armen am gegenüberliegenden Bett stehen, während ihr Kollege sich einen Stuhl herbeizog und sich neben Hanna setzte. Er lehnte sich an, schlug die Beine übereinander und sah sie fragend an.

»Bereit?«

Hanna nickte. »Bereit.«

Ihre Hände kneteten nervös die Decke. Die Wunden schmerzten, auch wenn sie starke Mittel bekommen hatte.

Ole begann zu erzählen.

»Wir sind ihrer Fährte gefolgt. Leider waren wir zu langsam. Ihr Freund, Herr Röll, er …«

Er stockte. Hanna sah ihn an und nickte mehrmals. Ihr schien bewusst zu sein, was ihm passiert war. Stille Tränen liefen ihre Wangen herab. Ihr Kinn zitterte, als sie den Kopf weinend hängen ließ.

Was dieser Mensch hat aushalten müssen, dachte Ole, *war undenkbar.*

»Wir haben den Karton aus Ihrem Kühlschrank entfernt. Entschuldigen Sie, dass wir in Ihrer Wohnung waren, doch wir brauchten Hinweise.«

Er beugte sich vor und legte eine Hand auf die Seite des Bettes.

»Sie waren sehr mutig, Frau Rüpert. Ohne ihre Hilfe wären wir weder dem Täter, den Hintergründen, noch letztendlich Ihrem Aufenthaltsort auf die Spur gekommen. Sie wissen wahrscheinlich besser als wir, dass es kaum knapper hätte sein können.«

Ole wartete einen Moment, bis Hanna sich zu beruhigen schien. Sie baute keinen Augenkontakt auf und er hoffte auf ihre Intervention, sollte sie sich mit seinen Worten unwohl fühlen. Unschlüssig sah er zu Mareike, die ihm unterstützend zunickte.

Ole schloss die Augen, sortierte seine Gedanken und fuhr fort.

»Wir fanden unter den USB-Sticks tatsächlich einen mit Videos aus einem Club. Dort konnten wir eine Situation entschlüsseln, in der Sie mit einigen Personen zu tun hatten. Eine dieser Personen war Jonathan Mierhoff, einer der Täter in diesem Fall. Er schien Sie beobachtet zu haben und verließ den Club. Er ist uns nur aufgrund der Identifizierung Ihres Verfolgers aufgefallen, der sie mit dem Messer attackiert hatte. Scheinbar wurden Sie von ihm verfolgt und waren deswegen bei unserem letzten Treffen so vorsichtig?«

Hanna schien ihm folgen zu können, wirkte jedoch in Gedanken versunken.

»Es stellte sich heraus, dass Herr Mierhoff, der seinen Namen in der späten Jugend hatte ändern lassen, ein Patient Ihres Mannes war. Er wies schon in Kindheit und Jugend Anzeichen für Psychopathie auf und litt wahrscheinlich unter einer Störung, die man …« Ole unterbrach und kramte in seinem Kopf.

»Alexithymie«, ergänzte Mareike. »Ein Persönlichkeitsmerkmal.«

»Die man Alexithymie nennt. Er konnte seine eigenen Emotionen und die anderer Menschen weder lesen noch verstehen. In Kombination mit den anderen Anzeichen eine brenzlige Mischung, wenn man keine Hilfe bekommt.«

»Oder es ausgenutzt wird«, murmelte Hanna.

»Oder jemand das ausnutzt, richtig.«

Ole wartete. Er wusste nicht, ob das Opfer genug bei Kräften war, um sich über Weiteres zu unterhalten. Sie sah zu ihm auf.

»Ist schon okay. David hat ihn benutzt, oder? Ihn manipuliert. Es ist nicht so, als hätte ich das nicht schon öfter erlebt. Ich bin nur so geschockt ...«

»Ja, das scheint, bei aktuellem Stand, so zu sein. Frühere Vorfälle bekräftigen diese Annahme und ergeben ein Bild, welches vorher im Einzelnen nicht durch die Behörden zusammengesetzt werden konnte. Herr Mierhoff hatte mehrere Opfer. Erst Kürzlich gab es ein Opfer in dieser Stadt, das wahrscheinlich ähnliches durchmachen musste wie Sie. Ich möchte Sie aber nicht mit unseren Vermutungen belasten.«

Ole räusperte sich und knetete seine Hände.

»Fakt ist, dass es in der Stadt, in der Sie beide studiert haben, ein weiteres Opfer gab. Ich muss Sie fragen. Sagt Ihnen der Name Paulina Stravik etwas?«

Hannas Gesicht wurde blass. Sie nickte und erzählte eine Zusammenfassung der damaligen Ereignisse.

Vor sechs Jahren hatte sie vermutet, dass David eine Affäre mit einer Studentin hatte. Er war Tutor an der Universität und Hanna geriet in eine äußerst merkwürdige Situation, als sie die beiden, Paulina und ihn, in seinem Büro überraschte. Sie waren zwar nur im Gespräch, doch Hanna war schon immer feinfühlig, wenn es darum ging, Atmosphären einzuordnen. Sie sprach David darauf an und er leugnete es. Nur wenige Tage später war Paulina nicht mehr in seinen Stunden erschienen. Hanna hatte sich damals nichts dabei gedacht. Ganz im Gegenteil, sie war einfach erleichtert gewesen.

»Richtig«, bestätigte Ole ihre Geschichte. »Dieser Zusammenhang konnte damals nicht hergestellt werden. Die Methoden von Herrn Mierhoff jedoch haben sich nicht verändert. Die Wunden ergaben das gleiche Bild wie bei unserem Opfer, Herrn Röll und Ihnen. Während der Ermittlungen zu dem ersten Opfer, Frau Vasquez, wurden wir aufgrund der Ähnlichkeit der Wunden über den Fall von Frau Stravik informiert, ohne dass uns diese Informationen großartig weitergeholfen haben. Bis Sie aufgetaucht sind.«

Er schenkte Hanna ein aufmunterndes Lächeln. Mareike sah ermahnend in seine Richtung, als er den Namen des Mordopfers erwähnte. Ole winkte ab.

»Durch Ihren Einsatz und die Informationen, die wir bei Herrn Röll gefunden haben, konnten wir den Kreis der Verdächtigen eingrenzen. Von Herrn Mierhoff hatten wir bereits Fingerabdrücke und konnten sie dem Messerangreifer zuordnen.«

Er holte Luft.

»Alles gut?«

Hanna sah auf.

»Entschuldigen Sie. Ich höre aufmerksam zu, muss das aber erstmal verdauen. Es ist nicht schwer zu verstehen, aber diese Geschichte … Sie ist so verrückt. Ich weiß nicht …«

Ole hörte die Erschöpfung in ihrer Stimme. War das zu viel gewesen?

»Möchten Sie, dass ich fortfahre?«

»Ja, bitte«, flüsterte sie und sah erneut in ihren Schoß hinab.

»Okay, ich versuche es so kurz wie möglich zu halten. Wir konnten Ihren Ex-Mann als behandelnden Psychologen für Herrn Mierhoff identifizieren, was die Sachlage für Frau Stravik und Ihren Fall aufklärte, beziehungsweise eine Überschneidung ergeben hat, mit der wir Herrn Kern auf die Spur kommen konnten. Als Sie verschwunden waren und auch Ihre Eltern Ihren Aufenthaltsort nicht kannten, haben wir uns aufgeteilt. Wussten Sie, dass ihr Ex-Mann zwei Gebäude am Stadtrand besitzt? Im Keller eines baufälligen Gewerbekomplexes hat meine Kollegin Sie gefunden.« Er zeigte auf Mareike. »Gerade rechtzeitig, will ich meinen.«

Sie trat an das Bett heran.

»Frau Rüpert, hätten Sie es nicht aus dieser Eisenklappe herausgeschafft, weiß ich nicht, ob wir Sie gefunden hätten. Wir hatten keine Ahnung von den alten Vorkriegstunneln und das Ding war nicht gerade offensichtlich. Die Gewölbe da unten sind ziemlich weitläufig. In Ihrem Zustand ging es um jede Minute. Sie waren sehr mutig und haben viel Kraft bewiesen.«

Wieder stieg Mitleid in Ole auf. Was sie hatte ertragen müssen, konnte er sich bei bestem Willen nicht vorstellen. Nicht nur die körperlichen Schmerzen, auch die seelischen Wunden mussten gewaltig sein. Ob ein Mensch so etwas würde verarbeiten können? Er wusste es nicht.

Hanna sah zu den beiden Kommissaren und rang sich ein Lächeln ab.

»Vielen Dank. Ohne Sie hätte ich es nicht geschafft. Es tut mir leid, dass ich vorher nichts bemerkt habe. Frau Vasquez könnte vielleicht noch leben, wenn ich …«

»Bitte geben Sie sich keine Schuld«, unterbrach Mareike. »Ihr Familie wurde bedroht und Sie haben große Willensstärke bewiesen. Andere Menschen würden hier nicht so mutig vor uns sitzen. Vielen Dank!«

Sie fand wie immer passende Worte. Ole beneidete sie darum. Er war schon immer etwas zu sachlich gewesen. Nicht, dass er nicht mit Leuten umgehen konnte. Gerade bei Opfern von Gewaltverbrechen war er nur sehr vorsichtig.

Hanna atmete schwer aus und lehnte sich in ihrem Bett zurück.

»Hier ist meine Karte. Auch die von Kommissarin Sannau.«

Er legte die Visitenkarten auf das Tablett, welches, einzig mit einer Zeitschrift und einem Glas Wasser versehen, auf dem kleinen Beistelltisch lag.

»Sagen Sie uns Bescheid, wenn Sie bereit sind, über alles zu sprechen?«

Hanna nickte stumm.

Ole setzte an, etwas zu ergänzen, aber seine Kollegin schüttelte den Kopf.

»Vielen Dank für Ihre Zeit«, verabschiedete er sich leise. »Wir hoffen, dass Sie sich schnell erholen.«

»Bis bald, Frau Rüpert. Sie können uns jederzeit anrufen. Gute Besserung.«

Die Tür fiel klickend hinter ihnen ins Schloss.

Schweigend gingen sie nebeneinander her. Ole kaute auf seiner Unterlippe und ordnete seine Gedanken. Als sie endlich die frische Luft erreichten, tauschten sie vielsagende Blicke. Ole sog die kühle Herbstluft ein und ließ seine Augen über den Parkplatz schweifen.

»Heftig.«

Mareike nickte.

37

Schneeflocken bedeckten den schlanken Kopfsteinpflasterweg mit sanftem Weiß. Er wand sich durch einen kleinen Park und führte zu einem alten, rot geklinkerten Gebäude. Wenige Menschen gingen, dick eingepackt, zwischen den knorrigen Bäumen.

Hanna sah einem Pärchen nach, das an einem zugefrorenen Teich spazierte. Kinder erprobten auf ihm ihre Schlittschuhe. Manche mehr und manche weniger erfolgreich, aber alle laut grölend und lachend.

Als sie das alte Gemeindezentrum verließ, in der ihre Therapiestunden stattfanden, machte sie sich auf den Weg zu ihrem Auto, das sie am anderen Ende des Parks abgestellt hatte. Ihr Atem bildete kleine Wölkchen und unter jedem Schritt ihrer gefütterten Winterstiefel knirschte der Schnee. Die Sonne stand hoch am wolkenlosen Himmel.

Hanna genoss die kalte Winteratmosphäre. Alles wirkte so rein und sauber auf sie. Die weiche Schneedecke verwandelte den Lärm der Stadt in ein ruhiges Brummen.

Der Bienenstock überwintert, dachte sie mit einem Schmunzeln und brachte die letzten Meter hinter sich.

Kaum hatte sie ihren Wagen erreicht, warf sie einen routinierten Blick über die Schulter. Eine Geste, die sie sich nur schwer abgewöhnen können würde. Wahrscheinlich wollte sie es auch nicht. Behände griff sie unter ihren Sitz, zog Schneebürste und Kratzer hervor und befreite Scheibe, Dach und

Motorhaube von der weißen Decke. Sie stieg ein, atmete tief durch und warf die nassen Handschuhe in den Fußraum des Beifahrersitzes. Dumpf ließ sie die Tür zufallen, rieb sich die kalten Hände und lehnte sich zurück.

Die Schönheit des Parks, der sich hinter der beschlagenen Frontscheibe abzeichnete, rang ihr ein Lächeln ab. Er war ein romantisches Örtchen. Heute Morgen hatte sie sich noch auf der kurzen Strecke zum Schulgebäude gefürchtet.

Was die An- und Abwesenheit von Licht mit einem anrichten kann, ist erstaunlich, dachte sie und drehte den Zündschlüssel. Derselbe Ort konnte völlig unterschiedlich wirken, wenn man ihn aus einer anderen Perspektive oder in einem ungewohnten Zusammenhang betrachtete. Und dass, obwohl sich daran nichts verändert hatte. Es war immer noch die gleiche Grünanlage.

Für die Kinder war er vielleicht der Schlittschuh-Park. Für die Pärchen stellte er jenen Ort dar, an dem sie romantisch flanieren konnten. Und für manche war er ein unheimliches Fleckchen Erde, durch das sie im Dunkeln keinen Meter weit gehen würden, ohne das Pfefferspray in ihrer Tasche bereitzuhalten.

Nicht anders ist es mit Menschen.

Sie parkte aus und fuhr los. Sara war bei ihren Eltern, bei denen Hanna in den letzten Wochen viel Zeit verbracht hatte. Sie gaben ihr Kraft und Stabilität und ihre Mutter war eine große Hilfe mit den Kindern, auch wenn Hanna nicht mehr so zeitintensiv arbeitete, wie sie es vor dem *Vorfall* getan hatte.

David war im Gefängnis und würde dort hoffentlich auch bleiben. Der Prozess sollte sich eine Weile hinziehen. Es war nicht allein ihr Fall, der beleuchtet wurde. Auch war nicht nur sie es, die Gerechtigkeit forderte. Die Angehörigen der anderen Opfer waren dankbar dafür, dass der Verursacher für den Verlust ihrer Kinder und Geliebten gefasst worden war.

Sie sprachen Hanna ihr Mitleid aus, doch spürte sie die Abscheu äußerst deutlich, die die Angehörigen von Paulina Stravik ihr entgegenbrachten. Weil sie es nicht *gesehen* hatte. Weil sie mit dem Mörder ihrer Tochter und Schwester zusammengelebt hatte. Weil sie es nicht verhindert hatte, dass man der jungen Studentin etwas angetan hatte, was sich kaum ein Mensch hätte vorstellen können, während Hanna glücklich mit dem kleinen Emil zu Hause lag.

Sie verstand die Wut, wehrte sich nicht dagegen und ertrug die hasserfüllten Blicke ohne Gram. Die gleichen Vorwürfe machte sie sich selbst seit drei Monaten. Sie holten sie immer wieder dann ein, wenn Hanna das Gefühl hatte, einen kurzen Augenblick lang nicht von Alpträumen geplagt zu werden. Als hätte sie es nicht verdient, glücklich zu sein. Aber das stimmte nicht. Ihr war bewusst, dass es einige Zeit dauern würde, ihre letzten Jahre und vor allem Monate zu verarbeiten. Vielleicht würde es auch niemals ganz möglich sein. Wer wusste das schon? Sie hatte entschlossen, diesen Umstand zu akzeptieren und weiterzumachen. Sie würde lernen, mit den Gedanken und Alpträumen klarzukommen und ihren Fokus auf die Gegenwart und ihre Kinder zu legen.

Grübelnd fuhr Hanna durch die matschigen Straßen der Stadt. Das Geräusch knirschender Streusteinchen unter ihren Reifen begleitete sie, bis sie die Grundschule ihres Sohnes erreichte. Sie fand einen freien Parkplatz – ein wahrer Schatz um diese Uhrzeit – und warf einen Blick auf die Zeiger der weithin erkennbaren Uhr, die den kleinen Turm des alten Schulgebäudes zierte.

Noch zehn Minuten.

Mit den Händen in den Taschen ihrer Winterjacke machte sie sich auf den Weg zu dem gegenüberliegenden Café.

»Schönen Nachmittag, darf ich Ihnen etwas bringen?«, fragte eine Kellnerin.

Hanna setzte sich an einen Tisch an den Fenstern.

»Ja gerne! Einen Cappuccino bitte. Mit Hafermilch!«

»Sehr gerne! Und etwas zu essen?«

Hanna lächelte. Bei dem Gedanken an die warmen Brownies im *Glöckchen* spürte sie sofort ihren Appetit, der sich nach jeder Therapiesitzung meldete, als hätte sie einen Marathonlauf absolviert.

»Gerne später, mein Sohn hat in zehn Minuten Schluss. Dann brauchen wir sicher mehr als einen Brownie.«

Die Bedienung lachte. »Na dann mache ich Ihnen mal schnell einen Cappuccino fertig. Ein ruhiger Moment allein schadet nicht! Machen Sie es sich gemütlich!«

Hanna nickte lächelnd und setzte sich auf den gepolsterten Stuhl.

Mit dem gebrachten Heißgetränk in der Hand lehnte sie sich zurück und genoss die Wärme, die der große Becher in ihren Fingern ausstrahlte. Sie atmete seufzend aus und sah durch das Fenster auf die gegenüberliegende Straßenseite.

Eine rundliche, freundlich lächelnde Dame drapierte einen kleinen Keks auf der Untertasse und zog zügig zum nächsten Tisch weiter, an dem es sich gerade eine Familie gemütlich gemacht hatte.

Eine Flut von *Was-wäre-wenn-Fragen* schoss Hanna durch den Kopf. Fragen, die sie nicht mehr losließen. Doch was sollten sie schon bringen? Sie war jung und hatte hoffentlich noch vieles vor sich. Vor allem Zeit mit ihren Kindern.

Trotzdem stach ihr ins Herz, dieser Familie zuzusehen, die wirkte, als wäre sie einer Streichnougat-Werbung entsprungen. Sie lachten, strahlten und herzten sich. Hanna wusste nicht, wann ihre Kinder wieder ein echtes Lachen im Gesicht haben würden. Es fiel ihnen schwer, zu verstehen, dass ihr Vater womöglich nicht mehr nach Hause kommen würde. Sie vermissten ihn. Und das war okay.

Der Glockenklang der Schuluhr kündigte das Ende der

Unterrichtsstunde an. Hanna schlürfte an dem Cappuccino und stellte ihn ab.

»Darf ich den kurz stehen lassen? Ich bin gleich wieder da.«

»Natürlich, ich passe für Sie auf!«, bestätigte die Kellnerin und zwinkerte ihr zu.

Hanna zog sich die Jacke über und verließ das Café. Das kleine Windspiel an der Tür begleitete sie mit hellem Gebimmel, als sie die kaum befahrene Straße überquerte. Ein lärmender Schwarm Kinder strömte die Treppen des alten Gebäudes herab und breitete sich auf der Wiese vor der Schule aus.

Emil winkte von der obersten Treppenstufe und setzte seinen Weg zu ihr im Lauftempo fort. In der wolligen Pudelmütze und der Winterjacke und der Schneehose, die den Erstklässler vor Nässe und Kälte schützten, sah er aus wie ein kleines Marshmallow.

Jedes Mal, wenn sie ihre Kinder sah, durchfuhr sie dieses unersetzbare Gefühl puren Glücks. Sie strahlte und ging Emil entgegen, der mit weit ausgestreckten Armen auf sie zulief.

Nichts würde sie davon abhalten, ihre Kinder zu beschützen. Sie beäugte ihre vernarbten Handflächen. Sie hatte die Aussicht auf einen Neuanfang. Sie würde nicht zulassen, dass irgendjemand diese Chance zerstören würde. Auch sie selbst nicht.

Sie ließ sich auf ein Knie herabfallen und breitete die Arme aus.

Emil sprang ihr entgegen. »Mama!«

»Na, wie war die Schule heute?«

Ein Stakkato aus Worten trommelte auf sie ein. Hanna nahm ihren Sohn an die Hand und lief, mit einem Halt vor dem Zebrastreifen, zurück zu dem kleinen Café.

»Links, rechts, links«, untermauerte Emil die Drehungen seines Kopfes und sah stolz zu ihr auf.

Hanna nickte ihm lächelnd zu. Sie war bereit, für ihre Kinder durch die Hölle zu gehen. Doch jetzt war es erst einmal an der Zeit, ein paar Brownies zu essen.

DANKSAGUNG

Ich bin zutiefst dankbar für die Menschen und die Community, die mich seit meinem Start als Autor begleiten. Ohne sie hätte ich die ersten Schritte auf dieser Reise nicht auf so wunderbare Weise erleben dürfen.

Ein spezieller Dank geht an die Autoren Axel Hollmann und Marcus Johanus, deren öffentlich geteiltes Wissen mir sehr geholfen und den Start als Autor ermöglicht hat. Ihr seid super!

DER AUTOR

Phillip Eilinger lebt seit vielen Jahren in Berlin, stammt aber von der kleinen Ostseeinsel Fehmarn. Seit seiner Jugend schreibt er Geschichten für Gaming, Pen & Paper Rollenspiele und Live Events. In diesem Zusammenhang beschäftigt er sich seit über 20 Jahren mit Fantasy, Dark Fantasy und SciFi.

Als er 2021 mit dem Schreiben eines Buches begann, stellte er sich einer neuen Herausforderung. Dem Schreiben von Thrillern! Er fand darin nicht nur eine Herausforderung, sondern auch eine neue Leidenschaft. Schuld daran waren sein Interesse für True Crime Serien, Podcasts und das Lesen von Thrillern.

Über Plattformen wie Twitch, Instagram und Twitter teilt er seine Reise mit einer wachsenden Community und liebt den Austausch mit anderen Autoren, Kreativen und Interessierten.

Folge Phillip Eilinger auf Social Media
Twitch: www.twitch.tv/dereilinger
Instagram: www.instagram.com/dereilinger/
Twitter: twitter.com/DerEilinger